통일 잡雜수다

지은이 **안티구라다**

안티구라다는 구린 것을 별로 좋아하지 않는다. 구라치는 것도 별로 좋아하지 않는다. 어떤 일을 하든 급격히 좋아하거나 급격히 싫어하지 않는다.
여름에도 뜨거운 차를 싫어하지 않고, 겨울에도 차가운 커피를 싫어하지 않는다.

지은이 **십(10)쇄**

내 이름은 십(10)쇄다. 책을 쓰면 1쇄에서 끝난다. 필명을 이렇게 짓는다면 십(10)쇄까지 찍을 수 있겠다는 생각이 들었다. 그래서 십(10)쇄로 필명을 정했다. 굉장히 비과학적인 발상이며, 논리도 없다. 그러나 나는 십(10)쇄가 좋다. 어제까지는 머리 아프게 의미를 부여하며 살았다. 그런데 오늘부터는 가끔 무의미하게도 살아보려고 한다. 그렇다고 내게 주어진 삶을 대충 살겠다는 것은 아니다. 때로는 이성적으로, 때로는 감성적으로 살고 싶은 것이 십(10)쇄의 가치관이다. 이 책을 통해 여러분을 만나게 돼 한없이 기쁘다. 무엇보다도 이 책을 사주신 독자께 깊은 감사 인사를 드린다.

통일 잡雜수다

1판 1쇄 인쇄_2019년 05월 10일
1판 1쇄 발행_2019년 05월 20일

지은이_안티구라다·십(10)쇄
펴낸이_양정섭

펴낸곳_도서출판 경진
등록_제2010-000004호
이메일_mykyungjin@daum.net
사업장주소_서울특별시 금천구 시흥대로 57길(시흥동) 영광빌딩 203호
전화_070-7550-7776 팩스_02-806-7282

값 13,000원
ISBN 978-89-5996-219-8 03800

※ 이 도서의 국립중앙도서관 출판예정도서목록(CIP)은 서지정보유통지원시스템 홈페이지(http://seoji.nl.go.kr)와 국가자료공동목록시스템(http://www.nl.go.kr/kolisnet)에서 이용하실 수 있습니다. (CIP제어번호: 2019017228)

통일 잡雜수다

안티구라다
십(10)쇄
지음

책머리에

나는 통일을 좋아한다.

적어도 식당에서만큼은 그렇다.

음식을 주문할 때면 웬만하면 맞추려고 한다.

분명한 것은 나도 먹고 싶은 것이 있다.

그러나 분위기가 싸해질 것 같으면 어느새 나도 모르게 같은 음식을 주문한다.

논리적으로 설명하기 어렵지만 그게 내 마음이다.

나는 통일을 싫어한다.

적어도 옷을 고를 때는 그렇다.

마음에 드는 옷이 있어도 다른 사람이 입고 있으면 사지 않는다.

왜 그런지 생각해 본 적이 없다.

그냥 내 마음이 그렇다.

나는 통일을 좋아하기도 싫어하기도 한다.

한반도 문제도 마찬가지다.
북한이 좋게 느껴질 때도 있고, 싫게 느껴질 때도 있다.
한편으로는 같은 민족이라는 생각이 들다가도, 다른 한편으로는 적이라는 생각을 떨칠 수 없다.

생각해 보면 그게 뭐 잘못된 것인가 싶다.

북한은 꼭 나쁜 놈이어야 하는가?
북한은 꼭 미래를 함께 할 동포이어야 하는가?
왜 둘 중에 하나만 골라야 하는가.
그냥 기분에 따라서 내 마음대로 골라도 무방하지 않을까.

우리 사회는 한반도 문제에 관해 언제나 하나의 답을 강요했다.

진보 혹은 보수.

보수 혹은 진보.

심지어 평화를 외치면 진보고, 통일을 외치면 보수라고 생각하는 사람들도 있다.

나는 기분에 따라 평화를 외치기도 하고, 통일을 외치기도 하는데 한 쪽에 줄을 서야 하는가?

시대가 변했다.

사람들 사고도 예전과 같지 않다.

어떤 것을 선택하든 선택 그 자체가 중요한 것이 아니다.

선택하는 기준과 판단이 중요하다.

한반도 문제를 언제까지나 옳고 그름을 중심에 놓고 있을 것인가?

특히 우리의 삶과 동떨어진 문제로 통일 문제를 얘기하면 공감하기 어렵다.
한반도 문제가 우리의 삶과 밀접한 관련이 있는데, 생활 밀착형으로 통일 문제를 설명해주는 사람은 단 한 명도 없다.

한반도 문제는 언제나 국가가 중심이었다.
통일이 되면 국가경제가 어쩌고저쩌고 떠들어댔다. 국민들은 전혀 공감하지 않고, 중요하다고 생각조차 하지 않는다.

통일이 되면 청소년들에게는 뭐가 좋은지 말해줬으면 한다.
수험생들에게는 어떠한 장점이 있는지, 주부들에게는 가계경제에 얼마나 도움이 되는지, 퇴직을 앞둔 불안한 장년세대에게는 어떠한 미래가 펼쳐지는지를 구체적으로 설명해야 한다.

이렇게 설명하지 못한다면, 차라리 한반도 문제를 재미의 대상으로 놓고 접근하는 것은 어떨까?
지나가다가 한 번은 돌아볼 것이다.
TV 채널을 돌리다가도 멈출 것이다.

한반도 문제를 B급으로 다루더라도 큰 일이 일어나는 것은 아니다. 2019년 현재 대부분의 사람들은 통일이라는 단어만 들어가면 거부반응부터 일으킨다. 관심거리라도 만들어 줬으면 한다.

노잼을 지나 핵노잼인 '통일교육'을 꿀잼으로 바꿔야 한다.
한반도 문제를 지금까지 공부했다면, 이제부터는 즐기도록 분위기를 만들어 줘야 한다.

작금의 대한민국은 국민이 이끌어 가는 시대다.
통일 문제의 중심이 국가에서 국민으로 이동해야 한다.

그러기 위해서는 국가는 일단 국민을 만나야 한다. 그리고 무엇이든지 들어야 한다.

현장에서, 즉 국민이 어떤 말을 하는지, 어떤 생각을 해야 하는지 국가는 알아야 한다. 그래야 국민 정서에 부합하는 정책을 만들지 않을까 싶다.

국민을 만나고, 국민의 목소리를 듣는 것이 통일의 첫 걸음이라는 사실을 기억하면 좋겠다.

혹시 몰라서 하는 말입니다.

제가 지금부터 하는 말은 웃자고 하는 겁니다.

그러니 죽자고 달려들지 맙시다.

차 례

책머리에 4

1. 누구나 알고 있는 북한

북맹(北盲) 01 _ 19 / 북맹(北盲) 02 _ 22 / 북맹(北盲) 03 _ 25 / 북한 문학작품 감상법 01 _ 28 / 북한 문학작품 감상법 02 _ 30 / Who are you? _ 31 / 서태지와 아이들 _ 34 / 아파트 _ 36 / 서울과 평양의 공통점 _ 39 / 무소유 _ 42 / 나쁜 사람 _ 43 / 민주주의 _ 45 / 이상한 사회 _ 46 / 공정의 의미 part 1 남과 북 _ 47 / 삶 _ 50 / 남과 북의 공통점: 어쨌든 죽음 _ 52 / 남과 북의 공통점: 졸업 _ 54 / 남과 북의 공통점: 예술가 _ 55 / 통계 _ 57 / 미인 _ 59 / 한반도의 실상 _ 62 / 남녀공학 _ 63 / 편의점 _ 64 / 북한판 패스트푸드 _ 66 / 맥주열전 _ 68 / 영웅 _ 71 / 결혼과 이혼 _ 73 / 대학입학 _ 74 / 남과 북, 추운 지역의 기준 _ 75 / 권한과 책임 _ 77 / 큰 병원은 언감생심(焉敢生心) _ 78 / 만병통치약 _ 79 / 우리의 꿈 _ 81 / 남과 북, 단체복의 의미가 틀린 것이 아니라 다르다 _ 83 / 스트레스 _ 85 / 북한영화를 보다 part 1 _ 87 / 북한영화를 보다

part 2 _ 90 / 북한신문 VS 한국신문 part 1 _ 91 / 북한신문 VS 한국신문 part 2 _ 93 / 왕따 _ 94 / 비사회주의 _ 95 / 오징어덮밥 _ 96 / 극장 _ 98 / 북한에서의 극장 매너 _ 99 / 줄을 잡아라 _ 100 / '다음에 식사해요'의 함의 _ 101 / 귤 _ 103 / 은행은 도둑일까? _ 105 / 국가가 인권을 말하는 나라 _ 106 / 대중동원 _ 107 / 보고체계 _ 108 / 일당독재국가 _ 110 / 북한을 지탱하는 당 _ 111

2. 통일이 문제가 아니다

저는 최악의 영업사원입니다 _ 115 / '세상은 변하고 사람의 생각도 바뀐다'고 믿고 싶다 _ 117 / 차라리 워낭소리 _ 119 / 4차 산업혁명을 목전에 둔 통일교육 _ 121 / 통일 이후는 졸리다 _ 122 / 통일행사의 피로함 _ 123 / 행사 시작부터 난 싸움 _ 125 / 맙소사, 통일시간에 헌법을 얘기하고 있다 _ 127 / 점차 커지는 개소리 _ 128 / 열정교사 _ 130 / 열정공무원 _ 131 / 시사 주제 토론 프로그램 Intro _ 133 / 시사 주제 토론 프로그램 Main _ 135 / 시사 주제 토론 프로그램 After that _ 137 / 딜레마 part 1 _ 139 / 딜레마 part 2 _ 140 / 통일이 되면 좋은 이유 중에 하나 _ 142 / 통일하면 좋은 것 part 1 _ 143 / 통일하면 좋은 것 part 2 _ 144 / 남한과 북한은 서로 많이 다르니까요 _ 146 / 지금은 노력 중 _ 147 / 울리지 않은 전화기 01 _ 148 / 울리지 않은 전화기 02 _ 150 / 생존 혹은 진화 _ 152 / 점쟁이와 전문가는 다르다 _ 154 / 점쟁이가 되고 싶은 전문가 _ 156 / 탈북 _ 158 / 질문과 답 part 1 _ 159 / 질문과 답 part 2 _ 161 / 2018년 4월 27일 _ 162 / 남북교류협력과 통일의 상관관계는 있는 것인지, 없는 것인지 궁금하다 _ 164 / 북한의 걸그룹 공연 _ 165 / 한반도에서의 양시론 _ 167 / 북한 출신 문재인과 남한 출신 김정은 _ 169 / 여기에 진짜 구분하기 어려운 문제가 있다 _ 170 / 남북협상 _ 171 / 방식의 다름 _ 172 / 현실 part 1 _ 173 / 현실 part 2 _ 174 / 모순 _ 175 / 완벽한 대북정책 _ 176 / 누구나 간첩이 될 수 있다 _ 177 / 마지막 지점 _ 178

3. 내부사정 좀 봅시다

국민의 관심사 part 1 _ 183 / 국민의 관심사 part 2 _ 184 / 정말로 궁금한 질문이다 _ 185 / 감정의 진실 _ 186 / 남북정상회담과 접경지역 부동산 시세 _ 187 / 한국을 가장 잘 아는 사람은 누구일까? _ 189 / 공정의 의미 part 2 내부 _ 191 / 신뢰의 개념 _ 192 / 한반도에서의 전쟁 징후가 포착되는 순간 _ 194 / 죽으면 통일이 된다 01 _ 196 / 죽으면 통일이 된다 02 _ 197 / 전쟁 생각 _ 199 / 모순 _ 201 / 세상에서 가장 많이 죽은 사람 _ 203 / 직장 상사의 원칙 _ 204 / 지침을 대하는 태도

_ 205 / 북한전문가 part 1 _ 206 / 북한전문가 part 2 _ 208 / 지금이 조선시대도 아닌데 '용비어천가'가 웬 말인지 모를 일이다 _ 210 / 이것은 4차 산업혁명을 목전에 둔 사회에서 흔히 볼 수 있는 회의 풍경입니다 _ 211 / 자유를 찾아서 _ 213 / 한반도에서 남녀평등을 실현하다 _ 214 / 이상한 논리 part 남한 _ 215 / 만찬모임 part 1 _ 216 / 만찬모임 part 2 _ 219 / 취향입니다 part 1 _ 220 / 취향입니다 part 2 _ 221 / 삐딱하게 보기 part 1 _ 222 / 삐딱하게 보기 part 2 _ 224 / 꼰대들의 잔소리 _ 225 / 꼰대 테스트 _ 226 / 한국 청년들이 살기 힘든 이유 _ 227 / 뫼비우스의 띠 _ 228 / 착각 part 1 _ 230 / 착각 part 2 _ 231 / 정부보고서 작성요령 _ 232 / 정부보고서 결론 _ 233 / 삐라 _ 234 / 북한이탈주민 설문조사 결과 _ 235 / 북한이탈주민과 조선족을 비교하지 마라 _ 236 / 소망과 예측 _ 237 / 극단 part 1 _ 238 / 고민 _ 239 / 믿거나 말거나 _ 240 / 출입금지 _ 241 / 한반도에 평화가 깃들기 어려운 이유 _ 242

4. 제언

무(無)관중 세미나 _ 245 / 통일 관련 세미나의 핵심 _ 246 / 국민의 관심사는 변한다 _ 247 / 대한민국의 통일교육 다 뜯어 고쳐야 한다 part 1 _ 249 / 대한민국의 통일교육 다 뜯어 고쳐야 한다 part 2 _ 251 / 통일이 되려면 part 1 _ 253 / 통일이 되려면 part 2 __ 254 / 통일이 되려면 part 3 __ 255 / 국민이 통일에 무관심한 이유 __ 256 / 미안하지만, 강사의 세대교체가 필요하다 __ 258 / 정부부처 중에서 홍보 관련 기관평가 꼴지 __ 260 / 국민 개인 맞춤형 통일교육 프로그램 개발 프로젝트 part 1 __ 262 / 국민 개인 맞춤형 통일교육 프로그램 개발 프로젝트 part 2 __ 264 / 국민 개인 맞춤형 통일교육 프로그램 개발 프로젝트 part 3 __ 266 / 거버넌스의 이론과 실제 __ 268 / SNS __ 270 / 그걸 왜 저한테 물어 보세요 __ 271 / 지금까지 한 이야기에 관한 함의 __ 272

이 책에 쓰인 사진의 출처는 다음과 같다.
〈로동신문〉 〈조선화보〉 〈조선중앙TV〉

1. 누구나 알고 있는 북한

북맹(北盲) 01 / 북맹(北盲) 02 / 북맹(北盲) 03 / 북한 문학작품 감상법 01 / 북한 문학작품 감상법 02 / Who are you? / 서태지와 아이들 / 아파트 / 서울과 평양의 공통점 / 무소유 / 나쁜 사람 / 민주주의 / 이상한 사회 / 공정의 의미 part 1 남과 북 / 삶 / 남과 북의 공통점: 어쨌든 죽음 / 남과 북의 공통점: 졸업 / 남과 북의 공통점: 예술가 / 통계 / 미인 / 한반도의 실상 / 남녀공학 / 편의점 / 북한판 패스트푸드 / 맥주열전 / 영웅 / 결혼과 이혼 / 대학입학 / 남과 북, 추운 지역의 기준 / 권한과 책임 / 큰 병원은 언감생심(焉敢生心) / 만병통치약 / 우리의 꿈 / 남과 북, 단체복의 의미가 틀린 것이 아니라 다르다 / 스트레스 / 북한영화를 보다 part 1 / 북한영화를 보다 part 2 / 북한신문 VS 한국신문 part 1 / 북한신문 VS 한국신문 part 2 / 왕따 / 비사회주의 / 오징어덮밥 / 극장 / 북한에서의 극장 매너 / 줄을 잡아라 / '다음에 식사해요'의 함의 / 귤 / 은행은 도둑일까? / 국가가 인권을 말하는 나라 / 대중동원 / 보고체계 / 일당독재국가 / 북한을 지탱하는 당

북맹(北盲) 01

강의를 했다.

청중들에게 쉬운 질문을 했다.

북한에는 공산당이 있을까요?

"뭔 미친 소리래."

당연히 "공산당은 있다"는 대답이 다수를 이루었다.

북한에는 공산당이 없다.

남한에도 공산당이 없다.

1946년에 북조선공산당과 신민당이 합당해서 조선로동당이 되었다.

올해가 2019년이다.

73년 전에 있었던 일이다.

어째서 북한에 공산당이 있다고 확신하고 살았을까?

로동당 창건기념 포스터 (손에 든 것은 망치, 붓, 낫)

북맹(北盲) 02

본격적으로 강의를 하기 전에 청중들에게 질문을 했다.

북한의 국화(國花)가 뭘까요?

청중들 사이에서 웅성거림이 있었다.
듣지도, 보지도, 생각하지도 않은 질문이었는지 모르겠다는 반응이 대부분이었다.
통일교육을 처음 받는 사람들도 아닌데, 이렇게 쉬운 질문에 답을 못한다는 것이 이상했다.

"북한의 국화는 목란입니다."라고 말을 했다.
그러자 객석에서 한 분이 말씀을 하셨다.

"50평생 살면서 북한에도 국화가 있다는 강의를 받아 본 적이 없었다"고 말이다.

그간의 통일교육은 도대체가 뭘 한 것인가?

남한의 국화는 무궁화, 북한의 국화는 목란

북맹(北盲) 03

공무를 수행하는 사람들에게 강의를 했다.

북한의 노래 한 곡을 들려줬다.

너무나도 쉬운 노래라서 당연히 알고 있을 것이라고 생각을 했다.

100명의 청중 중에서 이 노래를 아는 사람은 1명 있었다.

"애국가"

북한에서도 '애국가'를 부릅니다.

물론, 북한의 국가(國歌)는 애국가입니다.

◇ 공화국과 더불어 길이 전할 이야기 ◇

《 애 국 가 》

공화국창건 60돐을 맞게 되는 우리 천만군민의 가슴마다에 《애국가》의 선률이 장중하게 메아리친다.

조국에 대한 열렬한 사랑으로 심장이 높뛰게 하고 사회주의조선의 무궁번영을 위해 몸과 마음 다 바쳐갈 애국적열정으로 온넋을 불태워주는 우리의 국가, 《애국가》!

김일성조선의 자손만대를 애국의 한길로 억세게 떠밀어주는 《애국가》를 안겨주신것은 사회주의조선의 시조이신 위대한 수령님의 영원불멸할 업적이다.

위대한 령도자 김정일동지께서는 다음과 같이 지적하시였다.

《수령님을 떠나서 세계에 빛을 뿌리는 오늘의 조선에 대하여 말할수 없으며 수령님을 떠나서 우리 민족의 높은 존엄과 영예, 긍지에 대하여 생각할수 없습니다.》

해방조국의 첫 기슭에서 《애국가》창작을 발기하시고 걸음걸음 손잡아 이끌어주신 어버이수령님의 로고와 심혈을 어찌 다 전할수 있으랴.

항일혈전의 나날 혁명적인 노래의 위력을 절감하신 위대한 수령님께서는 해방직후에 벌써 온 민족을 애국의 기치에 묶어세워 부강조국건설에로 힘있게 추동할 우리 식의 국가, 전인민적가요를 창작할데 대한 명철한 요구를 내세우시였다.

해방된 이듬해 가을 일군들을 부르신 위대한 수령님께서는 우리 인민은 부강한 자주독립국가를 건설하기 위하여 투쟁하고있으며 이 크나큰 행복을 마음껏 노래하고싶어한다고 하시면서 우리 인민들에게 어서빨리 《애국가》를 안겨줍시다라고 뜨겁게 말씀하시였다.

그이께서는 이렇게 강조하시였다.

우리 나라는 참으로 아름다운 나라이다. 우리 인민은 반만년의 유구한 력사를 가진 인민이며 찬란한 문화를 빛낸 인민이다. 우리 선조들은 먼 태고로부터 우리 강산을 피로써 지켜 외적을 물리쳤고 항일유격대원들은 손에 무장을 들고 일제를 반대하여 목숨바쳐 싸웠다. 오늘은 근로인민이 정권을 자기 손에 틀어쥐고 부강한 조국을 건설하기 위하여 모든것을 다 바치고있다. 이렇게 아름다운 조국과 슬기로운 투쟁전통을 가진 인민의 민족적긍지와 자부심을 노래에 담아야 하겠다. …

어버이수령님의 그날의 가르치심이 그대로 가사가 되고 선률이 되여 오늘의 《애국가》가 태여나게 되였음을 김일성조선의 후손만대는 두고두고 전해갈것이다.

조국애로 심장을 불태우시며 《애국가》를 훌륭하게 완성시켜주시려 우리 수령님 얼마나 마음쓰시였던가.

《애국가》에 대한 심의가 진행될 때였다. 노래의 구절들을 음미해보시며 세심한 지도를 주시던 어버이수령님께서는 《찬란한 문화로 자라난》이라는 시행부터 아래는 반복하는것이 좋겠다고 말씀하시는것이였다.

그이께서는 우리 나라는 찬란한 문화로 자라난 유구한 력사를 가진 나라인데 어떻게 한번만 부를수 있겠습니까, 다시 한번 부르면 선률로 보아서도 더 효과적이고 음악상조화도 잘될뿐만아니라 노래도 한결 장중해지고 부르는 사람들로 하여금 민족적긍지감과 자부심을 가지게 할것입니다라고 열정에 넘쳐 말씀하시였다.

정녕 《애국가》는 절세의 애국자이신 위대한 수령님의
열화같은 조국애의 분
그이의 비범한 예지,
선견지명의 결정체이다.

9월의 하늘가에 메아
《애국가》의 선
어버이수령님의 숭고한
족의 뜻을 담아싣고, 무
번영할 내 조국의 만년
닦아주신 우리 수령님의
을 노래하며 온 누리에
울려퍼지고있다.

《애국가》와 같이 위대
상과 리념, 숭엄한 리상
부를 담아싣고 울리는
세상에 없을것이라고
긍지높이 자부한다.

위대한 수령님의 건
을 이 땅우에 현실로
시는 경애하는 장군님
계시여 우리 인민은 《애
를 높이높이 합창하며
국의 대문을 기어이 열
것이다.

선군조선의 번영의 년
더불어 《애국가》는
하늘높이 무궁토록 울려
이다.

본사기자 백

로동신문, 2008년 9월 8일, 2면

지금까지 많은 통일교육을 받았지만, 북한에도 애국가가 있다는 사실을 알려준 강의는 이번이 처음이라는 소리에 개탄을 하지 않을 수가 없었다.

북한을 찬양하든, 욕하든 상관없다.
통일을 하려면 북한을 알아야 하는 것 아닌가?
통일교육이 산으로 가고 있구나!

북한 문학작품 감상법 01

1. 이데올로기를 빼고 본다.

   빨갱이 소릴 듣겠지?

2. 이데올로기까지 고려하고 본다.

   꼴통 소릴 듣겠지?

어쩌지?

북한 문학작품 감상법 02

수업시간에 학생이 질문을 했다.

"북한의 예술도 예술인가요?"

북한의 예술이 예술이 아니라면…

정치도 정치가 아니다.

경제도 경제가 아니다.

문화도 문화가 아니다.

그냥, 아무 것도 아니다.

북한의 모든 것은 아무 것도 아니어야 한다.

Who are you?

'북한 사회의 이해'라는 강의를 할 때 있었던 일이다.

강의를 위해 항상 열심히 준비했다.

오늘 강의는 5주차다.

지난 4주간은 김일성 시대의 사회를 강의했다.

오늘은 김정일 시대의 북한 사회를 할 차례다.

> 1994년 7월 8일 김일성이 사망하고 1995년 극심한 자연재해로 인하여 북한 사회는 고난의 행군을 시작합니다. (…중략…) 이상으로 수업을 마치겠습니다.

수업을 마치려던 찰나에 뒷자리에 앉아 있던 학생이 손을 들어 질문을 했다.

근데요.

교수님, 김일성이 누구에요?

김정은이 아니다. 김일성이다.

서태지와 아이들

이번 답사는 철원으로 갈 겁니다.

철원에는 노동당사가 있습니다.

서태지와 아이들의 뮤직비디오의 배경이 되기도 했던 곳이죠.

선생님!

서태지가 누구예요?

아이들 눈높이에 맞춘다고 설명을 한다는 것이 쉽지는 않다.

강원도 고성에 가면 김일성 별장이 있다. 단, 입장료가 있다.

아파트

남한에서 아파트는 갈망의 대상이다.

오죽하면 "아 파 트"라는 노래까지 있을까.

북한은 어떨까?

북한도 남한과 같이 아파트는 갈망의 대상이다.

> 나의 소원은 아파트에 사는 거에요.
>
> —조선예술영화 한 녀학생의 일기 중에서—

남과 북의 공통점을 찾았다.

"아파트"

통일돼도 아파트 신화는 쭉 이어진다는 말인가?

평양 려명거리 아파트

평양 려명거리 아파트

서울과 평양의 공통점

대한민국에서는 대부분의 사람들이 서울에 살기를 원한다. 그러나 누구나 서울에 살 수 없다.
서울의 부동산이 감당하기 어려울 정도로 비싸기 때문이다.
조선민주주의인민공화국에서는 대부분의 사람들이 평양에 살기를 원한다. 그러나 누구나 평양에 살 수 없다.
출신성분이나 토대가 좋아야 하기 때문이다.

남한이나 북한이나 수도에 살고 싶은 욕망은 누구에게나 있다.
현실은 꿈꾸는 것에 만족해야 한다.

평양 창전거리 아파트

무소유

남한은 자본주의 사회다.

뭐든 많이 소유하려면 자본가가 되어야 한다.

나는 자본가가 아니다.

북한은 일당독재 사회다.

뭐든 많이 소유하려면 핵심 당원이 되어야 한다.

나는 핵심 당원이 아니다.

선택이 딱 하나다.

허허허

나는 무소유가 좋다.

나는 무소유를 원하지 않아도 선택이 하나다.

무소유.

나쁜 사람

어느 강사가 말했다.

김일성은 한국전쟁을 일으켜 많은 사람을 죽였습니다.

그래서

김일성은

나쁩니다.

다시

그 강사가 말했다.

김정일은 북한의 주민들을 굶어 죽게 했습니다.

그래서

김정일은

나쁩니다.

질문이 있습니다.

김정은 좋은 사람인가요? 나쁜 사람인가요?

그것은…

숙제입니다.

민주주의

대한민국은 민주주의 국가다.

조선민주주의인민공화국은 민주주의 국가다.

한반도에서 남과 북은 민주주의 국가다.

이게 맞아?

맞는 것 같은데 뭔가 다르다는 생각이 든다.

대한민국의 민주주의는 자유에 포인트가 있다.

조선민주주의인민공화국의 민주주의는 사회에 포인트가 있다.

이상한 사회

대한민국은 유교사상을 바탕으로 한 자유민주주의 국가다.
조선민주주의인민공화국은 주체사상을 바탕으로 한 사회민주주의 국가다.

대한민국에 유교사상을 깊이 아는 국민이 얼마나 있을까?
조선민주주의인민공화국에 주체사상을 깊이 아는 인민이 얼마나 있을까?

너나 나나 '도긴개긴'이다.

공정의 의미 part 1 남과 북

나는 자랑스런 대한민국 국민입니다.

국민의 4대 의무 중 하나인 근로의 의무를 성실히 이행

하고 있습니다.

그래서

이놈의 회사는

나만 죽어라고 일을 시키고,

나만 부려 먹고 있다.

저기

놀고 자빠진 잉여인간들을

보면 속이 뒤집힌다.

나는 자랑스런 조선민주주의인민공화국의 공민입니다.

준마처녀*가 되기 위해 죽어라고 일을 하고 있습니다.

그런데

지배인은 나만 부려 먹고 있다.

일하는 나만 죽어 나갈 판이다.

저기

놀고 자빠진 놀새들이 얄미울 뿐이다.

사람 사는 곳은

어딜 가나 비슷한 건가요?

---

* 준마처녀: 당찬 여성을 일컫는 말로 일을 잘하는 여성이 주변 사람들의 부러움을 받는다는 뜻.

〈준마처녀〉 노래에 등장하는 일하는 여성

삶

나는

대한민국의 가장이다.

퇴근 후에 집에 가면…

아이들은 방콕하고

자기 방에서 뭔가를 하고 있다.

아내는

댕댕이(강아지)를 챙기느라

늘 분주하다.

나는

홀로 거실을 지키고 있을 뿐이다.

나는

조선민주주의인민공화국의 가장이다.

직장이 있다.

그러나

월급이 없다.

아이들은

뭔가를 열심히 하고 있다.

아내의 괄시는 늘어나고 있다.

나는

홀로 술을 마실 뿐이다.

남과 북의 공통점: 어쨌든 죽음

한국에선 몸무게가 날로 늘어난다.

운동을 해야 한다.

적게 먹어야 한다.

이렇게 하다가는

고혈압, 당뇨로 일찍 죽을 판이다.

북한에선 몸무게가 날로 줄어든다.

노동을 해야 한다.

적게 먹을 수밖에 없다.

이렇게 하다가는

영양실조, 어지럼증으로 일찍 죽을 판이다.

남과 북,

어디에 살건 일찍 죽을 판이다.

남과 북의 공통점: 졸업

졸업이 다가온다.

취업이 걱정이다.

미래는 불안할 뿐이다.

안정된 직장에서

돈을 벌고 싶습니다.

졸업이 다가온다.

(국가에서 직장을 배정해 주지만) 월급이 걱정이다.

미래는 불안할 뿐이다.

안정된 직장에서

돈을 벌고 싶습니다.

남과 북의 공통점: 예술가

대한민국의 예술가다.

예술의 생명은

당연

창의성이다.

물론

상업성이 우선이다.

특히

투자자의 말은

무조건 잘 들어야 먹고 사는 데 지장이 없다.

조선민주주의인민공화국 예술가다.

예술의 생명은

당연

창의성이다.

물론

당성이 우선이다.

특히

당의 말은

무조건 잘 들어야 먹고 사는 데 지장이 없다.

통계

북한의 통계는 신뢰하기 어렵다.

공식적으로 발표하는 통계가 있으나 믿을 수가 없다.

그래서 국제기구나 우리정부에서 발표한 통계자료를

살펴봤다.

유엔식량농업기구(FAO)

세계식량계획(WFP)

한국은행

통계청

염병!

기관별로 통계치가 각기 다르다.

어느 기관의 통계가 맞는 것인지 모르겠다.

북한의 통계를 정확히 알 수 있는 방법이 없는 것이더냐.

미인

북한에서 인기 있는 여성의 조건은
"현대가재미"라고 한다.

현은 현금이다.
현금 많은 여성을 좋아한단다.

대는 대학이다.
대학 나온 여성을 좋아한단다.

가는 가정 출신성분이다.
출신성분이 좋은 여성을 좋아한단다.

재는 재간이다.

재간(재주) 있는 여성을 좋아한단다.

미는 뭘까?

미인이란다.

이런 조건을 갖춘 여성이 뭐가 아쉬워서 결혼을 할까 싶다.

그냥 웃자고 나온 말이겠지?

얼굴주름살을 예방하고 피부영양에 좋은 미안방법

1. 밀가루와 콩가루를 같은 량으로 섞은 다음 우유, 오이즙, 귤즙을 알맞춤히 혼합한다.

여기에 닭알흰자위 한알분, 꿀을 적당히 두고 부풀어오를 때까지 잘 반죽하여 얼굴에 바르고 15분 있다가 물로 씻는다.

2. 홍당무우 2개를 보드랍게 갈아서 우유, 식물성기름, 농마를 각각 1차숟가락, 닭알흰자위 한알분을 모두 균일하게 혼합하여 얼굴에 바르고 30분 있다가 따뜻한 물로 씻으면 탄력성이 수복되고 영양이 좋아진다.

얼굴에서 잔주름을 없애는 미안술

1. 닭알흰자위 한알분과 비타민 E 1ml, 밀가루 적당한 량을 섞어 얼굴에 바르고 20분 있다가 씻는다.

2. 꿀 70g, 농마 60g을 섞은 다음 물과 적은 량의 닭알흰자위를 더 넣으면서 잘 이겨 된고약처럼 만든것을 바르고 20분 있다가 씻는다.

주근깨와 피부색소반을 방지하기 위한 미안술(1)

1. 잘게 썬 화장비누 1/2숟가락에 따뜻한 물을 넣고 죽상태로 만든 다음 캄파기름 1숟가락과 3% 과산화수소액 1차숟가락을 혼합하여 잘 저은 후에 색소반이 있는 부위에 바르고 20분 있다가 따뜻한 물로 씻고 크림을 바른다.

2. 신선한 오이쪽지의 쓴맛이 나는 부위를 얼굴에 대고 아침과 저녁에 10분씩 문질러준다.

3. 곶감을 가루내여 우유에 타서 하루 2~3번 바른다.

북한 화장(미안) 방법

한반도의 실상

강사 왈,

북한에서는 식량이 없어서 굶어 죽는 사람이 있다고 합니다.
북한에는 의약품이 부족해서 어린아이들이 생명에 위협을 받고 있다고 합니다.

학생 왈,

말을 끊어서 죄송합니다.
저는 삼각김밥조차 사먹을 돈이 없습니다.
북한보다도 저부터 살려주세요.

남녀공학

남한에는 남녀공학이 있다.

그러나 남고와 여고가 의외로 많다.

북한은 모든 학교가 남녀공학이다.

솔직히 이건 좀 부럽다.

편의점

남한은 24시간 편의점이 있다.

각종의 배달이 일상화되어 있다.

당연하게도 이는 대한민국의 강점이다.

북한은 24시간 편의점이 없다.

편의봉사 시설 근무시간이 새벽부터 저녁까지 많아졌다.

그러나 밤새도록 일하지는 않는다.

배달이 제한적이다.

평양에서는 짜장면을 앱으로 배달시켜 먹기도 한다.

지방은 아직 아니다.

음, 그래서 나는 대한민국을 사랑한다.

북한판 패스트푸드

북한에서는 고기가 귀하다.

부족한 고기를 대신해서 인조고기를 만들었다.

오해 말아라!

인조고기는 콩으로 만든다.

남한에서도 인조고기밥을 먹을 수 있다.

인터넷을 검색하면 쉽게 찾을 수가 있다.

한 번쯤 경험하는 것도 나쁘지 않다.

'인조고기'라는 음식을 소극적으로 권한다.

인조고기밥

음식감 (2명분)

흰쌀·····························250g
인조고기························200g
소금·································1g
맛내기······························1g
양념장 ····························20g

만드는 방법

① 흰쌀은 씻어 불구었다가 밥을 짓는다.

② 인조고기는 물에 불구었다가 물을 짠 다음 7㎝길이로 토막내여 소금, 맛내기를 두고 재운다.

③ 재운 인조고기를 찜가마에 넣고 쪄서 식힌 다음 밥을 넣고 접시에 보기 좋게 담아 양념장을 쳐서 낸다.

김치맛과 콩가루

김치양념에 콩을 닦아 가루를 내여 넣으면 젖산균이 자라는데 방해를 노는 잡균들의 작용이 억제된다. 동시에 콩가루는 잡맛을 없애고 김치의 고유한 맛을 살리며 김치가 인차 시여지지 않게 하는 역할을 한다.

콩가루는 또한 젖산균이 지나치게 왕성해지는것을 막기때문에 김치맛이 변하지 않게 한다.

맥주열전

2012년 외국의 한 칼럼리스트가 "한국 맥주는 북한의 대동강 맥주보다 더 맛이 없다"고 했다는 기사를 봤다. 개소리(웃기는 소리)라고 생각했다.

홍대 선술집에서 우연히 대동강 맥주를 마시게 됐다. 백종원 씨처럼 절대 미각을 소유하지 않아 맛을 냉정하게 평가하기는 어렵다.

3명이서 맥주 24병을 마셨다면 많이 마신 것 아닌가? 근래 들어서 이렇게 많이 마신 술은 없다.

많이 마신 것으로 봐서는 괜찮았던 것 같다.

헉!

나 빨갱이?

대동강맥주
TAEDONGGANG BEER
국규 11128:2017
대동강
TAEDONGGANG
11°
대동강맥주
②
TAEDONGGANG
BEER
대동강맥주공장

영웅

미국 헐리웃에 등장하는 영웅은 눈으로 보기에 흡족하다.
보고 또 봐도 흐뭇하다.

북한에도 영웅은 있다.
북한의 영웅은 눈으로 보기에 흡족하지는 않다.
보고 또 봐도 그냥 일반인이다.
보통의 신체조건과 초능력이라곤 찾을 수 없는 평범한 사람이다.

그냥 주변에서 흔히 볼 수 있는 동네 사람이다.

숨은 영웅들의 모범을 따라배우는 운동을 더욱 힘있게 벌리자!

당일군의 꾸준한 노력이 뒤받침될 때

단천제련소 초급당위원회 일군들의 사업에서

[illegible]

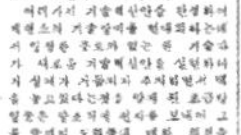

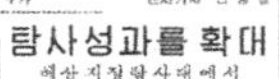

1. 2배의 전진속도로

문천탄광에서

[illegible]

탐사성과를 확대

혜산지질탐사대에서

[illegible]

[illegible]

그 모범을 본받아

옹진군 서해협동농장에서

[illegible]

수지마대생산공정을 새로 꾸리고 생산시작

함흥시에서

[illegible]

기업관리를 개선하는것은 지방공업발전의 중요한 요구

[illegible]

많은 고기를

강서구역 잠진협동농장에서

[illegible]

결혼과 이혼

한국에서는 결혼하기 참으로 힘들다.

이혼은 참으로 쉽다.

북한에서는 결혼하기 참으로 쉽다.

이혼은 참으로 힘들다.

어느 쪽이 바람직할까?

대학입학

대한민국에서는
좋은 대학을 가기 위해서
재수도 하고 삼수도 한다.
장수를 하기도 한다.
국가가 나를 버린 건가?

조선민주주의인민공화국에서는
좋은 대학에 못가면
재수가 아니라
가차 없이 취직이 된다.
국가가 나를 사랑하는 건가?

남과 북, 추운 지역의 기준

남한에서 강원도 출신이라고 하면 추운 곳에서 왔다고 한다.
북한에서 강원도 출신이라고 하면 따듯한 곳에서 왔다고 한다.
그만큼 북한의 겨울은 춥다.

북한 사람들이 한국에 오면 겨울철에 반팔만 입어도 될 정도로 그리 춥게 느끼지지는 않을 것 같은 생각이 들었다.
그래서 북한이탈주민에게 남한이 춥냐고 물어봤다.
의외의 대답을 들었다.

대한민국 추워요.

엄청 추워요.

추워서 못살겠어요.

이미 적응한 것인가?

권한과 책임

대한민국에서 권한은 상사가 갖고 있다.
실무자들은 일이 잘못되면 책임을 진다.

조선민주주의인민공화국에서 권한은 간부가 갖고 있다.
실무자들은 일이 잘못되면 책임을 진다.

역시 우리는 같은 민족이다.
그래서 통일을 할 수가 있다.

큰 병원은 언감생심(焉敢生心)

대한민국에서 큰 병원에 가는 것은 쉽다.

다만 대기하다가 죽을 판이다.

진료를 받기 어렵다.

조선민주주의인민공화국에서 큰 병원 가는 것은 쉽다.

다만 의약품이 구비되지 않아 죽을 판이다.

진료를 받기 어렵다.

남이나 북이나 진료 받기 어려운 것은 매한가지다.

만병통치약

한때 남한에 만병통치약으로 호랑이약이란 것이 있었다.
이젠 추억 속의 이야기다.

북한도 만병통치약이 있다.
빙두, 일명 마약이다.

북한에서 의약품을 쉽게 구할 수 없기에 대용으로 빙두를 사용하고 있다.
마치 우리가 만병통치약으로 호랑이약을 사용했던 것과 같은 개념으로 보면 된다.

마약은 단언컨대 나쁘다.

그러나 마약과 관련하여 우리 사회에서 이해하는 개념과 북한 사회에서 이해하는 개념의 차이는 존재하고 있다.

우리의 꿈

남한 사람은

북한 사람과

근본적으로 다르다고 생각하는 경향이 많다.

항상

그렇게

차이를 배워 왔기 때문이다.

하지만

모두

그런 것은 아니다.

대한민국 청소년들은 공무원을 꿈꾼다.

경쟁도 치열하다.

조선민주주의인민공화국 청소년들은 당 관료를 꿈꾼다.

경쟁도 치열하다.

남북 청년들의

꿈은 같다.

청년들의 꿈은 벌써 통일이 됐다.

남과 북,
단체복의 의미가 틀린 것이 아니라 다르다

서울에서 보는 단체복은 이렇다.
회사나 단체에서 주는 유니폼은 지휘 고하를 막론하고
똑같은 디자인이다.
그걸 입고 거리를 활보하기 부끄럽다.
차라리 각기 다른 디자인에 다른 색상의 옷으로 주면
좋겠다는 생각을 할 뿐이다.

평양에서 보는 단체복은 이렇다.
회사나 단체에서 주는 유니폼은 지휘 고하를 막론하고
똑같은 디자인이다.
그걸 입고 거리를 활보하는 것은 부끄러운 일이 아니다.

각기 다른 디자인에 다른 색상의 옷으로 주면 차별하는 것으로 생각을 할 뿐이다.

개인이 강조되는 한국 사회와 전체가 강조되는 북한 사회 간의 괴리가 아닐까 싶다.

스트레스

북한이탈주민으로부터 전해들은 얘기다.

북한이탈주민이 한국에 온 지 얼마 되지 않았을 때 병원에 갔다고 한다.
의사선생님은 "스트레스를 받아서 그렇다"는 말을 했다고 한다.
"스트레스를 많이 받아서 생긴 것이라니?"

당시 북한이탈주민은 '스트레스'가 뭔지 몰랐다.
그리고 그걸 '받았다'고 하니 답답했다고 한다.
"스트레스"의 정체를 모르고, "받은 적이 없었는데" 난감했다고 한다.

그래서 의사선생님에게 물었다고 한다.
"사실 병원에 오면서 스트레스를 받지 못하고 왔는데, 어디서 받아와야 하는지 알려주면 당장에 받아오겠다" 고 말이다.

의사선생님은 "스트레스"를 설명하다가 그만 스트레스를 받았다고 한다.
그러나저러나 "스트레스"를 쉽게 풀어서 설명하는 것이 가능할까?

북한영화를 보다 part 1

남과 북의 차이를 빠르게 아는 방법의 하나는

영화를 보는 것이다.

북한영화를 시청한다는 것은

강사의 지루한 수업에서의 해방을 의미한다.

작금의 시대에서의 해방이란 이럴 때 쓰는 단어다.

두둥!

북한영화가 시작됐다.

북한영화를 보는 시간이 굉장히 짧게 느껴질 정도로

시간이 금방 지났다고들 한다.

학생들에게 북한영화가 그리도 재미있었을까 싶을 정

도로 놀랐다.

그러나 학생들이 북한영화가 짧게 느낀 이유는
영화 시작과 동시에 잤기 때문이다.

얼마나 수면제스러웠는지
곤히 잘 수 있게 잘 만든 영화로 평가한
학생의 말을 잊을 수가 없다.

평양국제영화축전은 2년마다 개최된다.

북한영화를 보다 part 2

북한영화를 상영하는데 영화와 관련해 설명을 해달라는 요청을 받고 강의에 갔다.

객석이 꽉 찰 정도로 많은 사람들이 있었다.

재미가 없는 북한영화를 끝까지 관람을 해서 솔직히 놀랐다.

강의가 끝나고 나서야 그 이유를 알았다.

선물 때문이었다.

더 충격적이었던 것은 사람들이 나가면서 이야기 나누는 주제는 북한영화가 아니라 선물이었다.

북한신문 VS 한국신문 part 1

북한신문 1면에 최고지도자가 등장한다.

남한신문 1면에 대통령이 등장한다.

위대한 김일성동지와
김정일동지의 혁명사상
으로 철저히 무장하자!

로동신문

조선로동당 중앙위원회기관지

제264호 [루계 제25407호] 주체105(2016)년 9월 20일 (화요일)

위대한 김정
따라 최후의
향하여 앞

우주정복의 길에서 이룩한 또 하나의 사

새형의 정지위성운반로케트용 대출력발동기지상분출시험에서 대성

경애하는 김정은동지께

서해위성발사장을 찾으시여 새형의 정지위성운반로케트용 대출력발동기지상분출시험을 지도하시였다

북한신문 VS 한국신문 part 2

북한신문의 논조는 당의 방침에 따라 명확하다.

남한신문의 논조는 사주의 방침에 따라 명확하다.

왕따

대한민국 사회에서 왕따 문제가 심각하다.

사회적으로 문제가 되고 있다.

조선민주주의인민공화국에서도 왕따가 존재한다.

북한에서 왕따를 모서리라고 부른다.

왕따 문제는 남이나 북이나 해결해야 할 과제다.

그러나 이 문제를 해결하고자 노력만 하고 있을 뿐 가시적인 성과는 보이지 않는다.

비사회주의

조선민주주의인민공화국의 인민군 간부가 말했다.
"남조선 드라마를 보거나 노래를 부른 사람은 처벌하겠다"고 단호히 말했다.
그러나 그는 이미 서울말을 쓰고 있었다.

오징어덮밥

북한에서

오징어덮밥을 시키면

낙지덮밥이 나온다.

북한에서 오징어는 낙지다.

오해는 하지 말자.

그런데 이 음식을 언제쯤 먹을 수 있을까?

북한 평양의 식당

극장

북한의 극장은 공연장을 의미한다.

영화를 보는 곳은 '영화관'이다.

남한의 극장은 영화를 보는 곳을 의미한다.

공연을 보는 곳은 '공연장'이다.

남과 북 같은 듯, 다르다.

북한에서의 극장 매너

2008년 이후로 극장에서 팝콘, 음료수, 전기구이 오징어를 비롯한 각종의 음식 반입이 법적으로 가능해졌다. 그렇다고 영화상영 중에 피자나 자장면을 먹는 건 좀 심하다는 생각이 든다.

북한에서는 극장에서 음식 섭취가 원천 차단되어 있다. 무엇이든지 먹는 것은 극장 밖에서만 가능하다.

이 지점에서 지극히 개인적인 생각을 말하겠다.
우리도 빨리 다시 이 정책을 시행하라!

줄을 잡아라

남한에서 어떤 줄을 잡느냐에 따라 인생이 필 수도 꼬일 수 있다.

북한에서 어떤 줄을 잡느냐에 따라 삶을 마감할 수도 이어나갈 수 있다.

'다음에 식사해요'의 함의

대한민국 사회에서 "다음에 식사해요", "연락할게" 등의 언어는 형식적인 의미이다.

조선민주주의인민공화국 사회에서
"다음에 식사해요"는 정말로 식사하자는 의미고
"연락할게"는 정말로 연락하겠다는 의미다.

나는 한국에 온 지 얼마 안 된 북한이탈주민과 헤어질 때, "전화할게요."라고 했다.

북한이탈주민은 나의 전화를 기다렸다고 한다.
나는 일상에서 흔히 쓰는 말을 썼을 뿐이다.

별거 아닌 일에 우리 사이에는 트러블이 생겼다.
이런 사소한 것으로도 트러블이 생길 수 있다니?

통일로 가기 위해서는 서로를 알아야 할 것이 참으로
많다는 쉬운 사실을 뒤늦게 깨달았다.

그런데 이런 것은 왜 통일교육에서 말을 안 해줄까?

귤

이것은 나와 친한 어느 북한이탈주민의 얘기다.

모든 북한이탈주민이 그랬다는 것은 아니다.

귤을 처음 먹는다.

껍질을 까지 않고 그냥 먹었다.

맛있다.

누군가 껍질을 까서 먹으라고 알려줬다.

껍질을 까서 먹었다.

더 맛있다.

이 얘기를 한 북한이탈주민은 단순히 웃자고 한 것이 아니다.
우리가 당연하게 생각하는 것을 북한이탈주민은 당연하게 모를 수 있다는 것을 알았으면 하는 소망에 얘기를 했다고 한다.

그렇다.
나에게 당연한 것이 너에게 당연한 것이 아닐 수 있다.

은행은 도둑일까?

대한민국에서는 돈을 은행에 보관한다.

내 월급은 매달 통장으로 입금된다.

문제는 동시에 출금이 된다는 것이다.

통장의 잔고는 늘 제로에 가깝다.

이제는 마이너스다.

조선민주주의인민공화국에서는

돈을 집에 보관한다.

나도 이젠 월급을 직접 받아서 집에 보관해야겠다.

국가가 인권을 말하는 나라

대한민국에서 인권은 국가가 말하고 있다.
남한의 인권은 얼마나 잘 지켜지고 있기에 북한을 욕하는지 모르겠다.
조선민주주의인민공화국에서 인권은 국가가 말하고 있다.
북한의 인권은 얼마나 잘 지켜지고 있기에 남한을 욕하는지 모르겠다.

물론, 남과 북 그 사이에는 정도의 차이는 있다.
그 정도의 범위를 어디까지로 한정할까?
요만큼?
요만큼이 얼마큼이더냐?

대중동원

북한은 대중을 대규모로 동원하고, 사회적으로 분위기를 잡고 있습니다.
여러분은 행복한 겁니다.

나는 이 말에 결코 동의할 수가 없다.
난 자유 대한민국의 국민임에도 불구하고
학교정책상 강제로 동원돼 통일강좌를 듣고 있기 때문이다.
따라서 나는 불행하다.

북한과 뭐가 다르지?
젠장!

보고체계

직장에서

보고체계는 엄격합니다.

순서를 건너뛰거나

빠지면

큰일 납니다.

직장에서

윗사람에게

토를 달면 피곤해집니다.

윗사람이

꿩이라고 하면 꿩이고,

닭이라고 하면 닭이라고
생각하는 게 편합니다.

이는 남한의 이야기이면서도 북한의 이야기다.*

---

* 참고: 조선예술영화 〈들꽃소녀〉라는 영화를 보면 이 부분을 확인할 수가 있다.

일당독재국가

우리는 북한을 일당독재국가로 배웠다.

조선로동당 하나만 존재하는 것으로 배웠다.

하지만 북한에는 조선사회민주당, 조선천도교청우당 등등이 있다.

북한에 당이 여러 개가 있다니 충격적이다.

물론, 정권교체가 된 적은 없다.

북한을 지탱하는 당

로동당이 있다.

로동당이 장마당을 통제하고 있다. 계속 이런 체제를 유지할 것이란 전망이 있다.

장마당이 있다.

장마당이 점차 커지고 있다. 로동당이 통제 못할 수 있을 것이란 전망이 있다.

2. 통일이 문제가 아니다

저는 최악의 영업사원입니다 / '세상은 변하고 사람의 생각도 바뀐다'고 믿고 싶다 / 차라리 워낭소리 / 4차 산업혁명을 목전에 둔 통일교육 / 통일 이후는 졸리다 / 통일행사의 피로함 / 행사 시작부터 난 싸움 / 맙소사, 통일시간에 헌법을 얘기하고 있다 / 점차 커지는 개소리 / 열정교사 / 열정공무원 / 시사 주제 토론 프로그램 Intro / 시사 주제 토론 프로그램 Main / 시사 주제 토론 프로그램 After that / 딜레마 part 1 / 딜레마 part 2 / 통일이 되면 좋은 이유 중에 하나 / 통일하면 좋은 것 part 1 / 통일하면 좋은 것 part 2 / 남한과 북한은 서로 많이 다르니까요 / 지금은 노력 중 / 울리지 않은 전화기 01 / 울리지 않은 전화기 02 / 생존 혹은 진화 / 점쟁이와 전문가는 다르다 / 점쟁이가 되고 싶은 전문가 / 탈북 / 질문과 답 part 1 / 질문과 답 part 2 / 2018년 4월 27일 / 남북교류협력과 통일의 상관관계는 있는 것인지, 없는 것인지 궁금하다 / 북한의 걸그룹 공연 / 한반도에서의 양시론 / 북한 출신 문재인과 남한 출신 김정은 / 여기에 진짜 구분하기 어려운 문제가 있다 / 남북협상 / 방식의 다름 / 현실 part 1 / 현실 part 2 / 모순 / 완벽한 대북정책 / 누구나 간첩이 될 수 있다 / 마지막 지점

저는 최악의 영업사원입니다

사람들이 물건을 사는 것은 필요에 의해 산다.

볼펜, 스마트폰, 자동차 등등등

사람들이 한정판에 목을 매는 것은 희소성이 있기 때문이다.

가방, 피규어, 신발 등등등

그러나 세상에는 당장 필요하지 않은 물건이 있고, 한정판이 존재하지도 않는 물건이 은근히 있다.

그 중 하나가 바로 통일이다.

나는 세상을 향해 '한반도에서의 평화통일'이라는 물건을 팔고 있다.

거울을 통해 나 자신을 보면 대견스럽다.

가족을 비롯한 지인들은 나를 측은지심의 눈빛으로 바라만 볼 뿐이다.
어쩌면 세상물정 모르는 미친놈으로 보고 있을 것 같기도 하다.
가족조차 '통일'이라는 물건을 파는 나를 외면하고 있다.

나와 함께 사는 사람들도 필자를 이상한 사람으로 취급하고 있는 현실 속에서 세상을 향해 '통일'을 팔고 있는 자신이 굉장히 부끄럽다.
가족조차 설득시키지 못하는데 세상을 향해 설득을 시킨다니.
맙소사!

가족에게 먼저 '통일'이라는 물건을 팔아야겠다.

'세상은 변하고 사람의 생각도 바뀐다'고 믿고 싶다

1992년 우리나라에서 생수가 판매됐다.
그 당시에 물을 사먹는다는 것은 말이 안 되는 일로 인식이 됐다.
2019년 현재 대한민국에서 물을 사먹는 것은 일상이다.
세상은 바뀌고, 사람의 생각은 변하기 마련이다.

2007년 잘 다니던 직장을 그만두고 북한을 공부했다.
그 당시에 회사를 그만두고 북한을 공부한다고 하니 대부분의 지인들은 나를 정신이 나간 사람으로 취급했다.

2019년에도 대부분의 사람들은 북한을 연구하는 나를 보면 여전히 신기한 사람으로 취급하고 있다.

세상은 급속히 변하고 있다.
물론 사람들의 생각도 변한다.

하지만 세상이 바뀌더라도, 사람의 생각이 변하더라도 변하지 않는 것이 있다는 것을 눈으로 확인하고 있다.

제발 이게 현실이 아니길 바라고 싶다.

차라리 워낭소리

안녕하십니까. 북한전문가입니다.
오늘은 여러분들에게 통일의 필요성을 얘기하려고 합니다.

강연자 소개가 끝나자마자 객석에 있는 청중이 한 말을 우연히 들었다.

염병! 또 시작했네.

이 말을 듣고 이런 생각이 들었다.

북한전문가들이 세상과 동떨어진 얘기를 얼마나 많이 했기에 저렇게 화를 참지 못하고 분노를 표출했을까? 스스로 반성을 했다.
그날 강의는 청중을 고려하지 않고, 좋은 말만 많이 준비했기 때문이다.

강의를 하는 입장에서 많은 정보를 청중에게 전달하고 싶은 욕심이 있다.
하늘을 우러러 부끄럽지 않을 정도로 충분히 수업 준비를 했다고 자부한다.
그러나 청중들은 이날 인간이 외치는 워낭소리를 들었을 뿐이다.

4차 산업혁명을 목전에 둔 통일교육

지금의 통일교육은 예나 지금이나 변함이 없다.

통일이라는 주제는 여전히 무겁다.
강의 방식은 주입식교육, 여전히 구식이다.
강의 내용은 굉장히 현실과 동떨어졌다.

이런 강의는 솔직히 듣고 싶지 않다.
그저 빨리 끝나기를 바랄 뿐이다.

주제가 무겁더라도 청중의 관심을 끌 수 있는 강의를
할 수 있다.
강의 방식이라도 좀 세련됐으면 좋겠다.

통일 이후는 졸리다

북한이나 통일과 관련된 강의는 정말 재미가 없다.
100%라는 숫자를 써도 될 정도다.
그래서 통일수업을 들으면 의심은 확신이 된다.
황당한 건 강사의 말이다.

"통일 이후는 즐겁고, 행복하고, 좋을 것입니다."

당장 통일을 얘기하는 수업이 지겹고 졸리고 따분하게 느껴질 뿐인데 통일 이후가 좋을 리 만무하다.
통일수업 자체가 재미가 없는데, 통일 이후가 좋다니 말이 돼?
강의부터 재미있게 하길 바란다.

통일행사의 피로함

통일과 관련된 행사나 세미나 그리고 수업은 진지해야 한다.

그래서 반드시 해야 하는 것이 있다.

〈할 일〉

1. 국기에 대한 경례가 있겠습니다.
2. 애국가 제창이 있겠습니다.
3. 순국선열을 기리는 묵념이 있겠습니다.

여기까지는 봐주겠다.

문제는 이 다음이다.

축사가 5분이요.

환영사가 10분이요.

기념사가 15분이요.

인사말이 20분이요.

행사가 시작한 지 벌써 한참이 지났다.

아직 본론으로 들어가지도 못했다.

지친다.

지겹다.

누구를 위한 행사이자, 세미나, 수업인지 모르겠다.

행사 시작부터 난 싸움

통일과 관련된 행사에서 반드시 해야 하는 것들이 있다.

엄중해서 편하게 있을 수가 없다.

어색하지만 조금은 불편하게 앉아 있을 뿐이다.

〈할 일〉

1. 국기에 대한 경례가 있겠습니다.
2. 애국가 제창이 있겠습니다.
3. 순국선열을 기리는 묵념이 있겠습니다.

여기까지는 봐주겠다.

문제는 이 다음이다.

애국가를 불러야 하는 시간이다.

경건하게 있어야 하는데 갑자기 고성이 들렸다.

싸움이라도 난 느낌이다.

애국가를 4절까지 불러야 한다.

애국가를 꼭 불러야 하는 이유가 없다.

애국가를 1절만 불러도 된다.

본격적으로 옥신각신 난리가 났다.

본론으로 넘어가기도 전에 진이 빠진다.

맙소사, 통일시간에 헌법을 얘기하고 있다

기나긴 식전 행사가 끝났다.
드디어 강연자가 등장했다.
강연자는 청중에게 헌법과 관련된 이야기를 첫 화두로 던졌다.

헌법 제4조 대한민국은 통일을 지향하며, 자유민주적 기본질서에 입각한 평화적 통일정책을 수립하고 이를 추진한다.

염병! 태극기도 못 그리는데
뭔 헌법을 논하고 있는지 모를 노릇이다!
강의 시작부터 청중은 기겁을 하지 않을 수가 없다.

점차 커지는 개소리

통일수업에서 중심은 국가다.

강사는 통일의 비전을 국가를 중심에 놓고 얘기하고 있다.

솔직히 나랑 상관없는 얘기다.

통일과 나와의 연계성이 전혀 없다.

피부에 와 닿지 않는 강의라 그런지 더욱 관심이 없다.

역시, 이번에도 재미가 없다.

솔직히 종합편성채널(종편)에서 얘기하는 시사프로그램도 즐겨보는 편이 아니다.
그러나 지금 이 시간만큼은 종편의 시사프로그램이 아주 많이 그립다.

잠이나 자야겠다.
그러나 강사의 목소리는 엄청 크다.
그저 나에게는 점차 커지는 개소리일 뿐이다.
이런 강의를 더 듣다가는 반통일분자가 될 것 같다.

그만!
제발 그만!

열정교사

통일의 중요성을 인식하는 교사가 있다.
그 교사는 교무회의 시간에 통일교육시간을 배정해야 한다고 주장했다.
당연한 이야기를 해서 그런지 대부분의 선생님들이 공감을 했다.
회의실은 적막이 흘렀다.

교장선생님의 한 말씀이 있었다.
학부형들을 설득하실 수 있는지요.

결국 교무회의 시간에 나온 통일교육 프로그램 배정은 교장 선생님의 한 마디로 깔끔하게 무산됐다.

열정공무원

중앙부처회의 시간에 열정이 넘치는 공무원이 통일교육을 해야 한다고 거듭 강조했다.
나아가 통일 내용을 수능시험에 출제해야 한다고 주장을 했다.

공감하기 싫어도 공감해야 할 수밖에 없는 이야기를 해서 그런지 모두가 조용히 있었다.

적막을 끊는 한 마디가 있었다.

사교육 부담이 가중될 테고,

사회적으로 논란이 일어날 텐데요.

책임을 질 부처가 어딘가요?

그 회의의 결과는 다음과 같다.

그냥 이대로 갑시다.

시사 주제 토론 프로그램 Intro

늦은 시간에 TV를 켜면 우연히 보게 되는 프로그램이 있다.
북한을 비롯한 정치 등의 아주 무거운 주제로 토론을 하는 프로그램이다.

필자의 지인들을 기준으로 보면 시사를 다루는 프로그램을 드라마나 영화처럼 보고 싶어서 방송하기만을 기다리는 사람이 없다.
리모컨을 돌리다 우연히 볼 뿐이다.

심각한 표정을 한 채로 앉아 있는 전문가들을 보면 드는 생각이 하나 있다.

한반도에 전쟁이 일어날 가능성보다 저 둘이 싸울 가능성이 더 크다는 생각이 들었다.

싸워서 이기면 출연료를 더 많이 받는 것도 아닌데 무엇이 저들을 개처럼 싸우게 하는 것일까?

시사 주제 토론 프로그램 Main

늦은 시간에는 TV를 볼게 많지 않다.

리모컨으로 계속 채널을 돌릴 뿐이다.

채널을 돌리다가 우연히 시사프로그램을 잠시 봤다.

시청자 여러분 안녕하십니까.

사드배치 문제가 불거진 지 3개월이 지났는데요. 한반도 정세가 급박하게 돌아가고 있습니다.

오늘은 사드배치 문제를 놓고 전문가분들과 이야기를 나누겠습니다.

싸드가 뭐지?

싸드가 뭔지도 모르고, 관심도 없는 국민이 의외로 많다.

몰라도,

알아도.

내 삶과는 전혀 관련이 없다.

시사 주제 토론 프로그램 After that

논쟁이 끝나지 않을 것 같았다.

하지만 대토론회가 끝났다.

서로 득달같이 달려들어 물어뜯고 싸운 전문가들이 걱정됐다.

그러나 그들을 걱정할 필요가 없다.

연출가가 의도한 것인지 모르겠지만 TV에 출연한 전문가들은 서로 웃으면서 악수하고 있다.

서로 언제 싸웠냐는 듯이 기분 좋게 헤어지고 있다.

다행이다.

문제는 우리 집이다.

시사를 다루는 프로그램은 전염병과도 같다.

전문가들의 싸움,

그 싸움이 우리 집에서 일어나고 있다.

딜레마 part 1

통일을 꼭 해야 한다고 북한전문가가 외치고 있다.

통일이 답이라는 생각을 하게 됐다.

통일을 직무로 뽑는 회사를 찾아 봤다.

거의 찾을 수가 없다.

지극히 일부다.

심지어 중앙부처에서도 뽑는 걸 거의 볼 수가 없다.

결론을 내렸다.

통일을 공부는 할 수 있다.

그러나 취직은 불가능하다.

이건 분명히 사회 구조적으로 문제가 있다.

딜레마 part 2

통일이 우리의 소원이라고 했다.

대한민국 정부는 1공화국부터 항상 통일을 강조하고 있다.

나도 대한민국을 위해 무엇인가를 할 수 있는 사람이 되고 싶다.

통일이 소원인 나라의 국민으로서 통일을 공부하겠다고 다짐을 했다.

대학에 관련 학과를 찾아봤다.

놀라운 사실을 발견했다.

대한민국의 대학에 북한학과는 1개밖에 없었다.

정말 통일을 공부하고 싶어도 할 수가 없다.

국가가 통일을 강조하지만, 대학에서는 아몰랑~!!

결론을 내렸다.

대한민국에서 통일공부하기 어렵다.

우리의 소원이 정말로 통일이 맞는지 따져봐야겠다.

통일이 되면 좋은 이유 중에 하나

대한민국의 20대 청년들에게 군대 문제는

가장 심각한 이야기다.

북한전문가가 말하길,

통일이 되면 군대에 안 간단다.

누굴 호구로 아나?

상식적으로 생각해 볼 문제다.

북한의 군(軍)은 위협적이다.

그러나 중국과 러시아의 군(軍)은 더 위협적이다.

IF 통일이 되면, 군대 복무기간이 더 늘어날 것 같은 불길한 생각이 든다.

통일하면 좋은 것 part 1

강사가 말했다.
"통일이 되면, 여러분들은 기차를 타고 유럽여행을 갈 수 있어 좋겠어요."
"정말로 기대되겠죠?"

저건 말인지 방구인지 모르겠다.
나의 답은 NO.

저는 비행기 타고 유럽여행 갈래요.
설마 통일이 되면 좋은 것이 고작 기차 타고 유럽에 갈 수 있다는 거야?
전혀 공감하지 못하겠다.

통일하면 좋은 것 part 2

강사가 말했다.

"통일비용이 분단비용보다 훨씬 싸요."

"그래서 통일을 해야 합니다."

"아시겠죠. 질문 있나요?"

청중이 말했다.

"근데요. 그게 나랑 무슨 상관이죠?"

알아듣기 쉽게 설명하란 말이에요.

알바생의 관점에서…

소상공인의 관점에서…

직장인의 관점에서…

취업준비생의 관점에서…

나의 삶과 밀접하게 연관시켜 설명하란 말이에요.

남한과 북한은 서로 많이 다르니까요

남한과 북한은 서로 비슷한 면도 있다. 그리고 다른 면이 있다.
서로 다른 체제로 인하여 생활 방식이 다르고, 언어도 상당히 이질화됐다. 그래서 우리는 서로의 다름을 점차 줄여야 한다.

이 말에 동의하십니까?
제 답은 이것입니다.
아니올시다.

그래서… 더 통일하기 싫어요.
그러니까… 통일 안 할래요.

지금은 노력 중

우리 할아버지 세대는 빼앗긴 조국을 되찾기 위해 노력했습니다.
그래서 식민지가 아닌 대한민국을 선물했죠.

우리 아버지 세대는 배고프지 않게 살게 하려고 노력했습니다.
그래서 먹고 살 만한 나라로 만들었습니다.

우리 세대는 헬 조선을 행복한 조선으로 개조하기 위해 노력하고 있습니다.
그래서 피곤해요.
그러니까 그만 잔소리 하십시오.

울리지 않은 전화기 01

오늘 여러분에게 통일에 대해 강의해 주실 강사님이십니다.
소개가 끝나고 강의가 시작되었습니다.

북한은 핵을 개발한 나쁜 존재입니다.
북한이 더 이상 핵을 개발하지 못하게 더 강한 압박이 필요합니다.
대북제재를 강력하게 해야 합니다.

열심히 강의를 하고 내려왔다.
지금은
쉬고 있다.

어쩌면 영원히 내려온 것 같다.

강의할 때, 당시 남북정상회담이 있었다.

집에서

전화기를 보면서

쉬고 있다.

울리지 않은 전화기 02

오늘 여러분에게 통일에 대해 강의해 주실 강사님이십니다.

소개가 끝나고 강의가 시작됐다.

> 북한은 우리의 동포입니다.
>
> 우리가 아니면 누가 도와줍니까?
>
> 선진국에 밀리고, 개발국에 치이는 샌드위치 한국경제 극복하려면 남북 경제교류와 협력을 강화해야 합니다.

강의를 하고 내려왔다.

지금은

쉬고 있다.

어쩌면 영원히 내려온 것 같다.

강의할 때, 당시 우리 정부는 강력한 대북제재 공조에

동참하고 있었다.

집에서

전화기를 보면서

쉬고 있다.

생존 혹은 진화

북한전문가 중에는 생존력이 뛰어난 사람이 있다.
정권에 따라 논조가 정확히 180°도 바뀐다.
심지어 가치관까지도 바뀌는 것 같다.

이 내용은 남북 관계 세미나에서 있었던 일을 각색하여 재구성했다.

전문가 토론이 끝나고 청중의 질문이 있었다.
"당신은 정권마다 논조가 바뀌는데, 정체가 뭔가요?"

"저요?

생계형인데요."

그렇다.

10년 굶고, 10년 일하면서 살 수는 없지 않은가.

누가 그이에게 돌을 던지랴.

점쟁이와 전문가는 다르다

신발공장에 불이 났을 때,

신발가격이 오를지가 궁금해서 점쟁이를 찾았다.

딱 한 마디!

올라 (또는 떨어져)

명쾌하다.

논리는 없지만 명확하다.

신발공장에 불이 났을 때,

신발가격이 오를지가 궁금해서 전문가를 찾았다.

설명시간이 길어진다.

열심히 설명을 해준다.

전문가의 의견을 듣고 난 후,

신발가격이 오를지, 떨어질지 확신이 들지 않는다.

논리는 있지만 명확하지 않다.

점쟁이가 되고 싶은 전문가

전문가는 예측을 하지만 점쟁이는 맞추려고 한다.
전문가인데 점쟁이 행세를 하려고 하는 경우가 있다.

김일성이 사망했을 때다.
북한이 망한다고 했다.
길어야 3개월, 1년, 3년이라고 했다.
당시 최고 전문가들의 말이었다.

김정일이 사망했을 때다.
후계자가 김정남이 될 것이다.
장성택이 섭정할 것이다.

다 틀렸다.

2016년도 미국의 차기 대통령 선거에서 100% 힐러리 클린턴이 대통령으로 당선된다고 했다.
도널드 트럼프가 대통령이 되는 일은 결코 없다고 했다.

결론은 전문가들이 맞다면…
꼭 틀리고, 틀리다면 꼭 맞다.

탈북

북한을 연구하다가 먹고 살기 힘들거나 도저히 적성이 맞지 않으면 그만둔다.
그래서 다른 공부를 하는 경우가 종종 있다.
이를 두고 업계(?)에서는 '탈북'했다고 한다.

북한에서는 고난의 행군 시기인 1990년대부터 2000년대 중반까지 탈북행렬이 급격히 늘어났다.

남한에서는 남북 관계가 경색되면 탈북자들이 늘어난다.

질문과 답 part 1

Q) 북한은 어디에 있나요?

A) 북쪽이요.

위의 질문은 기준을 정하지 않고 물어본 것이다.
질문의 답은 대부분 지리적인 기준에서 말을 하고 있다.
맞고 틀리고를 말하려는 것이 아니다.
우리도 모르게 북한을 특정한 틀에 맞춰 정형화하고 있는 것은 아닌지 되돌아보자는 것이다.

북한이 어디에 있는지를 말함에 있어서 지리적으로만 말할 수 있는가?

지리적인 관점에서 말하는 게 익숙해서 그럴 수 있다.

시대가 변했다.

이제는 세련되게 말할 때가 됐다.

정치적으로,

경제적으로,

문화적으로,

심리적으로 말할 수 있다면 더 좋지 않을까?

질문과 답 part 2

Q) 한국전쟁은 1950년 6월 25일에 발발했습니다.
정전협정이 체결된 날은 언제일까요?
A) 정전협정이요? 전쟁이 끝난 날이요? 몰라요.

한국전쟁 발발한 날은 기가 막히게 알고 있다.

정전협정이 체결된 날은 거의 모르고 있다.

1953년 7월 27일이다.

사실 배운 기억이 없다.

몰라도 사는 데 지장은 없다.

그래도 통일을 하려면 알아야 하는 것 아닌가?

2018년 4월 27일

또 하나 더 외워야 날짜가 생겼다.

"2018년 4월 27일"

2018년 4월 27일 금요일은 대한민국의 문재인 대통령과 조선민주주의인민공화국의 김정은 국무위원장이 만난 날이다.

솔직히 말해서 둘이 만나서 싸우든, 사랑하든 관심이 없다.

나는 평양냉면만 생각날 뿐이다.

맛있을까?

백두산 천지에 선 남북정상의 모습

남북교류협력과 통일의 상관관계는 있는 것인지, 없는 것인지 궁금하다

남북교류협력이 잘되면 통일이 빨리 된다.

정말 그럴 것 같다.

그렇다면,

남북교류협력이 전무하면, 통일이 빨리 안 된다?

정말 그럴 것 같지는 않다.

남북교류협력과 통일의 상관관계가 없는 것 같은 싸한 느낌이 든다.

북한의 걸그룹 공연

2018년이 밝았다.

북한에서 가장 인기가 있는 여성 가수들이 남한에서 공연을 했다.

남녀노소 모두가 TV 앞에 앉았다.

호기심에 본 북한 걸그룹 공연을 보고 청년들은 놀라지 않을 수 없었다.

> **• 청년들의 반응**
> 평가 1. 경악스러울 정도로 촌스럽다.
> 평가 2. 에어로빅 선수인가 싶었다.
> 평가 3. 댄스인지 체조인지 분간을 할 수가 없다.

• **청년들의 총평**: 젠장! 눈 버렸네.

북한 걸그룹 모란봉악단

한반도에서의 양시론

북한은 핵을 포기한다니까.

좋아!

미국은 북한과 평화협정을 한다니까.

좋아!

그런데 궁금한 것이 생겼다.

이 두 개가 동시에 가능해?

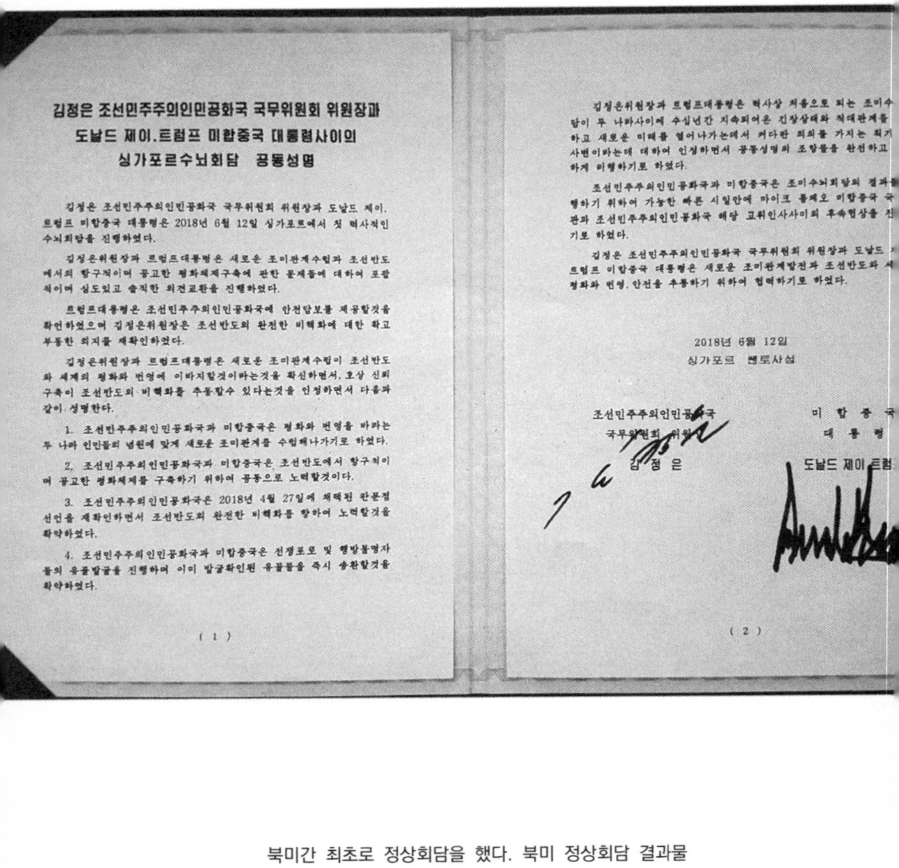

김정은 조선민주주의인민공화국 국무위원회 위원장과 도날드 제이.트럼프 미합중국 대통령사이의 싱가포르수뇌회담 공동성명

김정은 조선민주주의인민공화국 국무위원회 위원장과 도날드 제이. 트럼프 미합중국 대통령은 2018년 6월 12일 싱가포르에서 첫 력사적인 수뇌회담을 진행하였다.

김정은위원장과 트럼프대통령은 새로운 조미관계수립과 조선반도에서의 항구적이며 공고한 평화체제구축에 관한 문제들에 대하여 포괄적이며 심도있고 솔직한 의견교환을 진행하였다.

트럼프대통령은 조선민주주의인민공화국에 안전담보를 제공할것을 확언하였으며 김정은위원장은 조선반도의 완전한 비핵화에 대한 확고부동한 의지를 재확인하였다.

김정은위원장과 트럼프대통령은 새로운 조미관계수립이 조선반도와 세계의 평화와 번영에 이바지할것이라는것을 확신하면서, 호상 신뢰구축이 조선반도의 비핵화를 추동할수 있다는것을 인정하면서 다음과 같이 성명한다.

1. 조선민주주의인민공화국과 미합중국은 평화와 번영을 바라는 두 나라 인민들의 념원에 맞게 새로운 조미관계를 수립해나가기로 하였다.

2. 조선민주주의인민공화국과 미합중국은 조선반도에서 항구적이며 공고한 평화체제를 구축하기 위하여 공동으로 노력할것이다.

3. 조선민주주의인민공화국은 2018년 4월 27일에 채택된 판문점선언을 재확인하면서 조선반도의 완전한 비핵화를 향하여 노력할것을 확약하였다.

4. 조선민주주의인민공화국과 미합중국은 전쟁포로 및 행방불명자들의 유골발굴을 진행하며 이미 발굴확인된 유골들을 즉시 송환할것을 확약하였다.

(1)

김정은위원장과 트럼프대통령은 력사상 처음으로 되는 조미수
담이 두 나라사이에 수십년간 지속되여온 긴장상태와 적대관계를
하고 새로운 미래를 열어나가는데서 커다란 의의를 가지는 획기
사변이라는데 대하여 인정하면서 공동성명의 조항들을 완전하고
하게 리행하기로 하였다.

조선민주주의인민공화국과 미합중국은 조미수뇌회담의 결과를
행하기 위하여 가능한 빠른 시일안에 마이크 폼페오 미합중국 국
관과 조선민주주의인민공화국 해당 고위인사사이의 후속협상을 진
기로 하였다.

김정은 조선민주주의인민공화국 국무위원회 위원장과 도날드
트럼프 미합중국 대통령은 새로운 조미관계발전과 조선반도와 세
평화와 번영, 안전을 추동하기 위하여 협력하기로 하였다.

2018년 6월 12일
싱가포르 쎈토사섬

조선민주주의인민공화국 국무위원회 위원장 김정은

미합중국 대통령 도날드 제이 트럼프

(2)

북미간 최초로 정상회담을 했다. 북미 정상회담 결과물

북한 출신 문재인과 남한 출신 김정은

문재인 대통령의 고향은 거제입니다.

문재인 대통령의 아버지가 원산에서 피난선을 타고 내려왔습니다.

그래서 문재인 대통령을 북한 출신이라고 하는 사람이 있습니다.

김일성 주석의 관향(貫鄕)은 전주입니다

관향은 시조가 난 곳이니 본관이죠.

쉽게 말하면 김일성, 김정일, 김정은은 전주 김가입니다.

그래서 김일성의 본관이 전주이니 전주 사람이라고 하는 사람이 있습니다.

여기에 진짜 구분하기 어려운 문제가 있다

선생님이 한국전쟁과 관련하여 학생들에게 물었다.

북침일까? 남침일까?

학생들은 자랑스럽게 '북침'이라고 답했다.

학생들의 답은 당연히 틀렸다.

정답은 남침이다.

학생들의 논리는 이러했다.

북한이 침략했으니까 북침이라는 말이다.

우리나라 언어가 이렇게도 어렵단 말인가.

남북협상

남한은 대부분 공무원이 2년, 5년 등을 주기로 바뀌는 시스템이다.
남북협상에 있어서 나서는 인물이 주기적으로 바뀐다.

북한은 대부분 당 관료가 한 직무를 오랫동안 담당을 하는 시스템이다.
소위 숙청을 당하지 않는 이상 동일한 인물이 남북협상에 나선다.

남한의 Generalist vs 북한의 Specialist
누가 더 협상을 잘할까?

방식의 다름

남한은 작은 것부터 협상하여 큰 협상으로 이어지는 방식을 선호한다.

북한은 큰 것부터 협상하여 작은 부분의 협상으로 이어지는 방식을 선호한다.

남북간 협상이 잘 될까?

현실 part 1

남한에서 통일 문제와 북한 문제는 통일부가 총괄하는 것처럼 보인다.
청와대가 핵심이다.

북한에서 통일 문제와 남한 문제는 통일전선부가 총괄하는 것처럼 보인다.
당 중앙이 핵심이다.

그러면 한반도 문제를 둘 다 정치적으로 활용하는 것인가?

현실 part 2

남북협상에 참여하는 실무자의 어깨는 무겁기만 하다.

이는 남과 북 모두에 해당이 된다.

당국의 지시를 실시간으로 받아가며 협상을 진행해야 한다.

이는 남과 북 모두에 해당이 된다.

협상을 제대로 못하면 직을 내놔야 한다.

이는 남과 북 모두에 해당이 된다.

모순

1980년대 일본산 코끼리 밥솥이 우리나라에선 돌풍이었다.
그렇다고 독도가 일본 땅이라 외치는 일본을 사랑한 것은 아니다.

2000년대 북한에 부는 황색바람이 사회적으로 이슈다.
그렇다고 북한주민들이 작금의 체제를 부정할까?

일단 지켜보자.

완벽한 대북정책

어떠한 정부든지 국가와 국민을 위해 정책을 수립한다.

그런데, 정책이란 100% 완벽할 수가 없다.

정책에는 항상 반대급부란 것이 있다.

이상: 정권이 성공할 수 있게 여야가 노력하는 것이다.

현실: 정권이 실패하기를 바라며 반대급부만 부각시킬 뿐이다.

그냥 다 똑같다.

누구나 간첩이 될 수 있다

대한민국의 국방에 관심이 많아서 자료를 수집했다.

누가 봐도 잘 정리가 됐다.

유사 이래로 가장 완벽한 자료 정리였다.

어느 날 북한에서 내 컴퓨터를 해킹했다.

다 털렸다.

나는 간첩인가?

마지막 지점

임진각에 갔다.

공원조성을 참 잘했다.

굉장히 평화로워 보이는 공원이었다.

공원에는 풍선을 파는 아저씨들이 꼭 있다.

그냥 지나칠 수 없어서 풍선을 샀다.

그 옆에는 솜사탕을 파는 아저씨가 있다.

그냥 지나칠 수 없어서 솜사탕을 샀다.

달달하니 너무 맛있었다.

더 많이 먹겠다는 욕심에 그만 풍선을 놓쳤다.

풍선은 순식간에 멀리 날아갔다.
북으로 점점 멀리 갔다.

풍선을 찾겠다고 가고 싶으나 내 앞에는 철조망이 가로막고 있다.
북으로 날아가는 풍선으로 보며 오만 가지 생각이 들었다.

3. 내부사정 좀 봅시다

국민의 관심사 part 1 / 국민의 관심사 part 2 / 정말로 궁금한 질문이다 / 감정의 진실 / 남북정상회담과 접경지역 부동산 시세 / 한국을 가장 잘 아는 사람은 누구일까? / 공정의 의미 part 2 내부 / 신뢰의 개념 / 한반도에서의 전쟁 징후가 포착되는 순간 / 죽으면 통일이 된다 01 / 죽으면 통일이 된다 02 / 전쟁 생각 / 모순 / 세상에서 가장 많이 죽은 사람 / 직장 상사의 원칙 / 지침을 대하는 태도 / 북한전문가 part 1 / 북한전문가 part 2 / 지금이 조선시대도 아닌데 '용비어천가'가 웬 말인지 모를 일이다 / 이것은 4차 산업혁명을 목전에 둔 사회에서 흔히 볼 수 있는 회의 풍경입니다 / 자유를 찾아서 / 한반도에서 남녀평등을 실현하다 / 이상한 논리 part 남한 / 만찬모임 part 1 / 만찬모임 part 2 / 취향입니다 part 1 / 취향입니다 part 2 / 삐딱하게 보기 part 1 / 삐딱하게 보기 part 2 / 꼰대들의 잔소리 / 꼰대 테스트 / 한국 청년들이 살기 힘든 이유 / 뫼비우스의 띠 / 착각 part 1 / 착각 part 2 / 정부보고서 작성요령 / 정부보고서 결론 / 삐라 / 북한이탈주민 설문조사 결과 / 북한이탈주민과 조선족을 비교하지 마라 / 소망과 예측 / 극단 part 1 / 고민 / 믿거나 말거나 / 출입금지 / 한반도에 평화가 깃들기 어려운 이유

국민의 관심사 part 1

학생은 학교 성적 관리가 중요하다.

입시생은 수능성적에 관심이 집중되어 있다.

취업준비생은 온통 취업 생각뿐이다.

주부는 물가 오르는 것에 굉장히 민감해하고 있다.

가장은 퇴직 걱정에 한숨만 쉴 뿐이다.

이런 상황에서 통일교육을 하라고?

국민의 관심사 part 2

1등만 기억하는 세상에 살고 있는 한국인들의 삶은 팍팍하다.
뒤는커녕 옆도 보기 어려울 정도로 앞만 보고 달리고 있을 뿐이다.
그렇게 열심히 사는데 불안하기만 하다.

언론에서는 4차 산업혁명시대를 목전에 두고 있다고 한다.
불안감은 더욱 증폭되고 있다.

이런 상황에서 통일교육을 하라고?

정말로 궁금한 질문이다

보수라 생각하는 사람에게 묻는다.

자칭 진보라 생각하는 사람과 김정은 누가 나쁜가?

진보라 생각하는 사람에게 묻는다.

자칭 보수라 생각하는 사람과 김정은 누가 나쁜가?

감정의 진실

2018년 4월 27일 남북정상회담 이전의 상황

김정은 돼지새끼 밥맛없게 생겼어.

2018년 4월 27일 남북정상회담 이후의 상황

김정은 귀엽게 생겼어.

다리 저는 거 보니 안쓰럽기도 하고 그렇네.

뭐가 진실이지?

남북정상회담과 접경지역 부동산 시세

북한이 2018평창 동계올림픽에 참여했다.

2018년에는 남북정상회담을 세 번이나 했다.

2018년과 2019년 북미정상회담을 했다.

우리나라의 접경지역 부동산이 들썩이고 있다.

왜 들썩이는지 고민이 된다.

서울에서 부산 해운대를 여러 번 갔다.

충청도나 경상북도에 들렀다가 간 적은 단 한 번도 없다.

중간에 휴게소만 들렸을 뿐이다.

통일이 되면,

개성이나 평양으로 가는 고속도로가 뚫릴 것이다.

중간에 휴게소나 들리지 접경지역을 둘러보고 가지는

않을 것 같다.

접경지역 부동산이 들썩이는 이유가 뭘까 궁금해진다.

한국을 가장 잘 아는 사람은 누구일까?

나는 오리지널 한국인이다.

한국에 관해 얼마나 알고 있는지 궁금했다.

1. 내가 사는 지역의 지리는 확실히 알고 있다.
2. 식료품 물가는 정확히는 모르지만 대충은 알고 있다.
3. 내 친구들 그리고 직장동료의 이름을 알고 있다.

나는 한국인인데 한국을 생각보다 많이 모르고 있다.

IF, 월북한다면…

대한민국 국회의원의 이름을 몇 명이나 알고 있는지?

국무총리가 누구인지?

2018년 대한민국이 몇 공화국인지?

대법원장이 누구인지?

헌법 1조, 2조, 3조, 4조가 뭔지?

대한민국의 한 해 예산이 얼마인지?

남북교류협력기금이 얼마인지?

남한에 관한 공부를 새롭게 해야 할 판이다.

공정의 의미 part 2 내부

조국과 민족을 위하여 남북 단일팀을 만들겠습니다.
이 소식을 들은 대한민국의 중장년층은 눈물을 흘린다.
지극히 감성적으로 변한다.

국가가 하는 길에 개인의 희생은 감수할 수 있는 것이
지요.
이 소식을 들은 청년층은 피눈물을 흘린다.
지극히 이성적으로 변한다.
국가가 뭘 해줬다고, 이제는 개인에게 희생을 강요까
지 하다니 개탄스럽네요.
염병! 또 싸우게 생겼네.

신뢰의 개념

여기에 해묵은 논쟁이 있다.

'북한을 신뢰할 수 있느냐?'라는 질문이다.

시간의 개념을 기준으로는

북한을 절대로 신뢰할 수가 없다.

북한은 늘 위협했다.

북한은 늘 협박했다.

북한은 늘 도발했다.

상황(환경)의 개념을 기준으로는

북한을 충분히 신뢰할 수 있다.

2018년 4월 27일 남북정상회담

2018년 5월 24일 풍계리 핵실험장 폭파

2018년 6월 12일 북미정상회담

정답은 없다.

그냥 꼴리는 대로 보면 된다.

신뢰를 어떠한 관점에서 볼 것인가?

한반도에서의 전쟁 징후가 포착되는 순간

나는 아직도 기억난다.

1994년 3월 19일 제8차 남북실무접촉에서

박영수 북측 대표가 '전쟁이 나면 서울이 불바다가 될 것'

이라고 발언한 뉴스가 나왔다.

전쟁은 한반도가 아니라 우리 집과 우리 동네에서 났다.

가족이 모두가 동반되어 마트에 가서 라면과 통조림

등을 집중적으로 사재기를 했다.

서로 사재기하겠다고 싸움이 났다.

전쟁이 나기도 전에 동네에서 전쟁이 먼저 일어났다.

다행이 한반도에서는 전쟁은 일어나지 않았다.

한반도에서 정말로 전쟁이 난다면 어떠한 징후가 포착
될까?
쉽게 생각해라.
〈라이언 일병 구하기〉 영화를 기억해라.
미국은 한국에 있는 미국인들을 먼저 철수시킬 것이다.
한국에 거주하는 미국인이 급격히 줄어들 때가
전쟁이 날 때다.

죽으면 통일이 된다 01

1994년 여름은 엄청 더웠다.

1994년 미국에서 제15회 월드컵이 열리던 때였다.

우리나라에서 난리가 났다.

홍명보 선수가 골을 넣어서가 아니다.

1994년 7월 8일 김일성이 사망했다.

김영삼 대통령은 남북정상회담을 준비하고 있었다.

우리 사회는 김일성이 사망하면 통일이 되는 줄 믿고 있었다. 그리고 북한이 망한다고 생각했다.

25년 전 일이다. 잊어도 될 만큼 오래전 일이다.

죽으면 통일이 된다 02

2011년 12월 17일 김정일이 사망했다.

김정일의 사망은 어느 정도 예견됐던 일이다.

2008년부터 심혈관에 이상이 있었다는 걸 알고 있었기 때문이다.

김정일이 사망하면 통일될 줄 알았다.

김정은이 누구야?

김정은이 몇 살이야?

김정은이 어디서 공부했어?

얼마 못 가겠구나?

많은 언론과 전문가들이 장성택이 최고 권력에 오를 것이라고 했다.

2013년 12월 12일 장성택의 사형이 집행됐다.

장성택이 북한의 핵심이라며 떠들던 전문가들은 갑자기 사라졌다.

전쟁 생각

2005년 2월 10일 북한은 핵무기 보유를 선언했다.

2006년 10월 9일 10시 35분 풍계리 핵 실험장에서 제1차 지하 핵 실험을 했다.

2009년 5월 25일 제2차 지하 핵 실험을 했다.

2013년 2월 12일 함경북도 길주군 풍계리에서 제3차 핵 실험을 했다.

2016년 1월 6일 제4차 핵 실험을 했다.

2016년 9월 9일 오전 9시 30분 경 풍계리 핵 실험장에서 제5차 핵 실험을 했다.

2017년 9월 3일 함경북도 길주군 풍계리에서 제6차 핵 실험을 했다.

예전엔 이런 뉴스가 나오면 무서웠다.

이제는 전혀 두렵지 않다.

취직이 불가능한 상황

결혼은 꿈도 꾸지 못하는 현실

내 집 장만은 남의 이야기

내 삶이 나아질 가능성이 0%인 상황에서 차라리 전쟁이나 나면 좋겠다는 생각이 든다.

나만 그런 생각하나?

모순

대한민국은 통일을 주구장창 외치고 있다.
통일만 외치고 있지, 과연 준비는 제대로 하고 있는지 의심스럽다.
대한민국 법을 기준으로 말하면 북한 주민도 한국인이다.
그런데 우리 사회는 고향이 북한인 사람을 구분해 부르고 있다.

북한에서 내려온 사람은 단지 고향이 북한일 뿐이다.
실컷 대화하다가 고향이 북한이라고 하는 순간 우리는 그들을 한국인이라고 지칭하지 않는다.

탈북자

탈북민

새터민

북한이탈주민

세상에서 가장 많이 죽은 사람

북한과 관련된 뉴스 중에서 가장 코미디가 '사망설'이다. 2018년 뉴스에서 북한의 어떤 인물이 죽었다고 보도를 했다. 죽었다고 보도했던 방송사는 2019년 활동사항을 보도하고 있다. 심지어 특정 인물을 두고 매년 사망설이 제기된 적도 있다.

북한과 관련된 정보가 없어서 그런 것인지 모르겠지만 좀 심하다.

멀쩡하게 살아 있는 사람을 두고 매년 죽었다고 보도하는 것을 보면 격하게 웃길 뿐이다.

직장 상사의 원칙

지금 하는 이야기는 북한을 얘기하는 것이 절대로 아니다. 대한민국에서 흔히 일어나는 일을 적은 것이다. 실무자는 화장실을 가도 얘기를 해야 할 판이다. 심지어 지각이라도 하면, 나의 상사는 득달같이 달려들어 물어뜯는다.

그런데 이상한 것이 있다.

나의 상사는 어디 가든, 무엇을 하든, 아무것도 말해주지 않는다. 심지어 직장 상사가 지각을 하면 아무런 일도 없이 조용히 지나갈 뿐이다.

자기가 수령이야?

여기가 북한이야?

지침을 대하는 태도

우리 사회에서 통일 문제가 정치화된 면이 있다는 것을 지적했다. 그래서 학자는 학자적 양심을 걸고, 공직자는 국민에 봉사하겠다는 다짐으로 통일 문제를 정치화되지 않게 노력을 하고자 깊이 다짐을 했다.

다음 날 청와대(BH)에서 지시사항이 떨어졌다.
모두가 대동단결하여 일초도 생각하지 않고 즉각적으로 답했다.

"열심히 따르겠습니다."

북한의 관료도 이럴까 싶은 생각이 들었다.

북한전문가 part 1

나는 북한전문가다.

탈북자가 처음 오면 들어가는 하나원에서 설문조사를 열심히 했다.

북한전문가 왈: 삼겹살 드셔본 적이 있나요?

탈북자 왈: 아니오.

역시 북한은 1990년대 중반 이후로 고난의 행군기를 거치면서 먹을 게 없었어.

전문가로서 아는 내용을 다 털어서 열심히 보고서를 작성했다.

한참 후에 알았다.

북한에서는 삼겹살이라는 용어가 없다.

그냥 돼지고기라고 부를 뿐이었다.

북한전문가라고 하지만 과연 북한을 얼마나 알고 있는지 부끄러웠다.

북한전문가 part 2

2018년 이후로 북한의 문화예술과 관련하여 강의 요청이 많이 들어왔다. 조국 통일을 위해 힘쓰시는 우리 공무원 분들을 대상으로 통일 문제를 논의한다는 것은 개인적으로 기쁜 일이다.

강의를 시작하기 전에 북한음악 한 곡을 공무원들에게 들려줬다. 북한음악을 들은 공무원들의 평가는 이랬다.

평가 1. 들을만 해요.

평가 2. 웅장해요.

평가 3. 리듬감이 있고 좋았어요.

북한전문가로서 공무원들의 이 같은 반응을 보고 놀라지 않을 수가 없었다. 방금 공무원들이 들은 곡은 북한의 애국가였기 때문이다.

우리나라에서 북한의 애국가를 부르거나 게재를 하면 처벌을 받게 되어 있다. 특히 찬양의 의도가 없이 함부로 부르거나 듣다간 국가보안법 위반으로 처벌을 받는다.

국가 공무원들이 북한의 애국가를 모르는데 국내에서 북한 애국가를 부른다 한들 처벌을 받을 수 있을까?

지금이 조선시대도 아닌데 '용비어천가'가 웬 말인지 모를 일이다

북한은 한 명을 향한 용비어천가만 부르면 된다.
쉽다.

남한은 용비어천가를 부를 대상이 한 명이 아니다.
많다.
그래서 어렵다.

제길…
이럴 땐 북한이 부럽다.

이것은 4차 산업혁명을 목전에 둔 사회에서 흔히 볼 수 있는 회의 풍경입니다

상사의 말이 시작되면서 회의시간이 길어지고 있다.
정책을 개발해야 하는 근무시간에 회의를 가장한 직장 상사의 잔소리만 들릴 뿐이다.
옆에서 누군가 '총대'를 메고 빨리 끝내자고 했다가 면박만 받았다.

여기는 대한민국이다.
여기는 자유민주주의 국가다.
그럼에도 불구하고 하고 싶은 말을 할 수가 없다.

영어도 못하는 내가 아이러니라는 단어가 뭔지 확실히 머릿속에 각인이 됐다.

여기가 북한일지도 모른다는 생각이 엄습한다.

자유를 찾아서

나의 근무시간은 오전 9시에 시작해서 저녁 6시에 끝난다.
지금은 저녁 6시 퇴근시간이다.
맙소사!
자유민주주의 국가인 대한민국에 살고 있는데 퇴근을 마음대로 못하고 있다.
단지 간부(상사)의 눈치만 보고 있을 뿐이다.

북한과 뭐가 다른지 모르겠다.

한반도에서 남녀평등을 실현하다

대한민국은

공식적으로 남녀평등사회다.

이 말을 믿는 사람이 얼마나 있을지 궁금하다.

조선민주주의인민공화국은

공식적으로 남녀평등사회다.

이 말을 믿는 사람이 얼마나 있을지 궁금하다.

그냥 웃기는 소리다.

이상한 논리 part 남한

대한민국의 어느 군인이 말했다.

우리의 주적은 북한입니다.

2010 남아공 월드컵 G조에서 북한 대표팀과 브라질 대표팀 간의 경기가 있었다.

이날 이 군인은 북한 대표팀을 응원했다.

뭐지?

만찬모임 part 1

통일교육과 관련된 관계자들의 모임이 열렸다.
통일교육을 전문적으로 하는 분들의 모임이라 상당한 수준이 있을 것으로 예상했다.
서로 명함을 주고받으면서 담소를 나눴다.
민화협*에서 활동하고 계시는 분과 이야기를 나누던 중 한 전문가가 이런 말씀을 하셨다.

민화 그리세요?

---

* 민족화해협력범국민협의회(이하 민화협)는 통일 문제에 대한 국민 합의를 이끌어 내고, 민족 화해 협력과 평화를 실현하고, 민족 공동번영을 이루어 나가기 위해 1998년 9월 3일 정당, 시민단체가 함께 모여 결성한 통일운동 상설협의체이다.

조선화 〈민족의 장단에 맞추어〉 (인민예술가 김동환 작품)

조선화 〈평화로운 세계를 향하여〉 (인민예술가 김동환 작품)

만찬모임 part 2

통일 문제로 중앙부처 공무원들이 모여서 회의를 했다.

회의 시간이 길어져서 청사에서 저녁식사를 했다.

서로 즐겁게 식사를 하며 담소를 나눴다.

식사를 하던 중에 공무원 한 명이 이런 얘기를 했다.

민주평통*에 계신 분이 있던데 공무원이에요?

* 민주평화통일자문회의는 1980년 10월 27일의 국민투표로 확정된 헌법 제68조에 '평화통일정책자문회의'를 둘 수 있도록 명문화하고, 1981년 3월 14일 '평화통일정책자문회의법'을 공포하여 창설된 정부조직이다.

취향입니다 part 1

북한만 생각하면 눈물이 난다.

SAD

북한만 생각하면 나쁘다는 생각만 든다.

BAD

북한만 생각하면 미친놈 같다.

MAD

북한도 이성적인 국가라서 협상이 가능하다고 본다.

RATIONAL

취향이 다 다르다.

뭐가 맞지?

그냥 서로 존중해줍시다.

취향입니다 part 2

북한의 입장에서 한반도 문제를 이해하고 싶다.
내재적으로 접근할래요.

북한의 입장에서 접근하지만 비판적으로 한반도 문제를 이해하고 싶다.
비판적 내재적으로 접근할래요.

한국의 입장에서 한반도 문제를 이해하고 싶다.
외재적으로 접근할래요.

취향을 하나로 통일하기도 힘들다.
서로서로 존중해줍시다.

삐딱하게 보기 part 1

북한의 아이들이 열심히 피아노를 치면 감성적으로 접근한다.

그래서 불쌍해 보인다.

“얼마나 강제로 훈련시켰으면 애가 저렇게 치냐?”

남한의 아이들이 열심히 피아노를 치면 이성적으로 접근한다.

그래서 시사점을 찾는다.

“와! 천재네, 타고 났어”

장충성당

삐딱하게 보기 part 2

김일성이 사망했다. 북한 전역이 울음바다다.

김정일이 사망했다. 북한 전역이 울음바다다.

저건 쇼일 뿐이라고 말한다.

한국에서 통일 수업은 지루하다.

그럼에도 불구하고 수업시간이 재미있다고 느끼면 큰 박수를 쳐달라고 했다.

첫 번째보다는 두 번째가, 두 번째보다는 세 번째 박수 소리가 컸다.

저들이 박수 치는 건 진정성이 있는 것인가?

아니면 쇼?

꼰대들의 잔소리

대한민국에 태어난 것을 감사히 여겨라.

이것들아,

적어도 한국에 사는 너희들은 굶어 죽지는 않잖아.

북한 사람들은 굶어 죽는다.

행복에 겨운 것들이 정신을 못 차리고 있네…

그래요.

꼰대들!

북한 사람들은 굶어 죽지만, 남한 사람들은 살기 힘들어 죽습니다.

고맙습니다.

꼰대 테스트

나는 1979년에 태어났다.

나의 20대는 2000년대다.

그때의 나를 기준으로 지금의 20대를 비교하는가?

그렇다고 답했다면 당신은 꼰대다.

아니라고 부정해도 당신은 꼰대다.

꼰대 테스트를 통과하지 못했다면,

깊이 고민해야 할 타이밍이다.

한국 청년들이 살기 힘든 이유

1. 과거에 하던 공부를 기본적으로 해야 한다.
2. 4차 산업혁명을 대비해야 하는 공부를 추가로 해야 한다.
3. 이외에 더 해야 할 것이 있다면 통일공부!

고맙습니다.

기성세대 덕분에 짐 하나 더 늘었습니다.
기성세대가 못한 통일 우리가 할게요.
그러니 조용히 계시라 말하고 싶다.

뫼비우스의 띠

집권 1년차 ▷ 계획을 세운다.

2년차 ▷ 계획의 타당성 검토 용역을 추진한다.

3년차 ▷ 계획 실행을 위한 용역을 추진한다.

4년차 ▷ 관망

5년차 ▷ 상황 종료

집권 1년차 ▷ 계획을 세운다.

2년차 ▷ 계획의 타당성 검토 용역을 추진한다.

3년차 ▷ 계획 실행을 위한 용역을 추진한다.

4년차 ▷ 관망

5년차 ▷ 상황 종료

집권 1년차 ▷ 계획을 세운다.

2년차 ▷ 계획의 타당성 검토 용역을 추진한다.

3년차 ▷ 계획 실행을 위한 용역을 추진한다.

4년차 ▷ 관망

5년차 ▷ 상황 종료

무한 반복

착각 part 1

나는 자유민주주의 국가에 살고 있다.

대한민국에 사는 직장인이다.

북한에서는 하고 싶은 일을 마음대로 할 수가 없지만,

나는 다르다.

나는 내가 하고 싶은 일을 하고 살고 있다.

진짜로?

정말로?

확신해?

그렇게 믿고 싶은 것은 아니야?

착각 part 2

나는 조선민주주의인민공화국에 살고 있다.

공민으로 사는 직장인이다.

남조선 인민들은 미제국주의 식민지하에서 헐벗고 굶주리고 있지만, 나는 다르다.

나는 내가 하고 싶은 일을 하고 살고 있다.

진짜로?

정말로?

확신해?

그렇게 믿고 싶은 건 아니야?

정부보고서 작성요령

당국자: 한반도 비핵화 이후 남북교류협력 로드맵을 설계해주세요.

학　자: 비핵화가 급진적이냐 점진적이냐에 따라 로드맵이 달라집니다. 어떤 방식으로 비핵화가 되었을 때를 말하는 것인지요?

당국자: 그냥 해주세요.

학　자: 알겠습니다.

정부보고서 결론

효과적인 통일준비를 위해서는 법제 인프라, 물적 인프라, 인적 인프라 구축이 필요합니다.

당국자: "그래서 그걸 어떻게 하는지에 대한 내용이 없네요?"

학 자: "그 연구비로는 심도 있는 연구가 어렵습니다. 그리고 결과물이 남들 보기 부끄러우니까 대외비로 처리해주세요."

당국자: "아, 예. 어차피 그렇게 할 예정이에요."

삐라

2018년 어느 날이었다.

공원을 거닐다가 삐라를 발견했다.

요즘 시대에 삐라가 있다니 놀라웠다.

이 사실을 경찰서에 알렸다.

옆에 있는 자원봉사 학생에게 삐라를 보여줬다.

그 친구가 나에게 물었다.

삐라가 뭐에요?

순간 내 얼굴이 빨개졌고,

왠지 미친놈이 된 느낌이었다.

북한이탈주민 설문조사 결과

북한에 있을 때, 어떤 음식을 먹었나요?

평양 출신의 북한이탈주민은 그랬다.

주로 한식을 먹었고요,

햄버거나 피자, 콜라도 마셨어요.

함경북도 출신의 북한이탈주민은 그랬다.

먹을 게 별로 없어서

옥수수, 콩, 배추 이런 것만 겨우 먹었어요.

뭐지?

저 둘 중 하나는 거짓말을 하고 있단 말인가?

북한이탈주민과 조선족을 비교하지 마라

출발선이 다르다.

국경을 넘으면서 육체적으로, 정신적으로 많이 다친다. 힘들게 한국에 그들에게는 몸과 마음을 치료할 충분한 시간이 필요하다.

북한이탈주민에게 따뜻한 손길을 내미는 것이 통일의 첫 걸음이라는 생각이 든다.

소망과 예측

사람마다 북한을 보는 시각이 각기 다르다.

1. 자신의 시각을 객관적인 기준으로 설정한다.
2. 자신의 소망이 곧 예측이다.
3. 결론: 나와 생각이 다르면 그것은 틀린 것이다.

나의 예측은 맞는 것이다.

극단 part 1

북한도 사람 사는 곳이에요.

사람 사는 곳이 다 비슷하죠.

뭐라고?

그러면 거기 가서 살아라.

고민

상대적인 박탈감으로 인해 느끼는 감정

절대적인 빈곤으로 인해 느끼는 감정

어떤 것이 더 심하게 감정 상할까?

믿거나 말거나

세상에는 이런 속설이 있다.

미국을 공부하거나 미국에서 연구할 경우,

그만큼의 연봉이 보장된다.

그럼 난 북한을 공부했으니

3,000달러도 못 번단 말인가?

이런 제길!

출입금지

2005년 경북의 한 고등학교 교무실 입구에 붙은 경고문이다.

'교수와 잡상인은 출입금지'

학령인구 감소로 교수가 영업사원으로 전락한 것이다. 남의 일처럼 느껴지지 않는다. 최근 통일교육을 강의하는 것과 관련하여 지역 사회에서 심한 반발이 있었다고 한다. 통일교육이 정부의 정책을 선전하는 것이니 안 듣겠다는 것이다.

통일교육 강사도 잡상인 취급을 받는 것이 현실이다.

한반도에 평화가 깃들기 어려운 이유

멀리 갈 것도 없다.

가정이 평화로운가?

학교가 평화로운가?

일터가 평화로운가?

한반도를 논하는 것이 비현실적으로 느껴진다.

4. 제언

무(無)관중 세미나 / 통일 관련 세미나의 핵심 / 국민의 관심사는 변한다 / 대한민국의 통일교육 다 뜯어 고쳐야 한다 part 1 / 대한민국의 통일교육 다 뜯어 고쳐야 한다 part 2 / 통일이 되려면 part 1 / 통일이 되려면 part 2 / 통일이 되려면 part 3 / 국민이 통일에 무관심한 이유 / 미안하지만, 강사의 세대교체가 필요하다 / 정부부처 중에서 홍보 관련 기관평가 꼴지 / 국민 개인 맞춤형 통일교육 프로그램 개발 프로젝트 part 1 / 국민 개인 맞춤형 통일교육 프로그램 개발 프로젝트 part 2 / 국민 개인 맞춤형 통일교육 프로그램 개발 프로젝트 part 3 / 거버넌스의 이론과 실제 / SNS / 그걸 왜 저한테 물어 보세요 / 지금까지 한 이야기에 관한 함의

무(無)관중 세미나

세미나를 기획할 때 가장 중요한 것이 내용이다.

그러나 청중을 모으는 것이 가장 중요한 세미나가 있다.

바로 통일을 주제로 한 세미나다.

솔직히 이런 세미나는 절대로 하면 안 된다.

그런데 2019년 현재 우리 주변에서 흔히 볼 수 있는 일이다.

더 큰 문제는 이런 문제와 한계를 극복하기 위해 노력조차 하지 않는 것이다.

통일 관련 세미나의 핵심

통일세미나를 가획할 때 가장 중요한 것은 관객이 아니다. 주최 측 기관장의 말씀을 가장 돋보이게 만드는 것이 핵심이다.

도대체 누구를 위해 행사를 기획하는 것인지 모르겠다.

통일과 관련된 행사를 유심히 보면, 인사말, 축사, 기념사, 환영사 등의 식전 행사가 본 행사만큼 길다.
이런 행사에 흥미를 느낄 사람이 얼마나 있을까?

국민의 관심사는 변한다

해가 갈수록 대한민국 국민은 정치의 관심도가 낮아지고 있다. 심지어 대한민국의 총리가 누구인지도 모르는 국민이 의외로 많다.
이러한 현실에서 북한 문제나 통일 문제, 한반도 문제를 복잡하게 설명하면 어쩌란 말인지 모르겠다.

현실을 직시해야 한다.
통일교육을 해야 한다면 제대로 해야 한다.

작금의 현실을 인식하고 통일교육을 하는 것과 이러한 현실을 인식조차 못하고 통일교육을 하는 것은 하늘과 땅 차이이다.

급변하는 사회 속에서 국민의 생각을 읽는 것이 반드시 선결돼야 한다.

올바른 통일교육의 시작은 정부의 눈높이가 아닌 국민의 눈높이에 맞춰 이뤄져야 한다. 그러기 위해서는 국민의 관심이 뭔지 알아야 하지 않을까?

대한민국의 통일교육 다 뜯어 고쳐야 한다 part 1

Q1) 대한민국은 통일을 원하는가?
A1) 그렇다.

위 질문의 답.

대한민국 국민이라면 누구나 알고 있다.

그러나 아래 질문의 답은 대한민국 국민이라면 누구나 알지 못한 것이 현실이다.

Q2) 통일은 어떻게 하나요?
A2) 잘해야죠.
A2) 열심히 해야죠.

기가 찰 노릇이다.

더 심각한 것은 북한전문가라고 하는 사람들도 모르는 사람이 있다는 것이다.

헌법 4조를 보면 된다.

아니면 이 책의 '맙소사, 통일시간에 헌법을 얘기하고 있다'편을 보면 된다.

통일교육은 기본에 충실해야 한다.

기본을 설명함에 있어서 가장 중요한 것은 아주 쉽게 설명해야 한다.

대한민국의 통일교육 다 뜯어 고쳐야 한다 part 2

대한민국이 통일을 강조하는 것은 누구를 위한 것인지 살펴봐야 한다. 과거에 올림픽에서 우리 선수들이 금메달을 따면 내가 세계 최고가 된 것과 같이 기뻤다. 과거에 국가가 쌀을 내라면 국가를 위한 것이니 기꺼이 라면 봉지에 넣어 냈던 기억이 있다. 지금의 통일교육은 여전히 국가가 중심이 되어 있다.

우리 학생들을 보라

우리 주부들을 보라

우리 가장들을 보라

우리 부모님 세대들을 보라

2019년 우리의 삶은 정말 힘들다.
한마디로 삶이 팍팍하다.
얼마나 삶이 팍팍하면 국민연금을 일찍 타 쓰는 실정이다.

통일하면 국가적으로 얼마의 편익이 발생하고, 국가 경쟁력이 상승하고 등등등 이런 것들이 중요한 것이 아니다.
이제는 국민 개별의 삶과 연계하여 설명해야 한다.
그것도 아주 쉽게 설명해야 한다.

통일이 되려면 part 1

남남 갈등이 해결이 되어야 한다.

어려운 문제다.

이 말을 하는 순간 벌써부터 답답함이 느껴진다.

그렇다고 하여 방관할 수만은 없다.

나와 다른 사람을 공감하기에 너무도 각박한 세상이란 것을 충분히 알고 있다.

그렇지만 이 문제를 해결하지 않고서는 통일로 가는 길은 더 멀고도 험난할 것이다.

통일이 되려면 part 2

일단 남과 북이 만나야 한다.

죽이 되든지, 밥이 되든지 중요한 것은 만나서 얘기를 해야 한다.

그래야 적어도 무슨 생각을 하는지 알 것이다.

배고프면 사람이 예민해진다. 만나자마자 본론으로 들어가면 서로 싸우기 마련이다. 일단 밥을 먹어야 한다.

배부르게 먹으면 기분이 좋아진다.

마음도 여유로워진다.

서로가 진지하게 얘기할 수 있는 상황이 된다.

자꾸 만나고, 자꾸 밥 먹으면 정들지 않을까?

통일이 되려면 part 3

통일을 하려면 다음의 조건이 맞아 떨어져야 한다.

1. 국내적으로 합의가 있어야 한다.
2. 남북 관계적으로 분위기가 좋아야 한다.
3. 국제적으로 좋은 상황이 이어져야 한다.

이 삼박자가 잘 맞아 떨어져야 한다.
그간 이 삼박자가 맞은 적이 단 한 번도 없었다.

앞으로 과연 이 삼박자가 맞아 떨어지는 날이 올까 싶다.

국민이 통일에 무관심한 이유

북한전문가들에게 물어보면 본인들은 강의를 잘한다고 한다. 강의를 못한다고 생각하는 전문가는 단 한 명도 없다.

강의평가가 나쁘게 나오는 것은 수강생들의 문제일 뿐이라고 치부해 버린다.

통일에 무관심한 사람들에게 많은 정보를 준다는 것이 바람직할까?
통일 혐오시대의 바람직한 통일교육은 관심을 불러일으킬 그 무엇인가를 찾는 것이 급하다.

적어도 인강의 강사들은 현실에 안주하지 않는다.
소비자의 욕구를 충족시키기 위해 피나는 노력을 한다.

소비자 맞춤형 강의를 위한 노력을 이제부터라도 해야
겠다.

미안하지만, 강사의 세대교체가 필요하다

2003년으로 기억한다.

EBS에서 통일 방송을 시청한 초등학생에게 한 설문조사에서 학생들은 '할머니 할아버지들이 TV에 나와 자기들끼리 알아듣기 힘든 말만 한다'는 반응을 보인 바 있다.

학생들과 소통하려면 학생의 정서를 이해할 수 있는 강사가 교육하는 것이 타당하다.

통일을 교육하는 강사들의 연령대를 보면 50대는 양반이다.

60대, 심지어 70대도 강의를 하고 있다.

물론, 나이가 중요한 것은 결코 아니다.

과연 지금의 통일을 교육하는 강사들이 국민의 정서를

이해하고 강의를 하고 있는지 궁금하다.

정부부처 중에서 홍보 관련 기관평가 꼴지

통일을 담당하는 부처가 홍보 관련 기관평가 하위권에 머물고 있는 것은 심각한 문제다. 부처 차원에서 홍보가 하위권인데, 통일교육이 제대로 될까? 물론, 통일이라는 주제가 무겁기 때문에 한계가 있다는 불평이 있을 수 있다. 그렇다면, 그런 문제점을 극복하기 위해 얼마나 노력했는지 가슴에 손을 얹고 생각해야 할 필요가 있다.

통일과 관련된 공감대를 형성하기 위해서는 대상에 따라 교재가 각기 달라야 한다.
세대별, 직종별, 지역별로 맞춤형 교재를 만들기 위해 인터뷰라도 시행했는지 의구심이 든다.

통일교육이 효과적이려면 전달 방법을 각각에 맞춰 달리해야 한다.

그러나 지금의 통일교육은 딱 하나다.

국민이 정부의 통일교육 교재에 맞춰야 한다.

통일을 담당하는 부처 홈페이지에 클릭수가 있다는 것이 신기할 뿐이다.

이제라도 국민 개개인에 맞는 개별 맞춤형 통일교육 프로그램을 개발하는 것이 바람직하지 않을까?

국민 개인 맞춤형 통일교육 프로그램 개발 프로젝트 part 1

그간 통일교육을 위해 국민의 목소리를 들었다고 자신감 있게 답할 수 있는지 묻고 싶다.
직능별 중에서도 예술계통의 통일교육 프로그램 개발을 예로 들겠다.
음악계, 미술계, 영화계, 연극계, 체육계 등의 관계자들의 얘기를 들어본 적이 있는가?
그들이 어떠한 생각을 하고 있는지 조사조차도 시도하지 않았다는 것이 큰 문제다.

1. 그들의 생각을 들어라.
2. 그들과 소통할 수 있는 것이 무엇인지를 그들과 함께 찾아라.
3. 맞춤형 통일교육 프로그램 개발은 그들과 함께 만들어라.

• 주의사항

정부 생각을 주입하는 순간 이 프로그램은 폭삭 망한다.

국민 개인 맞춤형
통일교육 프로그램 개발 프로젝트 part 2

통일교육은 자칫 이데올로기 교육으로 흐를 가능성이 높다.
솔직히 말하겠다.
이미 청중의 생각은 고정돼 있다. 그들의 생각을 고쳐 주겠다는 마음은 버리는 것이 정신 건강에 좋다.

북한을 좋게 보든지, 나쁘게 보든지 그것은 청중의 몫이다.
여기서 중요한 것은 청중이 북한을 제대로 알고 있는지 여부가 핵심이다.

통일교육은 북한을 알아가는 과정, 우리 사회를 고찰해 가는 과정, 세계를 이해하는 과정으로 보면 어떨까?

먼저 북한에는 애국가가 있는지, 국화는 무엇인지, 화장품을 생산하고 있는지, 자동차를 만들 능력은 있는지 기타 등등의 소소한 일상의 내용부터 살펴보는 것은 어떨까?
우리의 삶과 동떨어진 거대한 이야기들로 구성된 통일교육 교재를 보면 바로 덮어버리고 싶다. 우리의 일상생활과 결부시켜 국민과의 공감대를 형성하는 것이야 말로 현 시대에 맞는 통일교육이라는 생각이 든다.

통일은 결코 우리의 삶과 동떨어진 것이 아니라는 기본 명제를 기억해야 하는데, 늘 잊고 사는 것 같다.

국민 개인 맞춤형 통일교육 프로그램 개발 프로젝트 part 3

중국 대련을 여행하는 길에 친구들과 단둥을 여행을 했다.
대련과 단둥은 고속열차로 2시간 15분 거리라 가깝다.
그래서 가능했다.
통일에 아무런 관심이 없던 친구들은 단둥 여행을 통해 통일에 관한 생각을 하게 됐다고 한 마디씩 했다.

이 친구들은 단둥에서 북한의 음식을 먹을 수 있었고, 북한의 화장품, 약, 과자 등의 물건을 보고 만졌다.
그리고 중국 사람들은 북한을 갈 수 있지만, 한국인이라서 북한에 갈 수 없는 분단의 현실을 몸소 느꼈다.

대한민국에서는 북한에서 생산된 물건을 구경할 수가 없다.
심지어 북한방송 시청도 금지다.
북한영화를 보려면 절차도 까다롭다.
통일의 대상이 북한인데, 북한을 알 수 있는 환경이 조성되지 않았다.

지루하고 재미없는 통일교육을 계속하느니, 차라리 북한의 제품을 만지고, 북한의 방송을 시청하고, 북한의 음식을 먹어보는 것이 더 효과적일 것이라는 생각이 들었다.
이렇게 체험형으로 통일교육을 진행한다면, 적어도 '통일교육 지겨워 죽겠네'라는 소리는 안 들을 것이다.

민간은 톡톡 튀는 아이디어가 풍부한 장점이 있는 반면, 추진력이 약하다.

정부는 추진력이 있는 반면, 새로운 것을 창출하기에 어려운 구조다.
이를 극복하기 위한 대안으로 나온 것이 바로 거버넌스다.

한 마디로
민-관 협업의 거창한 이름이 바로 거버넌스다.

이렇게 좋은 거버넌스는 당장 실행에 옮겨야 한다.
민-관 협업을 추진해보니
다음과 같은 결과가 나왔다.

민간의 약한 추진력을 정부가 받아들였다.
정부의 새로울 것 없는 아이디어를 민간이 받아들였다.

작금의 민관 협업은 추진력도 없고,
아이디어도 없는 상황이다.

SNS

SNS는 사회적 소통을 위해 태어났다.

나와 다른 사람들이 정보통신으로

소식을 나누고, 인생을 나눈다.

통일 문제만큼은 다르다.

나하고 똑같은 생각만 하는 사람들만 모아서 열심히 토론한다.

나하고 생각이 다르다는 것은 결코 용서가 안 된다.

뭐지, 이건!

그걸 왜 저한테 물어 보세요

세계적인 지식인 노엄 촘스키의 강연이 있었다.
강연이 끝나고 질문 시간이었다.

촘스키에게 한국인이 물었다.
"한반도 통일을 위해서 우리가 뭘 해야 할까요?"

촘스키가 답했다.
"한국인 아니세요? 그걸 왜 저한테 물어보세요?"

그렇다.
우리 문제는 우리가 가장 잘 안다.

지금까지 한 이야기에 관한 함의

웃자고 한 말에,

죽자고 달려들지 맙시다.

쫌!

최고의 한 수

그들은 어떻게 생각하고 일하는가

최고의 한 수!

박종세 지음

지식 비즈니스의 최전선에서 길어 올린 실용적 통찰

내가 만난 대가들은 최근 10년간 경제, 금융, 투자, 리더십 등 지식 비즈니스 세계의 화두를 쥐고 있던 사람들이다. 2000년대 중반부터 지금까지 〈조선일보〉 주말섹션인 위클리비즈 에디터, 뉴욕특파원, 경제부장을 맡으면서 CEO, 직장인, 취업준비생이 가장 만나고 싶어 하는 대가들을 찾아다녔다. 조지 소로스, 토머스 프리드먼, 말콤 글래드웰, 존 보글, 하워드 가드너……. 세계 최고의 투자자, 저널리스트, 작가, 교수 등 분야는 달랐지만 이들은 하나같이 어려운 문제를 쉽게 설명했다. 또 눈앞의 복잡한 현실을 이해하고 미래를 더듬어가는 나침반 같은 지혜를 들려줬다.

내 인터뷰는 어찌 보면 지극히 이기적이고 실용적이었다. 대가들이 오랜 시간과 노력을 들여 완성한 결과물을 짧은 시간 안에 비교적 손쉽게 얻어내는 게 목표였으니 말이다. 나 자신을 포함해 바쁘고 게으른 독자들이 인터뷰를 통해 각자 상황에 맞게 작은 팁을 발견해 활용할 수 있기를 바랐다. 그리고 그 팁이 좀 오래 지속되는 내구성 있는 밧줄이면 좋겠다고도 생각했다.

나는 흘러가는 트렌드 밑에 숨어 있는 바위 같은 요소들을 찾기 위해 노력했다. 현란한 성공 속에 숨어 있는 단순한 핵심과 시대를 풍미하는 고차원적 이론을 현실에 맞게 적용하도록 해줄 직접적인 응용원리가 궁금했다. 실패의 구덩이에 빠지더라도 다시 붙잡고 나올 수 있는 비결 같은 것을 추궁했다.

질문을 받으면 대가들은 '끙' 소리를 내며 곤혹스런 표정으로 깊은 사색에 잠겼다. 하지만 그들이 머릿속에서 어렵게 끌어낸 답변은 진주처럼 빛나곤 했다.

《아웃라이어》의 저자 말콤 글래드웰은 그를 단련시킨 심리학과 과학 이론, 특유의 문제의식을 바탕으로 우리가 우연이라고 생각하는 현상을 해석하고 여기에 질서를 부여했다. 베스트셀러를 쏟아내는 그에게 '책을 어떻게 쓰느냐'고 물었더니 "자꾸 어떤 생각이 나고 말을 할 때마다 다시 그 생각으로 돌아가 있을 때 책을 쓴다"고 말했다. 그는 한 가지 중요한 단서가 떠오르면 엄청난 집중, 광범위한 지식 네트워크, 치밀한 구성을 통해 결국 그것을 책으로 완성해냈다. 앞으로도 흥행작을 내놓을 게 틀림없는 그와의 인터뷰에서 개인적으로 건진 것은 '우아한(elegant) 글쓰기'라는 고백이다. 성격이 다소 내성적인 글래드웰은 자기 자랑을 하지 않는 스타일이다. 그런 그가 깊은 사색에 잠겨 내놓은 한 가지 비결이 우아한 글쓰기다. 하필 왜 'elegant'라는 표현을 썼는지는 나중에 그가 쓴 책을 다시 읽으면서 알게 됐다. 상식을 뒤엎는 글 첫머리의 문제제기, 절묘한 사례, 과학적 논증을 침을 꼴딱 삼키면서 읽게 만드는 글솜씨는 'elegant'라는 단어에 딱 들어맞았다. 나는 그것이 그의 자신감이자, 그를 이끄는 지향점이라고 생각했다.

〈뉴욕타임스〉의 칼럼니스트 토머스 프리드먼은 또 어떤가. 이 다혈질의 사나이에게 저널리스트로서 세계 흐름의 단면을 흥미롭게 보여주는 '개념 글'을 쓰는 비결을 묻자 그는 "점을 연결하는 능력"이라고 말했다. 인터뷰의 분위기가 무르익자 좀 더 솔직해진 그는 "이 능력을 타고났다"며 우쭐했다. 《렉서스와 올리브나무》, 《세계는 평평하다》 등은 이런 그의 능력을 고스란히 발휘한 저서다.

하지만 점을 연결해보려는 시도는 반드시 타고나야만 할 수 있는 것은 아니다. 어쩌면 우리는 그동안 중요한 점들을 보면서도 연결해보려고 하지 않았는지 모른다. 프리드먼처럼 의식적으로 점을 연결해보려 노력하는 건 어떨까. 프리드먼이 쓴 것 같은 대작을 내놓지는 못하더라도 작은 아이디어를 그럴듯한 프로젝트로 바꿔놓고, 신문의 사회면과 문화면에 있는 팩트를 서로 연결해 세상을 보는 눈이 더 밝아질 수도 있다.

인터뷰를 하다 보면 대가들의 인간적인 약점도 눈에 띄고, 늘 승승장구한 것이 아니라 실패 속에서 투쟁한 역사도 있음을 발견한다. 세계적인 투자가 조지 소로스는 자신을 투자가가 아닌 학자나 자선기부가로 봐주기를 원했다. 그렇지만 나는 그가 어디에 돈을 투자하는지 궁금했고 집요하게 투자의 비법을 묻자 참지 못하고 결국 인터뷰 도중 벌떡 일어나버렸다. 아마 나는 지금 다시 소로스를 만나도 그에게 투자 기법을 물을 것이다.

나는 주로 비즈니스 분야의 대가를 인터뷰했지만, 가끔은 경영과 리더십의 관점에서 성공한 스포츠인도 만났다. 신치용 삼성화재 배구팀 감독이 그 대표적인 예다. 그는 'V8'에는 실패했지만 7년 연속 챔프전 우승이라는 대기록을 세웠고, 앞으로도 상당 기간 한국 프로배구계는 수성(守城) 하려는 신치용과 이에 도전하는 진영간 대결이 될 것이다. 그는 우승의 비결이 "시즌 시작 전에 있다"고 말한다. 눈에 보이는 시즌이 아니라 눈에 보이지 않는 비시즌의 훈련량과 준비에서 승패가 판가름 난다는 얘기다. 가끔 TV로 배구 중계를 보는데, 작전 시간에 그는 선수들에게 "준비한대로 해"라고 말한다. 상대편 감독이 시합 중에 요란하게 소리를 질러가며 즉흥 전술을 주문하는 모습과 비교하면 왜 승패가 진즉에 갈리는지 알 수 있다. 더불어 삼성그룹이 신 감독을 신경영의 모범 사례로 꼽는 이유도 이해가 간다.

나는 최근 10년 동안 자기 분야에서 최고의 자리에 오른 사람들을 꾸준히 인터뷰해왔다. 이 책에는 그동안 만난 세계적 대가들과의 인터뷰 중 지금까지도 기억에 남고, 무엇보다 현재를 사는 우리에게 여전히 실용적인 지침을 주는 이야기를 추려 담았다. 자기만의 '한 수(手)'를 가진 주창자들에게 그 핵심을 직접 들어 이해하고 그들이 왜 그런 생각에 이르렀는지, 그것이 나와 직장 그리고 한국 사회에 어떤 의미가 있는지 파헤치는 데 집중했다. 또 타고난 능력보다는 노력에, 천재가 아닌 범인이 후천적으로 학습할 수 있는 실천 요소에 주목했다.

책으로 엮기 위해 글을 만지는 작업은 쉽지 않았으나 새로운 즐거움을 안겨줬다. 지면에 미처 싣지 못해 아쉬웠던 이야기를 충분히 할 수 있어 기뻤고, 현재 시각에서도 여전히 유효한 이론과 경험을 시의에 맞게 보강하는 일에 보람을 느꼈다. 추가 인터뷰를 통해 살을 덧붙이는 과정에서 새로 알게 된 이야기도 흥미로웠다.

시대가 흘러도 변치 않는 비즈니스계의 화두이자 아이디어. 그것은 한마디로 자기만의 분야에서 일가를 이룬 사람들, 즉 최고의 자리에 오른 사람들이 가르쳐주는 경영의 한 수이자 인생의 한 수다. 바쁜 독자들이 이 책을 통해 최근 10년간 중요한 지식 비즈니스 세계 화두를 나름 정리하면서 자신에게 필요한 작은 팁을 발견하는 데 도움을 받았으면 하는 바람이다.

졸저지만 참 많은 분의 도움을 받았다. 〈조선일보〉 기자로 근무하며 대가들을 만날 기회를 준 방상훈 사장님과 변용식 전 발행인(현 TV조선 대표)께 머리 숙여 감사드린다. 같이 땀 흘리며 지도하고 조언을 아끼지 않은 전현직 〈위클리비즈〉 팀장과 팀원들에게도 감사드린다. 책을 쓰도록 독려하고 방향을 잡아준 이은정 편집장과 재정 지원을 해주고 원고가 늦어지는 것을 참아준 방일영문화재단에도 큰 빚을 졌다. 끝으로 영원한 내 편인 아내 안동현과 늘 제멋대로인 아빠를 이해해주는 아들 관해, 딸 소민에게도 고맙다는 말을 전한다.

2015년 봄 광화문에서

박종세

차례

머리말 지식 비즈니스의 최전선에서 길어 올린 실용적 통찰 5

1장 최고는 다르게 일한다
상식을 깨는 생각으로 남다른 성과를 낸 사람들의 이야기

정태영 현대카드 · 현대캐피탈 CEO
내용이 바뀌면 그릇도 달라져야 한다
아이템이 재래식이라고 전략마저 재래식일 필요는 없다 19
크리에이티브는 수학이다 24
경영자가 되려면 경영학을 전공해야 하는가 29

신치용 삼성화재 배구팀 감독
그저 그런 자원과 인재로 1등 하기
근육이 기억하는 훈련을 하라 33
잘해서 이기는 경우는 없다 36
"야, 뭐해. 매뉴얼대로 해" 38

말콤 글래드웰 《아웃라이어》 저자
생각이 모이는 곳에 집중한다
세월호, 허드슨 강의 기적, 시티은행 43
1만 시간도 환경이 따라줘야 가능하다 49
그를 아웃라이어로 만든 것들 55

팀 브라운 IDEO CEO

아이디어는 머리가 아니라 손에서 나온다

판단을 미룰 것, 거친 생각을 장려할 것 63
프로세스로 일하지 말고, 프로젝트로 일하라 66
디자인적 사고의 5단계 법칙 74

조지 소로스 소로스 펀드 매니지먼트 회장

날카롭게 지켜보다 급소를 찌른다

투자자이기보다 철학자이고 싶어 하는 모순 81
거짓 예언자인가, 천재 사냥꾼인가 85
나는 가격이 더 떨어질 것을 기다린다 86

2장 최고는 깊이 이해한다

경영의 중심이 '인간'임을 증명한 사람들의 이야기

하워드 가드너 하버드대학교 교육대학원 교수

창의성은 기꺼이 스스로를 바보로 만드는 것이다

창조 경영은 형용 모순이다 97
어떻게 다른 사람을 변화시킬 수 있을까 100
미래에 필요한 5가지 마인드 102

대니얼 골먼 감성 지능 창시자이자 심리학자

리더는 감정의 수프를 요리하는 사람이다

문턱을 넘을 때는 IQ, 문턱을 넘어서면 EQ 107
무엇이 좋은 리더와 나쁜 리더를 가르는가 110
감성 지능을 넘어 에코 지능의 시대로 114

제임스 챔피 페로시스템 컨설팅 대표
20년 전보다 지금 리엔지니어링이 더 유효한 이유
비용을 줄이면서 어떻게 더 많은 가치를 제공할까 121
리엔지니어링은 다운사이징이 아니다 126
일상적인 경쟁, 해결책 그리고 투지 129

존 휘트모어 퍼포먼스 컨설턴트 인터내셔널 회장
세계는 위계질서에서 자기 책임으로 이동한다
갈수록 많은 조직과 CEO에게 코칭이 필요한 이유 135
코칭은 안에서 밖으로 끄집어낸다 137
내면의 두려움을 제거하라 139

존 코터 하버드대학교 경영대학원 교수
행동을 생산성으로 이어지게 하는 법
잘못된 위기감은 무사안일주의보다 나쁘다 145
상처 주지 않고 조직에 충격을 주는 방법 149
변화는 위에서 아래로, 머리보다 마음을 150

KIPP와 TFA
시민을 키우는 공부
한국의 특목고는 실험실이 깨끗하다 155
바보야, 문제는 아이가 아니라 어른이야! 159
정신 나간 사람이 세상을 바꾼다 162

3장

최고는 멀리 본다

끈기 있는 연구로 자기만의 비전을 구축한 사람들의 이야기

제프리 페퍼 스탠퍼드대학교 경영대학원 교수

뽑을 때는 신중하게, 맡길 때는 과감하게

잡초를 다른 곳에 심으면 꽃이 될지 어떻게 아는가 169
제품과 서비스를 일상적으로 재창조하는 것이 현대 기업의 운명 172
"그 친구들은 영리하지 않아요" 177

로저 마틴 경영사상가

주가 챙길 시간에 본연의 비즈니스에 충실하라

주주자본주의는 틀렸다 183
이사회의 논리적 결함 185
고객자본주의 시대가 온다 187
기업의 목적함수는 행복한 소비자 확보에 있다 189
잡스는 완벽할까 192

토머스 프리드먼 〈뉴욕타임스〉 칼럼니스트이자 《세계는 평평하다》 저자

누가 미래를 주도하는가

뜨겁고 평평하고 붐비는 세계에서 살아남는 법 197
이웃집이 파산하면 내 집 값이 떨어진다 199
'그린 마이크로소프트'와 '그린 구글' 204

돈 탭스콧 막시 인사이트 대표이자 《위키노믹스》 저자

협업하거나 망하거나

경제 체제의 역사적 전환기가 왔다 211
다윗부터 골리앗까지 213
21세기의 BMW는 잘하는 일에만 집중한다 216

존 보글 보글 금융시장 리서치센터 대표

투자는 아무리 조심해도 지나치지 않다

오직 바보만이 연간 전망을 한다 223
워런 버핏의 수익률을 이기다 228
대세가 된 인덱스 펀드 창시자 231

로버트 라이시 UC버클리대학 공공정책대학원 교수

자본주의는 어떻게 작동해야 하는가

피케티보다 15년 앞서 불평등을 예측하다 235
모든 사람이 이득을 보는 '포지티브 섬' 게임을 재점화하라 237
불평등이 심해지면 어떻게 될까 240

아나톨 칼레츠키 〈더 타임스〉 경제평론가이자 《자본주의 4.0》 저자

새로운 자본주의가 출현한다

틀은 무너지지 않고 버전만 달라질 것 245
복지안전망 vs. 보편적 복지 250
부서진 시대, 스웨덴식 복지 모델이 답일까 252

!

정태영

신치용

말콤 글래드웰

팀 브라운

조지 소로스

1장

최고는 다르게 일한다

상식을 깨는 생각으로 남다른 성과를 낸
사람들의 이야기

현대카드 · 현대캐피탈 CEO

정태영

"우리는 숫자를 굉장히 디테일하게 본다. 내가 가장 싫어하는 말이 '디자인 경영'이다."

내용이 바뀌면 그릇도 달라져야 한다

아이템이 재래식이라고
전략마저 재래식일 필요는 없다

정태영 현대카드 · 캐피탈 사장은 한국의 현역 CEO 중에서도 매우 창의적인 사람으로 손꼽힌다. 그는 길거리 카드 모집 때문에 부정적 이미지가 강했던 카드 회사를 세련된 디자인의 마케팅 회사로 바꿔놓았다. 비욘세 · 스티비 원더 · 에미넴 등 레전드급 아티스트를 무대에 세운 현대카드 수퍼시리즈, '라이프 매거진'의 전 컬렉션을 포함하는 세계 최대의 디자인 라이브러리, 특유의 세련미로 견학 코스가 된 여의도 현대카드 사옥, M카드의 컬러 마케팅, 여기에 정 사장의 튀는 말투와 옷차림까지.

하지만 이런 것들만 떠올린다면 그것은 그야말로 현대카드 코스프레에 불과하다. 수면 위에 떠 있는 화려한 백조의 모습에 현혹되면 물

밑에서 치열하게 내젓고 있는 생존의 발장구를 놓치기 십상이다. 현대카드 직원들을 만나보면 정태영 사장 밑에서 일하는 게 쉽지 않다고 말한다. 늘 벼랑으로 밀어붙이며 조금 더 나은 생각과 방법을 요구하기 때문이다. 현대카드에서 가장 치명적인 말은 "당신에겐 아이디어가 없어"라고 한다. 그런데 정태영 사장을 오래 만나면 자신감에 찬 모습 이면에 있는, 불안해하며 문제 해결을 위해 몸부림치는 고독한 CEO가 보인다. 내가 본 정태영 사장은 오히려 치열한 승부사에 가깝다. 단지 그는 '추진력'을 카드 회사에 걸맞게 변형해서 발휘하고 있을 뿐이다. 이런 단면은 2014년 소치 동계올림픽 기간 중 그가 페이스북에 올린 글에서도 잠깐 엿볼 수 있다.

> "박승희 선수(여자 쇼트트랙 500미터 동메달)가 두 번째로 넘어졌을 때가 나에게는 제일 찡했다. 첫 번째 남한테 밀려서 넘어졌을 때 이미 충분히 잘못되어갔음을 알았을 것이다. 그럼에도 괘념치 않고 바로 다시 총알같이 일어서려다 발이 꼬여 넘어졌다. 역설적으로 가장 가슴 아프고 감동적인 넘어짐이었다. 오로지 자기 경기에 맹렬하게 충실한 사람만이 저렇게 넘어질 수 있다."(2014. 2. 14.)

잘 알려져 있지 않지만 정태영 사장은 굴뚝 산업 CEO로서 멕시코 직원들을 성공적으로 다룬 경험이 있다. 1996~1999년 현대정공 미주법인 CEO였던 그는 컨테이너 섀시와 트레일러 생산 회사를 다품종 소량 생산, 고부가가치 제품을 만드는 회사로 탈바꿈시켰다. 현대정공 미주법인 생산 공장이 있는 멕시코 티후아나의 마킬라도라(수출자유공단)에서는 8명의 주재원이 멕시코 직원 1,817명, 미국인 5명, 교포 38명과 함께 일했다.

이처럼 문화와 사고방식이 다른 여러 인종이 뒤섞여 일하다 보니 종종 갈등을 빚기도 했다. 현대정공 멕시코법인(HYMEX)의 신구식 관리부장은 서울대 경영대 케이스 연구팀(Hyundai Precision America 글로벌 경영사례, 9-100-001)과의 인터뷰에서 당시의 애환을 털어놓았다.

"어느 날 고메즈라는 한 멕시코 근로자가 아무 말 없이 며칠 동안 회사에 나오지 않았다. 무슨 일이라도 있나 싶어 조심스럽게 물었더니 그는 그저 개인적인 일이 있었을 뿐이라고 태연히 말하고는 작업장으로 돌아갔다. 한국 사람들하고는 많이 다르다."

초기에 멕시코 근로자들은 금요일에 주급을 받은 후 그 돈을 다 쓸 때까지 회사에 나오지 않는 경우도 빈번했다. 우리나라에서는 상상도 할 수 없는 일이지만, 그것이 그들의 문화이자 태도였다. 따라서 현지 직원들의 근무 태도를 바꾸겠다며 개인적으로 접근할 일이 아니었다. 쉬지 않고 일을 열심히 하라고 독려하기보다 시스템, 즉 구조를 바꿀 필요가 있었다.

당시 정태영 현대정공 전무는 650만 달러의 적자(1996년) 상태를 흑자로 돌리기 위해 새로운 시도를 했다. 대표적인 예로 각각 단일 품종만 생산하던 네 개의 생산라인에서 거의 모든 제품을 교차 생산하는 것은 물론 신규 제품까지 맡게 한 것이다.

기존에는 A생산라인은 도메스틱 컨테이너, B생산라인은 냉동 컨테이너, C생산라인은 밴 트레일러 그리고 섀시라인은 컨테이너 섀시를 각각 만들었다. 이 생산 방식에 과감하게 손을 대 A생산라인에서는 도메스틱 컨테이너 외에 밴 트레일러와 컨테이너 섀시를 생산하고 B생산라인에서도 냉동 컨테이너를 비롯해 냉동 밴 트레일러, 밴 트레일러, 도메스틱 컨테이너를 생산하는 식으로 바꿨다. 한마디로 모든 생산라인을 전천후로 바꿔 대부분의 품목을 생산할 수 있는 시스템을 구축했다. 시장의 수요 변화에 유연하게 대처토록 한 것이다. 그 결과 한 라인당 한 달에 품목 변경이 1~2회에 불과하던 것이 20회 이상으로 늘어났다. 이와 더불어 멕시코 근로자의 다기능화를 위해 각 공정 사진을 자세한 설명과 함께 붙여놓고 멕시코인 조장과 반장을 철저하게 교육시켰다.

현대정공 미주법인은 다품종 소량 생산 방식으로 전환하기 위해 미국의 델컴퓨터를 벤치마킹했다. 주문 생산 체제를 채택한 델컴퓨터는 재고 수준이 매우 낮고 공급체인 관리 시스템이 뛰어난 회사다. 물론 내부적으로 컨테이너와 제품 성격이 전혀 다른 컴퓨터 회사를 벤치마킹한다는 점에서 우려의 목소리도 있었지만, 정태영 전무는 남들이 하지 않는 것을 해야 한다며 직원들을 설득해 밀어붙였다.

당시 현대정공 미주법인은 소송에 휩싸이기도 했다. 미국의 밴 트레일러는 대부분 백인이 시장 참가자라 현대정공 미주법인은 밴 트레일러 부서를 모두 미국인으로 구성하고 판매책임자로 마이클이라는 백인을 채용했다. 그런데 부서의 영업 실적이 부진해 마이클을 해고할 수밖에 없었다. 미국은 성과를 내지 못해 경영을 악화시킨 직원을 해고하는 것에 가장 관대한 나라이자 그 정당성을 인정하는 나라 중 하나다. 그럼에도 마이클은 앙심을 품고 1996년 11월 미국 평등고용위원회에 현대정공 미주법인을 부당해고 행위로 제소했다. 정태영 전무는 회사의 조치가 정당하다는 점을 확신했다. 그래서 비용이 아무리 많이 들더라도 반드시 승소해 상대방에게 호락호락한 회사가 아님을 알리겠다고 선언했다. 현대정공 미주법인은 그레이엄(Graham), 제임스(James) 등 미국 내의 대표적인 로펌을 고용해 2년간 단호하게 맞선 끝에 결국 승소했다.

정태영 전무가 회사를 맡은 지 3년 만인 1999년 현대정공 미주법인은 1,950만 달러의 흑자 회사로 돌아섰다. 당시 정태영 전무는 서울대 케이스 스터디에서 흑자 전환의 비결을 이렇게 정리했다.

"아이템이 재래식이라고 해서 경영 전략마저 재래식일 필요는 없습니다. 무엇보다 시장 상황과 자신의 역량을 비교 분석해 최적의 전략을 도출해내는 것이 중요하지요."

비록 세련되게 표현했지만 문제는 실행이 아니겠는가. 변화를 싫어하는 게 인간의 속성인데 대체 재래식 굴뚝 기업이 어떻게 새로운 생산 방식과 기업 문화를 수용했을까? 이 질문에 정 사장은 당시를 회고하면서 이렇게 털어놓았다.

"하루 일과를 욕으로 시작해서 욕으로 끝냈다."

납기를 맞추고 엄격한 품질 테스트를 통과해야 하는 제품을 생산하는 동시에 거친 노동자를 변화시키는 것은 카드 회사를 경영하는 것과는 다르다. 멋진 드레스 셔츠에 맵시 나는 구두가 아니라 작업복에 안

리더십은 조건과 상황에 맞게
변해야 하는 거니까.

전모를 쓴 CEO 정태영이 고래고래 소리를 지르는 모습이 떠올랐다. 그런 정태영을 봤다면 누구도 '디자인 경영의 표본'이라고 말하지는 않았을 것이다.

"험한 공장을 운영하다 보니 지금과는 상당히 다른 모습이었고, 특히 멕시코 땅에서 벌어지는 비상식적 상황과 자연재해에 적응하기 위해 다소 거친 리더십을 보였다. 또다시 당시로 돌아간다고 해도 그런 모습의 리더일 거라 생각한다. 리더십은 조건과 상황에 맞게 변해야 하는 거니까."

그는 제조업은 제조업에 맞게, 서비스업은 서비스업에 맞게 혁신과 문화의 포장을 달리하며 컨테이너 공장과 카드사를 경영하는 것뿐이다.

크리에이티브는 수학이다

정태영 사장은 늘 위기감 속에서 사는 경영자다.

2013년 현대카드가 시작한 '챕터2(Chapter 2)' 전략도 이런 위기감의 산물이다. 챕터2 전략은 카드업계를 당혹케 했다. 100장이나 되는 알파벳 카드 시리즈로 소비자의 눈을 현란하게 사로잡던 현대카드가 순식간에 카드를 7장으로 확 줄여버렸기 때문이다. 라이프스타일에 따라 골라 쓰는 재미를 선사하며 '롱테일(Longtail) 법칙'에 따라 양쪽 꼬리를 넓게 벌려 외연을 확장하던 현대카드는 꼬리를 과감하게 잘라 버렸다. 10년간 시장점유율을 1.8퍼센트에서 14.5퍼센트로 끌어올리고, 6,000억 원의 적자를 2,000억 원의 흑자로 되돌려놓은 성공 모델을 순식간에 내버린 것이다. 이유를 묻자 정태영 사장은 간단하게 잘라 말했다.

"위기다."

가맹점 수수료율 인하로 수익률 하락이 발생했는데, 그것이 단순히 복사용지를 적게 쓰고 에어컨을 꺼서 만회할 수 있는 수준이 아니었다. 카드업은 신용 판매가 기본이지만 시장에 위기가 닥치면서 카드사들이 현금서비스나 카드론 같은 대출서비스에 치중하는 '포트폴리오 왜곡' 현상까지 벌어졌다.

뭘 해야 할까?

그는 문제를 '어떻게 풀어갈 것인가?' 하는 방법론이 아니라 근본적으로 '무엇을 해야 하는가'를 두고 고민했다. 금융은 단순히 흑자냐 적자냐가 아니라 투입한 자본이 얼마만큼 돈을 벌어주는가를 보는 지표, 즉 ROE(자기자본이익률)가 중요하다. 이 ROE가 일정 수준 아래로 떨어지면 신용등급이 내려가고 그러면 자금조달(펀딩)이 막히고 만다. 더구나 금융업의 위기는 제조업보다 훨씬 빠른 속도로 밀려온다.

이런 위기 상황에서 정태영 사장이 챕터2 전략을 내민 것이다. 챕터 2는 롱테일 전략을 버리고 소비자가 쓰지 않는 카드에 들어가는 비용을 없애는 것, 즉 비용의 재구성이 핵심 포인트다. '단순화'를 모토로 카드 본연의 기능에 충실하면서 이른바 돈이 되지 않는 고객은 과감히 포기하겠다는 의도다.

챕터2는 남들이 생각하지 못한 출구를 찾아 위기를 해결하고자 했기에 등장할 수 있었던 전략이다. 외부 상황이 급변하고 실적이 저조할 때 비용을 줄이는 것은 당연한 수순이다. 이 경우 우왕좌왕하다가 '감'에 의존해 원칙 없이 구조조정을 단행하는 회사도 많다. 그러나 정 사장은 '숫자'에 기반한 객관적 자료를 철저하게, 오랜 기간 여러 사람과 분석하고 토론해 다이어트가 필요한 부분을 짚어냈다.

비용을 줄이려면 새는 비용과 효율성이 떨어지는 비용을 찾아내야 했지만 기존의 회계 장부로는 이걸 파악하기 어려웠다. 항목이 부서별로 다른 데다 불필요하게 나뉘어 있어 돈의 흐름을 전체적으로 한눈에 알아보기가 힘들었다. 예를 들어 전체 '인건비'를 알고 싶은데 아웃소싱이나 위탁 비용이 다른 항목에 들어가는 바람에 기존 회계 장부에서의 '인건비'는 명목상일 뿐 실체가 아니었다. 결국 회계 장부를 바꾸기로 한 현대카드는 기준을 다시 만들어 그동안의 회계로는 설명하지 못했던 점까지 한눈에 볼 수 있는 새로운 방식을 구축했다. 이렇게 탄생한 것이 토털뷰 어카운트(TVA, Total View Account)다.

이 과정에서도 정 사장은 계속해서 기존에 없던 새로운 관점을 주문했다. 현대카드의 토털뷰 어카운트는 기존의 회계 항목과 다른 방식으로 비용을 집계한다. 무엇보다 비용의 성격을 명확히 정의하기 위해 목적과 의도에 맞는 중복 계산을 허용했다. 이는 기존의 회계 기준에서는 금기시하던 일이었다. 가령 인건비 항목의 경우 기존 방식에서는 아웃소싱비를 '업무 경비'로 처리하면 다른 항목에는 포함시킬 수 없었다. 그런데 새로운 방식에서는 아웃소싱이 프로모션을 위한 활동일 경우 '프로모션비'로, 또한 인력이 들어갔으므로 '인건비'로 중복 계산했다. 즉, 비용이 무엇을 위해 쓰였는지를 기준으로 회계 장부를 재구성했다. 그러자 회사가 어디에 가장 많은 비용을 쓰고 있으며 어떤 일에 집중하고 있는지 그 모습이 드러나기 시작했다. 회계 장부를 바꾼 것이 업의 본질을 다시 정의하고 새로운 전략을 수립하는 일에까지 연결된 것이다.

여기에 데이원(Day 1) 전략이 시너지를 불러일으켰다. 데이원 전략이란 '오늘이 현대카드를 인수한 첫날'이라 생각하면서 회사를 들여다보는 것을 말한다. 이 과정에서 그동안 보이지 않던 문제점이 드러났다. 당연하게 여겼던 기준과 쓸데없는 비용이 걸러진 것이다.

챕터2를 수학적 사고의 산물이라고 부르는 이유는 이면에 이러한 과정이 숨어 있기 때문이다. 사람들은 정 사장을 '튀는' 혹은 '직관적인' 리더라고 생각하지만, 그는 스스로를 그렇게 생각하지 않는다. 그는 '금융공학'이라는 말을 철저하게 지킨다. 그가 직관이 뛰어나고 창의적으로 보이는 이면에는 이처럼 숫자에 근거한 과학이 존재한다. 역설적으로 들릴지 몰라도 숫자와 근거에 집착하는 오랜 습관이 그를 창의적으로 만든 것일 수도 있다. 다년간의 경험과 기술, 본질적 탐구, 몰

직관이 뛰어나고 창의적으로 보이는
이면에는 숫자에 근거한 과학이 존재한다.
역설적으로 들릴지 몰라도
숫자와 근거에 집착하는 오랜 습관이
그를 창의적으로 만든 것일 수도 있다.

입이 모여야 비로소 '직관'이 생기는 것이니 말이다.

챕터2 전략이 얼마나 성공을 거둘지는 아직 알 수 없지만 분명한 것은 정 사장이 수학에 근거해 이 전략을 채택했다는 사실이다. '포인트로 쌓고, 캐시백으로 돌려주고'라는 단순화한 메시지로 고객에게 다가가는 이면에는 숫자에 기반을 둔 냉철한 경영 판단이 깔려 있다. 그는 인터뷰 도중 자신이 숫자를 얼마나 따지는지 들려주었다.

"우리는 숫자를 굉장히 디테일하게 본다. 단순히 연체 여부만 보는 게 아니라 연체 회차, 상품별 분류, 고객의 지출액도 본다. 처음 고객이 되면 3개월 행동, 그다음 3개월 행동 그리고 거기에 따른 우리의 반응 등을 모두 숫자로 잡아내 다음 행동을 결정한다. (…) 계속 숫자를 보는 건 당연하고, 더 중요한 것은 숫자들의 관계를 보는 일이다. 그걸 잘 해놓은 다음 마케팅과 브랜딩을 하는 거다. 사실 내가 가장 싫어하는 말이 '디자인 경영'이다."

정태영 사장이 늘 성공하는 것은 아니다. 그 대표적인 것이 보험업 진출이다. 정 사장은 2012년 녹십자생명을 인수해 현대라이프생명보험이라는 간판을 내걸고 출범했으나 아직 뚜렷한 성과를 내지 못하고 있다. 보험상품을 단순화해 기존의 보험설계사 채널 대신 온라인 또는 유통 회사를 통해 판매하는 그의 도전은 아직 시장에 이렇다 할 변화를 가져오지 못했다는 평가를 받는다. 그는 사석에서 "제일 골치 아픈 것이 보험회사와 성적이 부진한 현대캐피탈 배구단"이라고 털어놓은 바 있다. 그의 위기 본능 촉각은 지금 생명보험사를 예민하게 짚어보고 있는 중이다.

경영자가 되려면 경영학을 전공해야 하는가

2010년 어느 고등학생이 이메일로 정태영 사장에게 CEO가 되려면 경영학을 전공해야 하느냐고 묻자, 그는 이런 답변을 보냈다.

> "경영학을 공부한다고 꼭 비즈니스를 잘한다고 볼 수는 없지만 모르면 많이 힘들고 한계가 있습니다. 주먹구구식의 경영은 생존하기가 어렵지요. 그럼에도 불구하고 저는 개인적으로 학부에서 경영학 전공은 반대입니다. 경영학 교수가 목표가 아니라면 학부에서는 문학, 역사, 경제학, 수학, 물리학, 공학 등 좀 더 기초적인 학문을 전공해서 자신의 세계를 깊고 넓

게 열어놓으라고 권하고 싶습니다. 경영학은 매우 실무적인 학문입니다. 역사나 문학과는 그 깊이에 차이가 납니다. 특히 MBA를 가는 것이 확실하다면 학부는 다른 분야를 택해보세요. 학부와 MBA 6년간 경영학을 전공한다는 것이 조금 따분하게 보이지 않으세요?"

2014년 초 정 사장에게 이 대답에 대한 생각에 혹시 변화가 있는지 물었다. 그의 대답은 이랬다.

"고등학생에게 말한 대로 요즘의 경영은 복잡화, 고도화하고 있다. 그래서 경영학을 기본이라도 배워야 한다고 생각한다. 낮은 의미로는 회계 정도는 해야 하고 높은 의미로는 경영 전략에 어떤 고민이 따르는지 맛이라도 봐야 하니까. 그렇지만 꼭 4년간 경영학에 매달려야 경영인으로서 더 유리하다고 여기지는 않는다. 어쩌면 경영을 경영학의 관점에 갇혀서만 생각하는 답답한 습관을 기를지도 모른다. 가령 금융은 오로지 숫자로 승부를 내야 한다는 등의 습관이 있다. 혁신이나 창의가 어디서 오는지는 누구에게도 답이 없는 질문 같다. 굳이 말하자면 호기심과 변화에 대한 수용성이 맞아떨어지는 게 아닐까?"

CEO를 꿈꾸는 청소년을 위해 '자신의 세계를 깊고 넓게 열어놓아야 하며 문학, 역사, 수학 등 기초 학문을 알아야 한다'고 조언한 그는 통찰력을 기르기 위한 도구로써 인문학 열풍이 부는 것에는 비판적이다. 2014년 초 페이스북에 올린 글이 그의 생각을 보여준다.

기업에 필요한 건 인문학적 감성이지 인문학 지식이 아니다.

"경영을 위한 인문학이 열풍이라는데 다소 엉뚱하다. 기업에 필요한 건 인문학적 감성이지 인문학 지식이 아니다. 둘은 전혀 별개이고 인문학적 감성과 인문학을 구별하지 못하는 것부터가 심각한 감성 부족이다. 이는 기하학적 디자인을 감상하기 위해 기하학을 배우는 것과 같다. 숫자와 성능으로만 경쟁하던 시대가 끝나가는 지금, 인문학적 감성이라고 부르든 지식 융합이라고 부르든 기업이 갈구하는 것은 보다 상위적인 개념의 경쟁을 위한 플랫폼이다. 이를 누군가가 인문학적 고민이라 불렀다고 해서 인문학 수업을 들으러 가는 것은 난센스다. 거기에 경영의 해답은 없다. 인문학은 인문학으로써 배워야 한다."

정태영 사장에게는 '한국의 스티브 잡스'라는 별명이 따르지만 그는 이 별명에 경기를 일으킨다.

"내가 잡스를 얼마나 숭배하는데……, 그런 비교는 가당치 않다."

그는 CEO로서 자기 인생의 절정이 3~4년 후에 올 거라 보고 있다.

"그때가 되면 내 열정과 능력이 어느 정도 균형이 맞지 않을까요."

삼성화재 배구팀 감독

신치용

“나는 훈련 외에는 믿지 않는다. 선수들에게 감독도 믿지 말라고 말한다.”

그저 그런 자원과 인재로 1등 하기

근육이 기억하는 훈련을 하라

'헌신, 인내, 열정'

2012년 삼성화재 배구팀 소속 선수로 활약하던 외국인 선수 가빈(207센티미터)이 왼쪽 옆구리에 새긴 문신이다. 어느 날 신문의 스포츠면을 보던 나는 지극히 동양적인 가치를 담은 그 추상적인 개념어를 몸에 새긴 가빈의 사진에 눈이 꽂혔다. 무엇보다 외국인 용병 선수가 자기 몸에 '헌신'이라는 글자를 새길 정도로 팀에 녹아들게 하는 리더라면 그 감독은 보통 사람이 아닐 거라는 생각이 들었다.

그렇게 호기심이 일어 들여다본 신치용 삼성화재 배구팀(블루팡스) 감독의 성적은 그야말로 놀라웠다. 그는 20년째 삼성화재 배구팀에 몸담고 있으면서 16번 우승했고, 8번 연속 국내 프로배구리그 챔피언전 우승을 따냈다. 이는 국내의 어떤 프로 구단도 얻지 못한 대기록이다.

덕분에 삼성화재 배구팀은 '배구장에서 캐낸 이건희 회장의 신경영 대표 모델'로 불린다.

삼성그룹은 그 이유를 간단하게 다섯 개의 키워드로 정리했다.

- 인재 제일(선수 개개인의 장점 극대화)
- 최고 지향(전력은 뒤지지만 목표는 항상 우승)
- 변화 선도(외국 용병이 바뀔 때마다 무명 선수가 특급으로 변신)
- 정도 경영(훈련과 기본기에 충실)
- 상생 추구(팀워크)

사실 객관적인 전력으로 볼 때 삼성화재 배구팀은 탁월한 팀은 아니다. 해마다 우승하는 바람에 신인을 뽑는 드래프트에서 순위가 꼴찌로 밀려 좋은 선수를 뽑지 못하고, 주전 선수들의 평균 연령은 30세가 넘는다. 매년 시즌 전에 3등 안에도 들지 못할 거라는 전망이 나오는 이유가 여기에 있다. 그렇지만 시즌이 끝나면 우승팀은 늘 삼성화재 배구팀이고 라이벌 감독들은 줄줄이 옷을 벗는 사태가 벌어진다.

삼성화재 배구팀은 그저 그런 자원과 인재로 상대가 전략을 훤히 꿰고 있는 비즈니스 전투 현장에서 매년 1등을 놓치지 않는 기업이나 마찬가지다. 만약 상대를 꺾지 않으면 내가 몰락하는 제로섬 게임, 즉 전형적인 레드 오션에서 늘 승자로 살아남는 기업이 있다면 그야말로 경탄의 대상일 것이다.

나는 배구를 잘하지도, 잘 알지도 못한다. 하지만 신치용 감독이 전

멍청하게 훈련하면
근육이 기억하지 못하므로
생각하면서 훈련해야 한다.

체 경기를 어떻게 이끌어가는지, 고비마다 삼성화재 배구팀이 어떻게 움직이는지, 작전타임에 어떤 말로 선수들을 독려하고 다그치는지에 집중하면서 배구 경기를 보곤 한다. 그러면 순간순간 색다른 재미와 교훈이 느껴진다. 스포츠 경기는 복잡하고 추상적인 논리를 눈앞에서 드라마틱하게 재현하기 때문에 다른 영역의 리더들에게 직관적인 통찰력을 제공하는 경우가 많다.

삼성화재 배구팀이 일곱 번이나 연속으로 우승한 비결은 어디에 있을까? 신치용 감독은 그 비결이 훈련에 있다고 말한다.

"훈련밖에 없다. 훈련 외에는 믿지 않는다. 선수들에게 감독도 믿지 말라고 말한다. 훈련밖에 믿을 게 없다고 얘기한다."

그런데 신 감독은 훈련도 어떻게 하느냐가 중요하다고 못을 박는다. 똑같은 훈련을 해도 몰입하지 않고 멍청하게 훈련하면 근육이 기억하지 못하므로 생각하면서 훈련해야 한다고 강조한다.

차이는 바로 여기에 있다. 훈련은 누구나 하지만 훈련이라고 다 같은 게 아니다. 산에 올라도 촉을 세우며 가는 사람과 그냥 멍한 표정으로 가는 사람은 다르다. 신 감독은 절대 생각의 끈을 놓으면 안 된다고 강변한다.

"선수가 감독 뒤에 있으면 딴짓을 한다. 그럴 때 나는 '뒤에 있어도 보여'라고 말하고 공을 던진다."

잘해서 이기는 경우는 없다

삼성화재 배구팀의 훈련 시간은 일정하게 정해져 있고 그렇게 정해 놓은 시간 외에는 자율적으로 훈련한다. 블루팡스 팀은 자율 훈련을 중시하는데 그 이유는 전체 훈련 시간에는 개인 훈련이 어렵기 때문이다. 팀 훈련을 잘하는 동시에 개인적으로도 경기력을 올리려면 스스로 훈련해야 한다. 사람은 누군가의 지시를 받으면 심리적으로 꺼려지게 마련이라 신 감독은 일일이 지시하지 않는다.

그럼에도 훈련을 하다 보면 스스로 자신의 약점을 느끼기 때문에 선수들은 대개 알아서 자율 훈련에 임한다. 이때 코치는 공을 올려주고 수비수에게 공을 때려주기 위해 훈련장에서 기다린다. 배구는 코치가 도와줘야 훈련이 가능한 운동이다. 그렇다면 스스로 훈련에 참여하지 않는 선수는 어떻게 할까? 훈련에 참여하지 못하는 게 선수들에게 가장 큰 고통이라는 것을 아는 신 감독은 그냥 한마디로 "나가라"고 한다. 그렇게 나간 선수들은 보통 사흘만 쉬어도 스스로 훈련을 하겠다고 찾아온다.

프로선수다운 마음 자세를 유지하지 않으면서 어떻게 돈을 받고 배구를 하겠는가. 적당히 하는 것은 죄다.

신 감독은 적당히 하는 것을 절대 용납하지 않는다. 물론 다른 팀도 똑같은 시간 동안 훈련을 하지만, 신 감독은 유독 훈련할 때 한눈파는 것을 용납하지 않고 엄청난 집중력을 요구한다. 그렇지 않으면 어려운 경기에 부닥칠 경우 곧바로 무너지기 때문이다. 어쩌면 그래서 어려운 경기를 하면 삼성화재가 이긴다는 말이 나온 것인지도 모른다.

이처럼 훈련 태도가 남다른 삼성화재 배구팀은 연습 게임을 해도 다른 팀과 다르게 한다. 흔히 '훈련은 시합처럼, 시합은 연습처럼 하라'고 하지만 이게 말처럼 쉬운 것이 아니다. 그런데 신 감독은 이를 지키고 있고 선수들의 일상 생활까지도 꼼꼼하게 챙긴다. 그는 매일 아침 6시 30분에 선수들의 체중을 단다. 선수들의 컨디션을 가장 잘 보여주는 것이 체중이기 때문이다. 만약 체중에서 500그램 이상 차이가 나면 불러서 밤에 무얼 했는지 물어본다. 선수들이 훈련은 물론 생활에서도 기본을 지켜야 한다고 생각하는 그는 이렇게 말한다.

"선수는 자세가 중요하다. 프로선수다운 마음 자세를 유지하지 않으면서 어떻게 돈을 받고 배구를 하겠는가. 적당히 하는 것은 죄다. 사실 시합을 잘해서 이기는 경우는 없다. 실수를 덜 하는 쪽이 이기는 것이다. 실수하지 않으려고 버티는 쪽이 이긴다. 범실 개수가 10개 이상 차이 나면 이기지 못한다. 그 범실은 스스로 하는 것이고 상대가 잘해서 지는 경우는 별로 없다."

"야, 뭐해. 매뉴얼대로 해"

삼성화재 배구팀은 팀워크가 반드시 필요한 분업 배구를 하는데 이를 위해서는 선수들이 자기 위치에서 책임과 헌신을 다해야 한다. 결국 배구도 비즈니스와 마찬가지로 사람을 어떻게 쓰느냐가 관건이다. 특히 삼성화재 배구팀은 용병을 뽑을 때 그에게 절실함이 있는가를 가장 우선시하며 일단 뽑은 뒤에는 용병이 팀을 위해 헌신하도록 감동을 주려 노력한다. 현대캐피탈 배구팀에서 한 달간 훈련을 받은 가빈은 능력이 없다고 쫓겨났는데, 그는 LIG화재 배구팀에서도 일이 풀리지 않았다. 하지만 가빈에게는 실력을 쌓아 빅 리그로 가려는 절실함이 있었고 신 감독은 그가 팀에 맞겠다고 생각해서 데려왔다. 그렇게 삼성화재 배구팀에서 3년간 활약한 가빈은 나중에 많은 돈을 받고 러시아로 갔다.

선수들과 소통을 잘하기로 유명한 신 감독은 가장 좋은 소통이 솔직함이라고 말한다.

왜 자신이 배구를 하는지,
뭘 얻어야 하는지,
잘하려면 뭘 해야 하는지 알고
자발적으로 해야 한다.
시키는 데는 한계가 있다.

"난 선수들에게 에둘러서 얘기하지 않고 직설적으로 말한다. '매뉴얼대로 해'라는 말을 가장 많이 한다."

사실 선수들이 몰라서 실수를 하는 건 아니다. 조금 편해보려고 자꾸만 잔머리를 굴리다가 딴 길을 가는 것뿐이다. 그걸 아는 신 감독은 시합이 잘 풀리지 않으면 한마디만 한다.

"야, 뭐해!"

이미 수천 번이나 연습을 했는데 무슨 말이 더 필요할까 싶어서란다. 실제로 경기를 할 때 보면 많은 감독이 작전타임 20초, 30초 동안 온갖 설명을 쏟아낸다. 과연 그게 현명한 자세일까?

"나도 처음엔 감독이 시키는 사람인 줄 알았다. 하지만 그게 아니었다. 선수들이 느끼도록 해줘야 한다. 선수들이 왜 자신이 배구를 하는지, 뭘 얻어야 하는지, 잘하려면 뭘 해야 하는지 알고 자발적으로 해야 한다. 시키는 데는 한계가 있다."

신치용 감독은 선수 시절에 그리 유명하지 않았지만 레프트, 세터, 센터를 모두 해보면서 두루 기술을 터득했다. 그렇게 여러 포지션을 해본 경험이 선수들을 지도하는 데 큰 도움이 되었다고 한다. 무엇보다 그는 화려하게 자기중심적으로 경기를 해보지 않아 선수들의 심리를 잘 알고 있다.

"잘하는 여섯 명도 중요하지만 일곱 번째, 여덟 번째, 아홉 번째 선수도 잘 다뤄야 한다. 웜업존(Warm-up Zone) 안에서는 시합을 다 볼 수 있다. 일곱, 여덟, 아홉 번째 선수들은 자칫 불만 세력이 될 수도 있기 때문에 그들을 어떻게 관리하느냐가 중요하다. 그들은 뛸 수도 있고 뛰지 못할 수도 있는 선수들이다. 그러므로 보듬고 다독이고 밀어주어야 한다."

신 감독은 운동에서든 비즈니스에서든 '신한불란(信汗不亂: 땀을 믿으면 흔들리지 않는다)'을 지켜야 한다고 강조한다. 사장이든 임원이든 아니면 청소를 하는 사람이든 운동선수가 운동을 열심히 하듯 기본기를 지켜야 한다는 의미다. 특히 CEO가 키를 잘못 잡으면 모두가 잘못되고 모두의 시간을 헛되이 할 수 있다. 따라서 CEO는 철저하게 팀이나 팀원을 위해 헌신하고 미래를 생각해야 한다. 신 감독은 수첩에 이렇게 적어놨다.

'이번에 우승하고 내년 봄을 생각하자.'

그는 미래를 생각하며 지금부터 투자하는 자세를 잃지 않는다. 무엇보다 리더가 솔선수범해야 한다는 것을 강조하는 신 감독은 늘 1년 뒤의 경기에 대비해 준비해야 한다고 강조한다.

"미래를 읽고 철저히 대비해야 한다. 그렇지 않으면 동숙의 노래처럼 '때는 늦으리'를 불러야 할 것이다. 휴가를 가면 다가올 시즌을 준비해야 한다. 느슨하면 자빠진다."

《아웃라이어》 저자

말콤 글래드웰

"어떤 생각이 계속 머릿속에 남아 있고 얘기를 하다가도 다시 그 생각으로 돌아갈 때 책을 쓴다."

생각이 모이는 곳에 집중한다

세월호, 허드슨 강의 기적, 시티은행

2014년 4월 16일 수학여행을 가던 안산 단원고 학생들이 진도 앞바다에서 대거 참사를 당한 사건은 우리 사회의 치명적 결함을 여과 없이 보여주었다. 경제력은 발전하고 하드웨어도 개선됐지만 이것을 운영하는 시스템인 소프트웨어가 후진국 수준에서 벗어나지 못하고 있음이 고스란히 드러난 것이다.

우리는 1994~1995년에도 대형 참사를 많이 겪었다. 당시 대구 지하철 참사, 아현동 가스 폭발, 성수대교 붕괴, 삼풍백화점 붕괴 등의 참사가 잇따랐고 현장을 취재한 나는 한국 경제가 급성장하는 과정에서 불거진 하드웨어의 총체적 부실을 절감했다.

그런데 그로부터 20년이 지난 2014년 2월 17일 경주 마우나오션리조트의 체육관 지붕이 무너지면서 신입생 오리엔테이션 중이던 부산

외대 학생 10명이 숨지고, 240명이 부상을 당하는 사고가 발생했다. 이어 다시 두 달 만에 진도 앞바다에서 안산 단원고 학생들이 대거 숨지는 참극이 일어났다. 이는 한국의 소프트웨어 부실이 심각한 임계치에 도달했고 이를 개혁하지 않으면 20년 전처럼 또 다른 참사가 이어질 것임을 경고하는 것이다. 소프트웨어의 부실에는 여러 원인이 있지만 그중에서도 윤리 의식을 갖춘 전문가 부재와 기본을 지키지 않는 관행이 문제가 아닌가 싶다.

진도 여객선 침몰 사건과 2009년 1월 15일 뉴욕에서 일어난 '허드슨 강의 기적'을 비교해보면 그 점이 분명하게 드러난다. 이 기적은 뉴욕 라과디아 공항을 이륙한 여객기가 새 떼에 부딪혀 엔진 고장을 일으켰지만 베테랑 기장이 허드슨 강에 비상착륙을 시도해 155명을 무사히 구한 사건이다. 당시 이 여객기는 뉴욕 상공을 시속 1킬로미터 이하로 낮게 날고 있었다. 엔진이 고장 나자 관제소에서는 뉴저지에 있는 티터버러 공항으로 여객기를 유도했지만, 기장 체슬리 설렌버거(Chesley Sullenberger)는 그럴 시간이 없을 것으로 판단했다. 그는 과감하게 기수를 바꿔 허드슨 강을 따라 수면 위로 착륙을 시도했다. 이륙에서 착륙에 걸린 시간은 4분에 불과했다.

그렇게 불시착한 뒤 설렌버거 기장은 비상구 문을 열고 승객과 승무원이 모두 날개 위로 올라가게 했다. 그는 입구에서 빠져나가는 승객과 승무원에게 번호를 부르게 했다. 한 명의 낙오도 없도록 하기 위해서였다. 이어 그는 이미 무릎까지 물이 찬 기내를 두 번이나 돌아 아무도 없는 것을 확인한 후 비행기의 날개 위로 올라갔다. 승객과 승무원 155명은 한 시간 만에 모두 구조됐고 비행기는 결국 물속에 잠겼다. 설렌버거 기장은 영웅이라는 칭찬에 "평소에 훈련받은 대로 했을 뿐"이라고 응답했다.

반면 진도 여객선 침몰 당시 물결이 거센 맹골수도를 지나갈 때 조타를 지휘한 사람은 운항 경력이 1년 남짓한 26세의 3등 항해사였다. 그녀는 불과 5개월 전에 문제의 청해진 해운에 입사한 신참이다. 학생이 대부분인 약 500명의 승객을 태운 대형 여객선이 위험한 구간을 지날 때 경험이 적은 항해사에게 키를 맡긴 것이다. 그 위험천만한 순간에 경력 30년의 선장은 조타실에 없었다. 검경 합동수사본부의 조사에 따르면 세월호는 4월 16일 오전 19노트(시속 35킬로미터)로 제주도를 향해 남동쪽으로 순항 중이었다. 그런데 오전 8시 48분 전남 진도 앞바다에서 갑자기 방향을 90도 가까이 오른쪽 남서쪽으로 급선회했다. 그 이유로는 암초와 급류, 지나가는 다른 배를 피하기 위해 등 여러 추측이 나오고 있다. 이때의 급선회로 세월호는 400여 미터를 시속 6킬로미터의 느린 속도로 4분간 운행했고, 이후 한 차례 다시 북쪽으로 방향을 튼 뒤 표류하다가 결국 침몰했다. 전문가들은 첫 번째 급선회 과정에서 이미 배가 조종 불능 상태에 빠진 것으로 보고 있다. 나중에 세월호가 나눈 교신을 보면 그때는 이미 속수무책이었고 우왕좌왕하다가 대형 참사를 맞고 말았다.

공교롭게도 미국의 US 에어웨이 1549편과 한국의 세월호 여객선은 모두 각각 비행기와 배에 치명적인 타격을 입고 결정적인 4분간의 시간을 맞이했다. 그런데 한쪽은 비행 경력 1만 9,000시간의 베테랑

이 기수를 잡아 기적을 만들었고, 한쪽은 1년 경력의 20대 3등 항해사가 손 한번 제대로 쓰지 못하고 최악의 참사를 낳았다.

내가 말콤 글래드웰을 인터뷰한 것은 6년 전 '허드슨 강의 기적'이 일어난 직후였다. 인터뷰는 뉴욕 맨해튼 서쪽 그리니치빌리지에 있는 글래드웰의 자택에서 이뤄졌다. 인터뷰 전 나는 미국 CNN방송에서 당시 사고기에 탑승한 저널리스트가 한 말을 기억했다.

"사고 직전 나는 말콤 글래드웰이 쓴 《아웃라이어》를 읽고 있었다."

아웃라이어란 보통 사람의 범주를 넘어 뛰어난 성공을 거둔 사람을 의미한다. 그 무렵 미국 언론은 155명의 목숨을 구한 체슬리 설렌버거 기장의 영웅담을 실어 나르느라 정신이 없었다. 아웃라이어의 성공 비결을 독특한 시각으로 분석한 글래드웰은 그 사건을 보면서 무슨 생각을 했을까? 그는 딱 한 가지를 지목했다.

"설렌버거는 1만 9,000시간이나 비행 경험을 했다!"

그야말로 설렌버거는 글래드웰이 말하는 '1만 시간의 법칙'에 딱 들어맞는 아웃라이어였다. 1만 시간의 법칙은 어떤 분야든 숙달하려면 1만 시간의 노력이 필요하다는 뜻이다.

글래드웰은 허드슨 강에 불시착한 US 에어웨이 항공기 사고를 전형적이고 일반적인 사고로 봤다. 다만 기적이 발생한 이유는 설렌버거 조종사에게 1만 9,000시간의 비행 경험이 있었기 때문이라고 판단했다. 이 사건은 월가의 실패한 은행들과 분명히 대비된다. 월가의 문제는 적절한 경험을 쌓지 못한 데서 기인했는데, 글래드웰은 이런 말로 훈련의 중요성을 강조했다.

"월가에서는 28세의 직원이 5,000만 달러에 대한 투자 결정을 내린다. 하지만 28세는 아직 그런 결정을 내릴 나이가 아니다. 월가에서 일하는 많은 사람들이 1만 시간의 훈련을 받지 못했다."

그의 말은 한 사건에서는 필요한 훈련과 경험을 쌓은 사람 덕분에 보상을 받은 반면, 월가에서는 그 원칙이 무너지면서 엄청난 실패를 겪었다는 얘기다.

글래드웰은 《아웃라이어》에서 1997년 대한항공 여객기 괌 추락 사건을 분석하고 있다. 그는 조종실 내의 상명하복 분위기가 결국 추락에 이르도록 했다고 서술했다. 그런데 위기 상황에서는 보통 권위적인 명령에 따른 질서가 필요한 게 아닐까?

그의 시각은 매우 독특했다. 제한적인 상태에서 몇 가지 결정만 내리고 처리해야 할 정보가 적을 경우에는 권위주의적 모델이 효과적이란다. 반면 요구 사항이 수두룩한 조종실에서는 많은 정보를 처리하고 또 많은 결정을 내려야 한다. 그걸 혼자서 처리할 수 있는 사람은 없다. 애초에 비행기를 디자인한 사람은 권위주의적 명령 모델에 기반하지 않고 기장과 부기장이 정보를 공유하고 결정을 함께하도록 설계했다. 따라서 두 사람이 마음을 맞춰 조종하는 것이 무엇보다 중요하다.

이러한 문화적 영향을 월가에도 적용할 수 있을까? 글래드웰은 괌에서 추락한 KAL기의 미국 버전이 바로 시티은행이라고 단정적으로 말했다. 부패한 시티은행의 문화가 문제라는 말이다. 시티은행은 적절한 리스크 관리에 대한 인식이 없었고 직원들은 조직의 이익 대신 자신이 받는 보수에 따라 움직였다. 한마디로 그들은 장기적인 안목이 아니라 단기적인 목표를 추구했다.

흥미롭게도 글래드웰은 시티은행에는 KAL기 조종실과 달리 권위주의적 모델이 필요했다고 봤다. 시티은행을 비롯해 월가의 은행들은 직원들이 너무 많은 권한을 갖고 있는데, 그 젊은이들은 아직 그처럼 중요한 결정을 내릴 만한 훈련을 쌓지 못했다는 의미다.

한국의 권위적인 문화가 KAL기 괌 추락 사고에 영향을 미쳤다고 해서 그 문화가 모두 잘못된 것은 아니다. 다른 상황에서는 그것이 긍정적으로 작용할 수 있다. 가령 시티은행과 월가의 은행에는 보다 많은 수직적 의사결정 구조가 필요했다.

글래드웰은 서브프라임 모기지(비우량주택담보대출) 위기가 터지기 훨씬 전인 2006년 2월 〈뉴욕타임스〉와의 인터뷰에서 자신과 비슷한 인물로 수학자이자 월가의 투자전문가인 나심 탈레브(Nassim Taleb)를 꼽았다. 탈레브는 월가 위기 이후 자신의 저서 《블랙 스완》을 통해 과거의 경험이나 자료로 미래를 예측하는 것이 얼마나 위험한 일인지 조목조목 증명해 '월가의 새로운 현자'라는 별명이 붙은 인물이다. 글래드웰은 〈뉴요커〉의 기자로서 탈레브를 인터뷰해 기사를 썼다. 그는 인터뷰를 하면서 탈레브와 자신이 비슷하다고 생각한 듯하다. 글래드웰과 탈레브는 서로 분야는 다르지만 상식을 과감히 뒤집고, 거기에 과학적 분석 틀을 들이대 해부한 뒤 결론을 끝까지 밀고 간다는 점에서 비슷한 구석이 있다.

탈레브는 글래드웰과 마찬가지로 미래는 예측할 수 없다고 믿는다. 그는 미래는 알 수 없는 것(unknowable)이라고 말했다. 그렇기 때문에 우리가 미래에 대처하는 유일한 방법은 예측하지 못한 일이 발생할 것(eventuality)에 대비하는 일이다. 예측할 수 없는 일에 어떻게 대비하란 말이냐고? 글래드웰은 이 문제에 대해 비교적 솔직하게 말했다.

"어떤 의미에서는 대비할 수 없다. 월가 사람들은 가령 모기지의 경우, 일정 부분을 떼어내 예상하는 위험에 대비한다. 하지만 탈레브는 위험을 어느 정도 예상한다는 가정 자체가 틀렸다고 말한다. 얼마나 위험한지 알 수 없기 때문이다. 우리가 미래에 발생할 위험을 알 수 없다고 인식하면, 예를 들어 모기지가 잘못됐을 경우에 대비해 유보해두는 돈을 두세 배 더 늘리게 마련이다. 결국 더 보수적으로 바뀌는 것이다. 이는 미래에 불쾌한 일이 발생했을 때 그에 따른 충격을 줄이기 위해 대비하는 행동이다."

그의 결론은 탈레브의 투자법과 거의 같다. 탈레브는 미래에 블랙스완이 출현할 것에 대비해 극단적으로 현금을 쌓아두는 투자법을 채택한다고 글래드웰과의 인터뷰에서 밝힌 바 있다. 이는 결국 위기가 현실화하면 보상을 받는 구조인 셈이다.

1만 시간도 환경이 따라줘야 가능하다

여객기 사건이 발생했을 때 미국 언론은 설렌버거 기장의 타고난 성공은 영웅적인 한 개인의 작품이 아니라 부모의 지원과 사회적 환경 · 문화적 유산 등 철저한 '그룹 프로젝트'의 결과다.

재능과 성품에 대해 요란스럽게 떠들어댔다. 그러나 글래드웰은 그에 대해 단 한마디도 하지 않았다. 그는 '설렌버거가 1만 9,000시간을 비행할 정도로 노력했다'는 식의 자수성가 스토리도 거부했다. 그가 말하고자 하는 요점은 바로 이것이었다.

"1만 9,000시간의 비행 경험을 쌓을 수 있었던 환경!"

그는 성공이란 영웅적인 한 개인의 작품이 아니라 부모의 지원과 사회적 환경 · 문화적 유산 등 철저한 '그룹 프로젝트'의 결과라고 믿는다.

글래드웰은 아웃라이어들의 성공 비결을 '1만 시간의 법칙'과 '마태복음 효과'로 요약한다. 1만 시간은 일주일 내내 하루 3시간씩 10년을 보내야 확보할 수 있다. 작곡가나 야구 선수, 소설가, 스케이트 선수, 피아니스트, 그밖에 어떤 분야에서든 이보다 적은 시간을 연습해서 세계 수준의 전문가가 탄생한 경우는 발견하기 힘들다.

그런데 이 절대 시간은 누구에게나 주어지지 않는다. 여기에는 "무릇 있는 자는 받아 풍족하게 되고 없는 자는 그 있는 것까지 빼앗기리라" 는 성경 '마태복음의 법칙'이 적용된다. 이는 미래의 성공으로 이어지는 특별한 기회를 얻은 사람이 성공을 거둔다는 얘기다.

예를 들어 캐나다의 스타 아이스하키 선수들이 태어난 달을 살펴보면 1, 2월생이 압도적으로 많다. 어렸을 때는 하루 이틀 차이로도 발육이 달라지기 때문에 빨리 태어난 아이는 체격이 크고 결국 운동선수로 선발될 확률이 높다. 일단 학교에서 운동선수로 뽑히면 지역 대회 등 상위 대회에 출전할 기회가 많고 더불어 아이스하키를 더 잘할 수 있다. 다시 말해 더 많은 훈련 시간을 쌓는 부익부의 선순환이 이뤄진다. 출발선의 작은 차이가 큰 차이를 낳는 기회로 이어지는 셈이다.

결국 그가 전하고자 하는 메시지는 이것이다.

"사람들에게 너무 성급하게 실패 딱지를 붙여서는 안 된다. 누구나 재능과 가능성을 꾸준히 계발할 수 있는 여건과 문화를 조성하라."

재미있게도 글래드웰은 자수성가했다고 떠드는 사람들의 말을 곧이곧대로 믿어서는 안 된다고 강조한다. 왜 그럴까? 그가 사례로 든 인물의 얘기가 제법 그럴싸하다.

"형과 아버지가 미국 대통령이었고 할아버지가 상원의원이던 젭 부시 플로리다 주지사조차 자신이 자수성가했다고 말한다. 자수성가했다고 말하는 사람들을 자세히 들여다보면 대개는 다른 사람들의 도움이 결정적이었다."

글래드웰은 성공은 개인의 노력보다 오히려 '그룹 프로젝트'라고 단언한다. 성공은 세대와 시간, 장소와 운, 그밖에 한 사람을 둘러싼 여러 가지 도움이 합쳐진 결과라는 것이다. 그런 의미에서 그는 교육열

사람들에게 너무 성급하게 실패 딱지를 붙여서는 안 된다.

이 높은 한국의 학부모에게 두 가지 조언을 해준다.

첫째, 1만 시간의 법칙에 따라 부모는 자녀가 하고 싶은 일에 몰두하며 열심히 훈련하도록 기회를 줘야 한다. 그러나 이 조언은 사실상 입시경쟁으로 방과 후에도 하루에 3~6시간씩 공부에 내몰리는 한국의 학생들에겐 무의미할 수 있다. 하지만 1만 시간의 법칙은 몰입을 전제로 한다. 하루에 3시간씩 꼬박 10년을 보내야 도달하는 게 1만 시간이지만 몰입하지 않으면 의미가 없다.

둘째, 부모가 어떤 타입이든 자녀가 게임의 법칙을 이해하도록 적극 도와주면 자녀는 엄청나게 유리해진다. 가령 컴퓨터 과학을 전공하려는 학생이라면 프로그래머의 세계와 이를 위한 사전 준비 작업을 알려주고, 훌륭한 저널리스트를 꿈꾸는 자녀에겐 좋은 저널리스트란 어떤 사람인지, 또 그렇게 되는 과정은 무엇인지 가르치는 것이다. 글래드웰은 유전자보다 환경적 요인의 영향이 훨씬 더 크다는 것을 거의 모든 저서를 통해 강조한다. 빌 게이츠나 마크 저커버그의 성장 스토리에는 남보다 유리한 환경을 제공해준 부모의 이야기가 담겨 있다.

성공은 저절로 얻어지는 게 아니다. 성공하려면 많은 사람이 여러 가지 차원에서 적극적으로 개입해 도와주어야 한다. 그렇다면 혹시 아웃라이어들의 창의적인 특징과 반복 훈련을 강조하는 1만 시간의 법칙은 모순이 아닐까?

글래드웰은 빌 게이츠와 비틀스, 체스게임 챔피언들을 사례로 들었다. 그들은 하나같이 창의적이고 창조적이지만 창의와 창조는 일정 시간의 준비를 필요로 한다. 특히 그 시간에 일반적인 차원이 아니라 전문적인 수준에서 숙달하도록 노력해야 한다. 지식의 기초가 있어야 창의와 창조의 핵심에 도달할 수 있기 때문이다. 그런 의미에서 1만 시간의 법칙은 특별한 일을 하기 위한 훈련 단위로 볼 수 있다. 타이거 우즈는 탁월하게 창의적이고 창조적인 골퍼지만, 그렇게 되기 위해 매일 훈련을 해서 창의적인 골프를 하는 데 필요한 기초를 쌓았다.

노력과 훈련은 글래드웰이 일관성 있게 전달하는 메시지다. 그는 《블링크》에서도 순간적인 판단이 엉뚱한 편견이나 선입견, 오판으로 흐르지 않으려면 전문적인 지식이 바탕에 깔려 있어야 한다고 주장했다.

교육과 관련해 글래드웰은 가난한 학생들을 대상으로 방학과 방과 후에 주입식 교육을 실시하는 뉴욕의 실험적 공립학교 'KIPP(아는 것이 힘 프로그램)'모델을 예찬했다. 이 모델이 1만 시간의 법칙을 달성하도록 강제로 기회를 부여하는 수단이기 때문이란다.

"KIPP는 지금까지 방치돼온 어린 학생들을 위한 교육 모델이다. 그 대상은 고등학교도 제대로 졸업하지 못하는 학생들이다. 부모의 가난 때문에 자식이 배우지 못하면 그들이 좋은 직업을 얻을 가능성은 희박

해진다. 그런 그들에게 대학에 갈 기회를 주는 것이다. 이 모델은 절대 바닥에서 빠져나올 기회를 제공한다."

KIPP의 학생들에게 한국은 완벽한 모델이다. 그들은 한국의 학생들처럼 어릴 때부터 열심히 공부하고 끈질기게 붙들고 늘어지는 것을 배우려 한다. 이와 관련해 글래드웰은 유명한 수학자 앤드루 와일스(Andrew Wiles)의 예를 들었다. 그는 '페르마의 마지막 정리'를 증명해 낸 20세기의 가장 위대한 수학자다. 그가 페르마의 정리를 증명하는 데는 꼬박 7년이 걸렸다. 그 한 문제를 풀기 위해 그토록 오랜 시간을 매달린 것이다. 그는 가장 위대한 수학자가 되려면 매일 꾸준하게 열심히 공부해야 한다는 것을 보여준다.

글래드웰은 한국의 주입식 교육도 기본적인 것을 달성하기 위해 필요한 일이라고 본다. 기본을 달성해야 그것을 기반으로 새로운 것을 쌓을 수 있기 때문이다. 그런데 KIPP 모델 혹은 한국식 교육 모델은 개발 단계에서는 유용하지만, 선진 단계에서는 잘 작동하지 않는 모델이 아닌가. 그는 부모가 자기 방식대로 아이들을 적극 가르치고 늘 책에 둘러싸인 환경에 있는 학생은 어떻게 하든 상관없지만, 부유하지 못한 가정 출신이나 개발 단계에 있는 학생에게는 주입식 교육이 필요하다고 말했다.

사실 미국은 한국을 포함한 일본, 중국 등 동아시아 국가들과 달리 각 분야에서 창의적인 최고의 인재를 길러내고 있다. 여기에 대해 그는 어떻게 생각할까?

"미국이 한국에서 배워야 할 것은 아이들의 일반적인 교육 수준을 향상시키는 방법이고, 한국은 미국에서 최고 수준의 요구에 부응하는 방법을 배워야 한다. 한국은 미국의 최고 교육기관처럼 보다 개방적이고 도전적인 교육기관을 세울 필요가 있다."

그를 아웃라이어로 만든 것들

'세계적인 이야기꾼'으로 통하는 말콤 글래드웰은 영국에서 태어난 캐나다인이다. 〈워싱턴포스트〉에 이어 〈뉴요커〉의 기자로 활동한 그는 심리학과 사회학, 인류학 등을 동원해 비즈니스적 통찰력을 불러일으키는 독특한 인물이다. "인간사의 상상할 수 있는 모든 영역에서 일화와 비사들을 끌어댄다"는 〈타임〉의 평가처럼, 그는 풍부한 사례를 장착한 신선한 분석과 매력적인 문장 그리고 치명적 전염성이 있는 '썰'로 독자의 눈길을 잡아챘다.

뉴욕 맨해튼 그리니치빌리지 자택에서 그를 처음 보았을 때 그의 이미지는 내 상상과 달랐다. 튀는 발상에 히피를 연상케 하는 헤어스타일, 익살맞은 표정을 머릿속에 넣고 갔지만 글래드웰은 대단히 차분했고 오히려 내성적인 인물 같았다. 다소 마른 몸매에 청바지 차림인 그를 따라 안으로 들어서자 아파트 천장에 자전거가 매달려 있었다. 그의 책상과 방 곳곳은 잘 정돈돼 있었고 햇살이 들이치는 창문과 그늘진 반대편 구석이 묘하게 대조를 이루며 사색적 공간을 연출했다. 내가 "여기에서 집필하느냐"고 묻자 그는 마감에 몰리면 집에서 쓰지만 자유로운 발상이 필요할 때는 스타벅스 같은 커피숍을 찾는다고 했다. 부산하고 정신없는 편집국에서 일하는 습관이 들어 오히려 커피숍처럼 시끄러운 곳이 편하다는 거였다. 세계적인 베스트셀러를 쏟아내는 그에게 "언제 글을 쓰느냐"고 질문하자 그는 차분하게 대답했다.

"어떤 생각이 계속 머릿속에 남아 있고 얘기를 하다가 다시 그 생각으로 돌아갈 때 글을 쓴다."

그때는 《아웃라이어》 출간 직후라 그런지 그의 생각은 철저히 아웃라이어의 프레임 속에 있었다. 교육이나 정치, 문화 등 조금 다른 분야의 질문을 하면 그의 통찰력은 빛나지 않았다. 《아웃라이어》로 에너지를 소진한 것일까.

글래드웰의 스토리텔링은 굉장히 탁월하다. 그는 글의 도입부에서 상식을 뒤집는 도발적인 명제와 사례를 제시해 충격을 준 뒤, 능수능란하게 다양한 일화를 엮고 여기에 과학적 실험과 통계를 제시한다. 과학 전문기자를 담당한 그의 경력이 집필에 결정적 도움을 주는 듯했다.

저널리스트로서 말콤 글래드웰의 장점은 무한한 호기심을 과학적 분석으로 설명하려 끊임없이 노력한다는 것이다. 그의 성공 요인은 《티핑포인트》에서 제시한 전염의 법칙으로 설명할 수 있다. 그 책에서 그는 전염의 세 가지 법칙을 설명한다.

첫째, 소수의 법칙이다. 이것은 강한 네트워크와 열정을 갖춘 소수가 핵심 병력이 되어 '전염'에 앞장서야 한다는 의미다. 그는 《티핑포인트》에서 허시파피의 사례를 들고 있다. 뉴욕의 일부 10대 청소년과

어떤 생각이 계속 머릿속에
남아 있고 얘기를 하다가 다시
그 생각으로 돌아갈 때 글을 쓴다.

디자이너가 컨트리스타일의 허시파피를 신으면서 모던스타일에 익숙하던 사람들에게 신선한 충격을 불러일으켰고, 그것이 입소문을 타면서 '대박'을 쳤다는 얘기다. 그는 뉴스와 상품 등이 전염성을 갖고 퍼지려면 흔히 마당발로 불리는 커넥터, 어떤 분야에 대해 실질적인 전문성을 갖추고 끊임없이 현실에 참여하는 메이븐(maven: 지식을 축적한 사람) 그리고 일종의 세일즈맨처럼 아이디어와 상품을 다른 대중에게 적극적으로 파는 소수가 필요하다고 주장한다.

둘째, 고착성 요소다. 이는 대중의 뇌리에 끈적끈적하게 달라붙는 메시지가 있어야 한다는 뜻이다. 메시지를 어떻게 스티커처럼 착 달라붙게 만들 것인가는 정치인, 기업가, 소설가, 기자 등의 영원한 숙제다. 이 주제는 미국 스탠퍼드대학 교수 칩 히스(Chip Heath)와 그의 형제 댄 히스(Dan Heath)가 쓴 《스틱》에 잘 정리되어 있다. 대표적인 스티커 메시지로는 1993년 이건희 삼성그룹 회장이 신경영을 시작하면서 '마누라와 자식 빼곤 다 바꿔라'라고 한 기업 메시지, 1992년 미국 대통령 선거에서 빌 클린턴이 아버지 부시 대통령의 실정을 지적하며

'문제는 경제야, 바보야(It's the economy, stupid)'라고 내세운 정치 슬로건, 존 F. 케네디 대통령이 '10년 안에 사람을 달에 보내겠다(Put a man on the moon and return him safely by the end of the decade)'고 한 정책 메시지 등이 있다. 또한 귀신이나 괴담 시리즈가 유독 빨리 퍼지는 것도 그 속에 스토리와 감정을 자극하는 요소가 들어 있기 때문이다. 히스 형제는 스티커 메시지의 요소를 SUCCES, 즉 단순성(Simplicity), 의외성(Unexpectedness), 구체성(Concreteness), 신뢰성(Credibility), 감정(Emotion), 스토리(Story)로 정리했다.

셋째, 상황의 힘이다. 상황과 환경, 맥락이 맞아떨어져야 한다는 얘기다. 이건희 회장의 신경영을 불러온 경영 환경, 빌 클린턴이 대통령으로 당선될 당시 미국의 경제 환경, 케네디 대통령이 유인우주선 달 착륙 프로그램을 가동할 무렵의 우주 개발 경쟁 등은 정치 · 경제 · 과학의 영역에서 돌파구를 간절히 원하던 상황이었다. 이처럼 환경적 요인이 성숙한 상황에서 귀에 달라붙는 메시지로 파고들면 전염성 강한 변화를 만들 수 있다.

흥미롭게도 이 세 가지 전염 법칙은 글래드웰의 성공에도 적용된다.

먼저 글래드웰이라는 인물 자체가 전염성을 유발하는 소수에 해당한다. 〈뉴요커〉 기자이자 작가이며 쿨한 이미지의 글래드웰은 새로운 메시지를 전달하는 통로로는 그야말로 적임자다. 《아웃라이어》에서 글래드웰이 퍼뜨린 '1만 시간의 법칙'은 사실 신경과학자인 대니얼 레비틴(Daniel Levitin)이 처음 발견했다. 이것은 어느 분야에서든 세계

1만 시간의 법칙은 레비틴이 발견했지만 이를 폭발적인 키워드로 만든 사람은 말콤 글래드웰이다.

수준의 전문가가 되려면 1만 시간의 훈련이 필요하며 이는 작곡가, 야구 선수, 소설가, 스케이트 선수, 체스 선수 등 예외가 없다는 법칙이다. 이처럼 1만 시간의 법칙은 레비틴이 발견했지만 이를 폭발적인 키워드로 만든 사람은 말콤 글래드웰이다. 이는 전염성을 일으키는 소수의 법칙에 정확히 부합한다.

또한 뇌리에 달라붙는 메시지에서도 글래드웰은 탁월한 솜씨를 자랑한다. 가령 《티핑포인트》에서는 왜 어느 순간 유행이 폭발적으로 증가하느냐는 의문을 던지고, 《블링크》에서는 찰나의 판단이 왜 오랜 숙고보다 나을 수 있는지 증명한다. 《다윗과 골리앗》에서는 다윗이 골리앗을 이길 수밖에 없는 이유, 더 확장하면 작은 기업이 큰 기업을 무너뜨릴 수 있는 법칙을 과학적으로 제시한다. 하나같이 매력적이지 않은가. 무엇보다 그의 글은 의외성, 구체성, 단순성 그리고 스토리를 갖추고 있다. 즉, 그는 히스 형제가 말한 스티커 메시지를 교과서처럼 보여준다.

마지막으로 환경적 요소가 있다. 현재 기업들은 한 치 앞도 내다볼 우아한 글쓰기.
반전과 간결한 리드, 풍부한 사례,
과학적 검증을 그는 우아하다고 표현했다.

수 없는 환경에 놓여 있고 정통 경영학 이론에서조차 해답을 찾지 못하고 있다. 그런데 정통 경영학과 거리가 있는 글래드웰이 호기심을 자극하며 비즈니스 현장에 적용할 만한 통찰력 있는 관찰을 스토리로 풀어서 제시하고 있다. 글래드웰의 책을 인기 경영서로 분류하는 이유가 여기에 있다.

특히 글래드웰은 실패를 관찰하고 여기서 통찰력을 얻어 글을 쓴다. 다시 말해 그는 스스로를 낙관론자로 부르지만 집단 자살이나 비행기 추락, 범죄, 매독 같은 실패 사례를 중요한 분석 도구로 활용한다. 그가 실패 사례에 집착하는 이유는 실패에 더욱 복잡하고 중요한 정보가 담겨 있기 때문이다. 그는 사람은 일상적이지 않은 일에서 뭔가 배울 수 있다고 생각한다.《아웃라이어》 역시 보통의 범주를 벗어난 극단적인 실패 사례를 적용하고 있다.

그렇다고 글래드웰이 염세적인 것은 아니다. 다만 다른 사람이 아무런 의심 없이 낙관할 때 '잠깐만'이라고 손을 든 뒤, 보편적 상식의 허를 예리하게 파고들어 언뜻 이단처럼 들리는 주장을 과감하게 전개할 뿐이다. 상식을 뒤집는 그의 글이 불편하지 않게 받아들여지는 이유는 무엇일까. 좀처럼 자기자랑을 하지 않는 글래드웰이 인터뷰 말미에 당연하다는 듯 한마디 했다.

"우아한 글쓰기."

반전과 간결한 리드, 풍부한 사례, 과학적 검증을 그는 우아하다고 표현했다.

IDEO CEO

팀 브라운

"머리보다는 발과 눈, 손으로 생각하라!"

아이디어는 머리가 아니라 손에서 나온다

판단을 미룰 것, 거친 생각을 장려할 것

애플, 마이크로소프트, 코닥, 펩시콜라, JP모건, 노키아, 도요타, 삼성전자, LG전자, SK텔레콤, 현대카드…….

전 세계 우량기업을 뽑아 놓은 듯한 고객 리스트로 홈페이지를 장식한 기업을 알고 있는가? 바로 '세계 디자인의 심장', '세계에서 가장 유명한 디자인 기업', '이노베이션 대학'으로 불리는 미국의 디자인 기업 아이디오(IDEO)다. 애플이 내놓은 최초의 컴퓨터 마우스, PDA 열풍의 주역이 된 미국 팜사의 '팜V', 폴라로이드의 즉석카메라 등 기술 혁명을 이끈 이들 혁신 제품은 아이디오가 낳은 작품이다.

아이디오는 카네기멜론 대학에서 전자공학을 전공하고 보잉에서 근무한 데이비드 켈리(David Kelley)가 27세이던 1978년에 창업했다. 개인의 창의성을 무시한 채 하루 10시간씩 일해야 하는 조직에서 평생 지낼 수 없다는 것이 그가 직장을 박차고 나온 이유다. 이후 스탠퍼드대학의 디자인 과정을 이수한 그는 실리콘 밸리의 심장부인 팰로앨토의 의류상가 2층에 두 칸짜리 사무실을 얻어 창업했다. 그리고 나중에 세계 최초로 노트북 컴퓨터를 디자인한 아이디 투(ID Two)를 비롯해 3개의 디자인 회사와 합병하면서 지금의 아이디오가 됐다. 아이디오는 'ideology(이데올로기, 이념)'의 앞 글자(ideo)에서 따온 것이다.

샌프란시스코에 있는 아이디오 본사의 심장 '프로젝트룸'에서는 늘 의뢰받은 수많은 디자인 프로젝트를 진행한다. 어떤 방에서는 신용카드의 미래에 몰두하고, 그 옆방에서는 심부정맥 혈전증 예방 장비를 고안하며, 또 다른 방에서는 인도 시골에 맑은 물을 공급하는 시스템을 연구한다. 대형 쇼핑 매장 크기의 공간에 많을 때는 100여 개의 프로젝트가 돌아간다. 각각의 프로젝트룸의 문을 열고 들어가면 완전히 새로운 세상이 펼쳐진다. 사방이 모두 해당 프로젝트와 관련된 데이터, 사진, 그림, 시제품 들로 가득하기 때문이다.

프로젝트룸을 빠져나와 옆으로 돌면 '테크박스'라는 서랍장이 있는데 여기에는 7~8개의 긴 서랍이 달려 있다. '열전도 물질(thermal material)', '놀라운 재료(amazing material)', '전자테크' 등의 이름표가 붙은 서랍에는 디자이너가 작업할 때 이용했거나 영감을 받은 물건 혹은 부품을 넣어둔다. 서랍장 위에는 인트라넷에 연결된 컴퓨터가 있어 해당 부품 이름을 자판에서 두드리면 그것이 무엇이고 어떻게 작동하는지, 무엇으로 만들어졌고 왜 멋있는지(cool) 그리고 사내에 누가 전문가인지 세세한 정보가 뜬다. 아이디오에서는 테크박스를 '지식 경영 시스템'이라고 부른다. 추상적인 지식 경영을 눈에 보이고 손에 잡히는 모습으로 구현하고 있다는 의미다.

아이디오의 브레인스토밍은 꽤나 유명하지만 회의실은 지극히 평범하고 단순하다. 그저 긴 화이트보드와 마커, 포스트잇이 있을 뿐이다. 화이트보드 상단에는 '판단을 미룰 것', '거친 아이디어를 장려할 것', '다른 사람의 아이디어를 발전시킬 것' 등 7가지 원칙이 쓰여 있다.

마법은 바로 이 원칙에 있다.

설령 풋내기 신입사원일지라도 그 원칙을 구원군 삼아 자신의 아이디어를 맘껏 이야기하고, 베테랑 중역은 원칙을 보면서 하고 싶은 말을 참는다.

특히 이 회사에는 수많은 프로토타입(prototype: 떠오르는 아이디어를 보고 만질 수 있는 형태로 만드는 것. 시제품보다 더 원초적이며 미완성 형태다) 이 있다. 최초의 컴퓨터 마우스는 구슬처럼 생긴 방취제 뚜껑 부분을 버터가 담긴 플라스틱 접시 밑바닥에 붙인 프로토타입에서 탄생했다. 디자이너들이 브레인스토밍을 하다가 떠올린 아이디어를 현장에 있는 물건으로 즉석에서 만든 것이다.

아이디오의 현 CEO 팀 브라운은 이것을 '손으로 생각하기'라고 부른다. 혁신에 목 마르고 창의적인 해결책을 갈망하는 경영자들에게 그는 한마디를 던진다.

디자이너는 통찰력과 아이디어를
머릿속에서만 구하는 것이 아니라
실제로 밖으로 나가 세상에서 구한다.

"머리보다는 발과 눈, 손으로 생각하라!"

디자이너 출신으로 2000년 아이디오의 CEO가 된 그는 늘 노트를 옆에 끼고 다니는데, 그 노트에는 마인드맵처럼 개념어들이 꼬리를 물고 연결되어 있다. 가령 'CEO의 역할'이라는 말은 '비전과 가치를 제시할 것', '조직이 외부의 기대에 부응토록 할 것', '예측하기 힘든 미래의 불확실성을 이해할 것', '역량과 신뢰를 증대할 것' 같은 구체적인 미션과 연결돼 있다.

프로세스로 일하지 말고, 프로젝트로 일하라

팀 브라운은 자신의 책 《디자인에 집중하라》에서 디자이너의 작업이 어떻게 블루 오션의 세계로 인도하는지, 디자이너가 일하는 방식을 어떻게 경영자의 업무 방식에 활용할 수 있는지 보여주고 있다. 즉, 그는 디자이너가 아닌 사람들이 디자이너의 테크닉을 배워 문제를 해결하는 데 도움을 주고자 한다.

디자이너가 생각하고 문제를 해결하는 방식은 매우 창의적이고 효율적이다. 디자이너들은 단계적으로 차근차근 생각하지는 않지만, 숙련된 기술이 있어 아이디어를 발전시키고 구체적인 제품을 만들 때 여러 방법을 단계별로 적절히 사용한다. 그런 방법을 따르면 디자이너가 아닌 사람들도 골치 아픈 문제를 해결할 수 있다.

디자이너는 통찰력과 아이디어를 머릿속에서만 구하는 것이 아니라 실제로 밖으로 나가 세상에서 구한다. 디자인을 하려면 사람을 이해해야 하고 그러기 위해서는 관찰해야 한다. 사람들이 말하는 것만 듣고는 잘 이해할 수 없으므로 적극 나서서 그들의 세계를 관찰하고 경험해야 한다. 이것이 위대한 디자인의 출발점이다.

다음 단계는 그 관찰을 토대로 어떤 기회가 존재하는지 전략적으로 도출하는 일이다. 이때 가능성을 비주얼화하는 능력이 필요하다. 이는 아이디에이션(ideation) 단계로 가급적 많은 아이디어를 신속하게 탐색한다. 이 단계에서는 팀이 필요한데 가능한 한 서로 배경이 다른 팀원들이 한데 모여야 한다. 사회과학, 디자인, 경영, 기술 등 서로 다른 분야가 섞이는 것이 좋다.

디자인에서 중요한 것은 속도다. 프로토타입을 활용해야 하는 이유가 바로 여기에 있다. 아무리 조악한 것이라도 상관없다. 단순히 머릿속으로 생각하거나 스케치하는 데 머물지 않고 실제로 만들어보는 것이 결과적으로 훨씬 빠른 길이다.

프로토타입은 물리적인 제품뿐 아니라 서비스, 소프트웨어, 사용자

체험 등에 모두 적용이 가능하다. 또한 프로토타입은 팀 내부에서 검토하거나 경영진과 함께해볼 수 있고 시장에 나가 테스트할 수도 있다. 이처럼 '손으로' 생각해보는 것은 아주 중요하다.

디자인을 많이 다뤄보지 않아 이것을 잘 이해하지 못하는 경영진은 최종 단계에서 프로토타입을 가져오길 원한다. 즉, 온갖 과정을 다 거쳐 마지막으로 거의 완성한 제품을 가져오라는 얘기다. 이 경우 피드백을 줘도 고치기에 너무 늦은 경우가 많다. 그렇기 때문에 경영진은 초기 단계에 프로토타입을 봐야 한다. 경영진의 지혜와 지원을 초기 단계부터 투입해야 하는 것이다.

안타깝게도 아시아 기업들의 경영 풍토에서는 이 방식을 쉽게 받아들이지 못한다. 이들은 가급적 질책을 피하고 싶기 때문에 직원들은 초기 단계에 경영진에게 보여주길 꺼린다. 이러한 풍토는 하루빨리 고쳐야 하며 나아가 최고경영자가 직원들과 함께 프로토타입을 만드는 것이 좋다.

아이디오의 전 CEO 켈리는 "건강한 조직 문화에는 유머가 있고 직원들이 두려움 없이 보스에게 어느 정도 장난칠 수 있어야 한다"고 말했다. 입구에 서 있는 낡은 폴크스바겐 미니밴은 그들의 그러한 문화를 증명해준다.

어느 날 폴크스바겐을 좋아하는 프로젝트 부서장이 유럽으로 일주일간 출장을 떠났다. 그러자 부원들은 이베이에서 400달러를 주고 차체만 있는 폴크스바겐 미니밴을 구입했다. 그런 다음 그곳에다 부서장

> '디자인'을 얘기하면 사람들은
> 자동적으로 어떤 물건을 떠올린다.
> 그 뒤에 있는 방법론과
> 접근 방식까지 보는 사람은 드물다.

의 사무실을 그대로 옮겨놓았다. 운전석을 들어내고 의자를 들여놓은 뒤 전화, 컴퓨터, 스테레오까지 갖다놓은 것이다. 출장에서 돌아온 부서장은 사무실을 아예 그곳으로 옮겨 18개월간 업무를 보았다. 그 미니밴은 지금 회의실로 이용한다.

켈리 역시 그와 비슷한 일을 당한 적이 있다.

테니스를 좋아하는 그가 CEO 시절 외출했다 돌아오니 사무실 가구는 사라지고 테니스 네트가 설치돼 있었다. 네트 한쪽엔 자신의 인형이, 건너편에는 존 맥켄로(John McEnroe, 미국의 테니스 스타)의 인형이 서 있었는데 수천 개의 볼이 맥켄로 진영에 쌓여 있었다. 이는 켈리가 친 볼을 맥켄로가 받아넘기지 못했다는 것을 의미한다. 켈리가 그걸 보고 굉장히 유쾌해했음은 말할 것도 없다.

팀 브라운은 디자이너들이 생각하고 일하는 방식을 '디자인적 사고(design thinking)'라고 부른다. 여기에서 디자인은 단순히 제품을 보다

프로세스는 연속적이지만
프로젝트는 간헐적이며,
프로세스는 효율적이어야 하지만
프로젝트는 창의적이어야 한다.

매력적이고 사용하기 쉬우며 잘 팔리도록 하는 협의의 디자인이 아니라, 광의의 디자인, 즉 문제를 해결하는 접근 방식으로서의 디자인을 말한다. 디자인적 사고는 기업 경영은 물론 지구 온난화나 교육, 헬스케어, 보안 등 모든 문제에 적용할 수 있다.

지난 40~50년간 디자인은 너무 지엽적이라는 문제를 안고 있었다. 디자인은 그저 컨슈머리즘(consumerism, 소비지상주의)의 도구로 단순히 아름다운 제품을 만드는 데 이용됐을 뿐이다. '디자인'을 얘기하면 사람들은 자동적으로 어떤 물건을 떠올린다. 그 뒤에 있는 방법론과 접근 방식까지 보는 사람은 드물다. 그렇지만 디자인은 디자인적 사고 없이는 존재할 수 없다.

디자인적 사고가 필요한 이유는 디자인이 문제를 다른 방식으로 풀어가기 때문이다. 비즈니스에서 어떤 결정을 할 때 통상적인 방법은 기존의 옵션 중 최선을 선택하는 것이다. 즉, 기존의 옵션들을 분석해 '이것이 최선이야.', '이것이 우리가 실행해야 하는 것이야.' 하는 식으로 고른다. 여기에서 문제는 다른 사람도 나와 같은 해결책을 들여다보고 있다는 점이다. 이런 식으로는 경쟁력을 갖추기 어렵다. 영리한 회사는 다른 회사와 차별화된 해결책을 창조하는데 이것을 해내는 것이 '디자인'이다.

디자인은 수렴하는 것이 아니라 확산(divergent)된다. 이것은 기존에 존재하지 않던 새로운 가능성을 찾아내는 일이다. 한마디로 디자인적 사고는 확산을 통해 혁신을 촉진하며 이를 통해 경쟁자들과 차별화된 경쟁력을 갖출 수 있다.

디자인적 사고를 하는 기업은 소비자에 대해 많은 것을 알고 있다. 그들은 소비자의 필요를 알고 그들과 가까우며 심지어 소비자와 함께 시간을 보낸다. 현장에 나가 질문을 하는 게 문화의 일부가 되어 있다는 의미다. 이들 기업은 문제를 프로젝트로 전환하는 데도 능숙하다. 여러 분야에서 팀원을 모아 프로젝트를 효과적으로 수행하고 프로토타입을 만드는 것이 문화로 정착했기 때문이다.

팀 브라운은 혁신하려면 기업이 늘 프로젝트를 기반으로 일하는 방법을 배워야 한다고 말했다.

"기업들의 공통적인 착각 중 하나는 마치 기계처럼 이 물건이 들어오고 저 물건이 나가고, 이것을 구매하고 저것을 판매하는 과정(프로세스)이 영원히 반복될 것이라고 생각한다는 점이다. 하지만 혁신은 이런 식으로 이뤄지지 않는다."

그가 생각하는 혁신은 시작과 끝이 있는 간헐적인 개념이다. 이는 일정한 목적 아래 시작하고 그 목적을 완수하면 끝을 맺는 프로젝트와 같다. 프로세스는 연속적이지만 프로젝트는 간헐적이며, 프로세스는 효율적이어야 하지만 프로젝트는 창의적이어야 한다는 뜻이다.

이를 위해서는 회사의 경영 방식이 달라져야 한다. 팀 브라운은 "프로세스와 프로젝트는 멘털리티(mentality)와 관리가 달라야 하고 예산도 다르게 짜야 한다"고 말했다. 시즌마다 새로운 디자인을 내놓아야 하는 패션회사는 프로젝트 방식으로 일하는 데 익숙하다. 반면 금융회사나 R&D에 별로 관심이 없는 제조업체는 프로세스 중심이다.

혹시 일상적인 프로세스와 혁신을 위한 프로젝트 사이에 적절한 균형 비율이 있는 걸까?

업종에 따라 다르지만 R&D 기업은 90퍼센트를 프로젝트에 쓰고 10퍼센트를 일상적인 프로세스에 배정한다. 일반 제조업체는 60~70퍼센트를 프로세스에 쓰고, 회계 분야는 10퍼센트 정도만 프로젝트에 배정한다. 하지만 어떤 경우에도 최소한 10퍼센트는 혁신을 위한 프로젝트에 써야 한다. 프로세스를 더욱 효율적으로 만들기 위해서라도 이를 위한 혁신적 프로젝트는 꼭 필요하다.

그렇다면 디자인적 사고의 관점에서 미국의 3대 자동차 회사가 실패한 원인은 어디에 있을까? 팀 브라운의 얘기를 들어보자.

"그들은 시야에서 디자인을 놓쳐버렸다. 디자인을 그저 시장에 따라 조금씩 변화하는 정도로 생각한 것이다. 그들에게 디자인은 소비자들에게 차를 좀 더 팔기 위한 것에 불과했다. 그들은 소비자에게 진정 필요한 것이 무엇인지, 그들이 원하는 것이 무엇인지 근본적인 질문을

> 복잡한 것은 뒤로 집어넣고
> 우아하고 단순하게
> 소비자에게 다가가는 것이
> '단순해야 한다'는 말의 진정한 의미다.

던져야 했다. 그밖에도 그들은 경제성과 높은 품질 등 너무 많은 것을 놓쳤다. 소비자의 욕구를 파악할 만큼 충분히 가깝게 다가가지 않았기 때문이다."

사람들은 흔히 물리적 제품에만 주의를 돌리기 쉽지만 우리가 앞으로 집중해야 할 분야는 전반적인 사용자 경험(user experience)이다. 물론 소프트웨어도 마찬가지다. 기술적으로 우수하고 디자인이 훌륭하다 해도 소비자가 인정하지 않으면 잘못된 것이다. 팀 브라운은 사용자 경험 가운데 특별히 단순함을 꼽는다. 비즈니스의 결과물은 고객, 이용자, 소비자의 입장에서 단순해야 하며 그렇지 않으면 이해 · 몰입 · 충성을 이끌어내기 어렵다는 얘기다. 비록 제품의 배후에서는 복잡한 비즈니스 시스템과 통신 및 인터넷 기술, 어려운 제조 기술을 사용했더라도 소비자와의 접점에서는 단순해야 한다. 복잡한 것은 뒤로 집어넣고 우아하고 단순하게 소비자에게 다가가는 것이 '단순해야 한다'는 말의 진정한 의미다.

디자인적 사고의 5단계 법칙

팀 브라운이 말하는 '디자인적 사고'를 실제 기업에서 응용하는 가장 좋은 사례는 아이디오의 디자인 컨설팅 방식이다. 아이디오는 다음의 '5단계'를 활용하는데 디자인적 사고의 개념이나 실전 적용이 어렵게 느껴진다면 참고해볼 만하다.

1. 관찰

아이디오에서는 인지과학, 인류학, 사회학 등 각 분야 전문가들이 의뢰 기업과 함께 소비자의 실제 경험을 탐구한다.

① 미행하기: 사람들의 일상생활을 쫓아다니며 유심히 관찰한다.

② 행위 맵핑: 특정 공간에서 사람들이 어떻게 행동하는지 며칠에 걸쳐 계속 사진을 찍는다.

③ 소비자 여정 쫓기: 소비자가 특정 제품 및 서비스, 공간과 상호작용하는 과정을 쭉 기록한다.

④ 카메라 일기: 소비자에게 특정 제품과 관련된 활동 및 경험에 대해 사진 일기장을 만들게 한다.

⑤ 극단적 사용자 인터뷰: 제품을 잘 알거나 전혀 모르는 사람과 이야기를 해본다.

⑥ 스토리텔링: 제품 및 서비스와 관련된 소비자들의 개인적인 이야기를 듣는다.

⑦ 다양한 의견 수렴: 아이디오는 샌들 디자인에 관한 아이디어를

얻기 위해 예술가, 보디빌더, 발 전문가, 심지어 신발 도착증 환자까지 만나 의견을 들었다.

2. 브레인스토밍

아이디오에서 브레인스토밍 회의는 한 시간을 넘겨서는 안 되며, 다음의 7가지 규칙을 엄격하게 지켜야 한다.

① 판단을 늦춰라: 그 어떤 아이디어도 무시하지 마라.

② 남의 아이디어를 발전시켜라: '그러나'라고 말하지 말고 '그리고'라고 말하라.

③ 거친 아이디어라도 장려하라: 기존의 틀을 벗어난 아이디어에 해답의 열쇠가 있을 가능성이 크다.

④ 많을수록 좋다: 가급적 많은 아이디어가 나오도록 하라.

⑤ 쓰고 그려라: 벽에 쓰거나 그려가면서 회의하라.

⑥ 주제에 집중하라: 토론 주제에서 벗어나지 마라.

⑦ 한 번에 한 가지 이야기만 다뤄라: 중간에 끼어들거나 남의 말을 무시하지 마라.

3. 시험용 모델 (프로토타입) 빨리 만들기

프로토타입을 만들면 원하는 해답을 찾기가 더 쉽고 의사결정과 혁신의 속도를 끌어올릴 수 있다.

① 뭐든지 만들어라: 제품뿐 아니라 서비스나 공간 설계까지도 모형으로 제시하라.

② 비디오를 이용하라: 소비자들의 경험을 설명하는 짧은 영화를 만들어라.

③ 빨리 움직여라: 가능한 한 빠르고 싸게 만들어라.

④ 간명하게 하라: 세부적인 것은 잊어라. 핵심 아이디어만 보여주면 된다.

⑤ 시나리오를 만들어라: 제품 및 서비스를 사람들이 어떻게 활용하는지 보여주어라.

⑥ 직접 몸으로 체험해보라: 다양한 소비자를 가정해 그들의 역할을 해보라.

4. 골라 뽑기

앞의 과정을 통해 뽑아낸 수많은 아이디어 중 다음과 같은 방식으로 최종 후보를 추려낸다.

① 짧은 시간에 집중적인 브레인스토밍을 해서 가능성이 작은 아이디어를 솎아내라.

② 핵심 아이디어에 초점을 맞춰 시험용 모델을 만들어보고 최적의 해답을 찾아라.

③ 최종 후보를 좁히는 과정에 고객을 적극 참여시켜라.

④ 선택 과정에서는 욕심을 줄이고 무자비해져라.

⑤ 결과물에 집중하라.

⑥ 모든 참여자에게 동의를 얻어라. 더 많은 고위 임원이 OK 할수록 성공 확률도 높아진다.

5. 실행

디자인적 사고나 경영은 많은 직장과 조직에서 이미 다양한 형태로 실행하고 있다. 이들이 소비자의 필요를 관찰해 아이디어를 도출한 뒤, 간단한 시제품을 만들고 다듬어 완성하는 프로젝트를 해본 경험은 적지 않다. 다만 이를 디자인적 사고 및 실행 방법으로 인식하지 못했을 뿐이다.

〈조선일보〉에서 주최한 아시안 리더십 콘퍼런스 2012 대회 때의 일이다. 당시 전체 콘퍼런스를 기획 및 총괄한 나는 탭퍼런스(Tab-ference)를 처음 시도했다. 이는 탭을 매개체로 전체 콘퍼런스를 진행하는 획기적인 실험이었다. 다음은 관련 기사 중 일부다(2012년 3월 7일자 〈조선일보〉).

"2050년에는 중국과 미국 중 어디가 세계 최강대국이 될 것인가?"

아시안 리더십 콘퍼런스 제2세션 '조선 디베이트'가 열린 서울 신라호텔 다이너스티홀의 대형 화면에 이 질문이 뜨자 참석자 1,000여 명이 일제히 자기가 들고 있던 태블릿PC '갤럭시탭' 화면의 '투표 참여'에 손가락을 댔다. 30초 후 사회를 맡은 CNN의 앵커 짐 클랜시가 카운트다운을 외쳤다.

"3, 2, 1, 결과 공개!"

대형 화면에 나타난 결과는 38(미국) : 62(중국)'. 중국의 승리였다.

조선 디베이트에 참가한 니얼 퍼거슨 하버드대 교수와 조지 프리드먼 스트랫포 소장은 태블릿PC를 통해 실시간으로 청중 투표 결과를 공개한 '탭퍼런스' 토론에 대해 "놀라운 경험이었다"고 했다. 퍼거슨은 "내가 사용한 단어,

내 발언에 청중이 즉각 반응해 토론 내내 박진감이 넘쳤다. 긴장을 풀 수 없었다"고 했다. 프리드먼은 "결과가 나올 때마다 조마조마했다"며 "앞으로 토론 방식이 (탭퍼런스 덕분에) 혁신적으로 바뀔 것 같다"고 했다.

탭퍼런스는 '태블릿PC'와 '콘퍼런스'를 조합한 신조어(新造語)다. 이는 모든 청중이 태블릿PC를 갖고 종이 없이 전체 일정을 진행하는 것을 뜻한다. 청중의 즉석 투표 역시 탭퍼런스에서만 가능한 '쌍방향 소통 콘퍼런스'의 모습이었다. 명사들의 '직격 인터뷰' 식으로 진행한 제3세션에서는 갤럭시탭으로 즉석에서 질문을 받기도 했다.

토론자들도 탭을 적극적으로 활용했다. 그들은 자기 발표 자료를 사전에 앱에 올렸고 참석자들은 이를 실시간으로 다운로드받았다. 탭에는 '쪽지 보내기' 기능이 있어서 참석자들끼리 문자로 대화를 하기도 했다.

탭퍼런스의 성공을 되짚어보면 아이디오의 디자인적 사고를 실행한 예라고 할 수 있다. 시작은 콘퍼런스 참가자들에게 의미 있는 선물을 주자는 단순한 아이디어에서 출발했다. 태블릿PC를 나눠주고 콘퍼런스 관련 데이터를 탭 하나에 모두 담으면 콘퍼런스 참가자들이 좋아할 거라는 데 팀원들의 의견이 모아졌다. 이어 브레인스토밍 과정에서 아이디어가 보태졌다. 참가자들이 탭으로 메시지를 주고받을 뿐 아니라 연사와 사회자에게도 탭으로 메시지를 전달하는 기능을 담자고 했다. 한술 더 떠 아예 토론자들의 배틀을 유도하고 그 결과를 탭을 이용해 실시간 투표를 하자는 아이디어까지 나왔다.

하지만 1,000대 가량의 탭을 한꺼번에 접속할 경우 통신 장애가 발생하는 것을 비롯해 수많은 문제가 산적해 있었다. 콘퍼런스 팀은 먼저 갤럭시탭을 몇 대 구해 프로그램을 깐 뒤 버그를 잡고 콘텐츠를 보강했다. 콘퍼런스 며칠 전에는 대회장인 신라호텔 회의실을 빌려 실제로 탭을 깔고 구동해 통신 장애를 해결하고 실시간 투표가 가능한지 점검했다. 밤늦게 작업이 끝나자 프로그램 개발자가 지친 얼굴에 미소를 띠며 말했다.

"원래 모든 창조는 막노동부터 시작한다."

소로스 펀드 매니지먼트 회장

조지 소로스

"내가 세상을 보는 눈은 경제학자 케인스와 비슷하다."

날카롭게 지켜보다 급소를 찌른다

투자자이기보다 철학자이고 싶어 하는 모순

세계적인 투자자, 조지 소로스는 기본적으로 인간과 세계를 비판적으로 본다. 즉, 인간의 욕심과 국가 및 시스템의 오류가 뭉쳐 만들어내는 모순을 날카롭게 지켜보다 급소를 찌른다. 지금까지 그는 국가와 지역, 세계가 그 시대의 상식으로 여기는 현상을 엄청난 베팅으로 공격해 큰돈을 챙겨왔다.

1992년 영국 파운드화, 1997년 태국 바트화를 공격해 거액을 챙긴 소로스는 15년 만인 2012년 다시 통화 투기를 했다. 이번에는 일본 엔화가 그 대상이었다. 그는 아베노믹스를 앞세운 아베 신조의 총선 승리를 확신하고 엔저에 베팅했다. 디플레이션 타파를 목표로 무제한의 양적완화와 공격적인 경기부양을 수단으로 내건 아베노믹스는 필연적으로 엔저를 가속화할 것으로 내다봤기 때문이다. 그는 2012년 11월부터 공매도를 시작했다. 예를 들어 엔/달러 환율이 80엔일 때 1만 엔

(125달러)을 나중에 갚기로 하고 미리 판 뒤, 엔/달러 환율이 100엔으로 떨어지면 100달러로 1만 엔을 사서 갚고 25달러를 챙기는 식이다. 그의 예상대로 엔화 가치는 불과 6개월 사이에 20퍼센트 가량 떨어졌고 그는 공매도로 넉 달 만에 12억 달러(1조 3,000억 원)를 벌었다.

얘기가 여기에서 끝나면 소로스는 그저 발 빠르게 움직인 성공 투자자 중 한 명에 불과할 것이다. 그런데 그는 이제 자신에게 돈을 벌게 해준 엔화의 모순을 지적하기 시작했다.

"아베 총리와 구로다 하루히코(黑田東彦) 일본은행 총재가 요즘 하는 일은 위험하기 짝이 없다. 지금까지 일본이 푼 엔화가 미국이 2008년 이후 찍어낸 달러의 양과 같다."

일본 경제는 미국 경제의 3분의 1에 불과한데 규모에 비해 돈을 너무 많이 풀었다는 의미다. 그는 "엔화 가격이 눈사태처럼 폭락할 수 있다"고 경고했다. 마치 일본판 금융위기 가능성을 예언하는 듯하다. 일본의 아베노믹스가 소로스의 예언대로 정말 파국을 맞을지는 알 수 없지만, 그는 자신이 아베노믹스가 밀어붙이는 양적완화와 이를 견뎌낼 일본 펀더멘털 간의 괴리를 예민하게 들여다보고 있음을 공언한 셈이다. 이 괴리가 변곡점에 이를 때 그는 결정적인 한 방을 날릴 가능성이 있다.

소로스는 금에 대해서도 비슷한 투자 행태를 보인다. 2012년 3분기에 그는 금 투자를 대폭 늘렸다. 소로스 펀드를 통해 세계 최대 금 상장지수펀드인 SPDR골드트러스트 주식 132만 주를 2억 2,140만 달러에 사들이는 등 금 보유량을 50퍼센트나 늘린 것이다. 미국, 일본 등의 중앙은행이 경쟁적으로 돈을 풀면 인플레이션 압박이 가중되어 결국 금 수요가 늘어날 것으로 봤기 때문이다.

금값은 2012년 4분기에 계속 오름세를 이어갔고 이때 소로스는 보유 중인 SPDR 주식 가운데 55퍼센트를 팔아 수익을 올렸다. 소로스는 자신이 소유한 금광업체 킨로스(Kinross)의 주식 1,800만 달러어치(약 194억 원어치)도 2012년 초에 처분한 것으로 알려졌다. 소로스가 금 투자를 줄인 뒤 금값은 2013년 1분기에 약 6퍼센트 급락했다.

당시 소로스는 다시 자신의 속내를 드러냈다. 2012년 4월 7일 홍콩 〈사우스 차이나 모닝 포스트〉와의 인터뷰에서 "금은 더 이상 안전 자산이 아니다"라고 말한 것이다. 그는 이렇게 덧붙였다.

"지난해 유로화 가치가 크게 하락했을 때 금 가격도 낮아졌다. 시장 참가자들이 금을 팔았기 때문이다. 금 가격이 다른 자산 가격과 함께 하락한 것이다."

그는 금을 다른 주요국 통화의 대체재로 간주하던 상식이 깨지고 있음을 간파한 셈이다. 그래도 그는 세계 중앙은행들이 계속 금을 사들여 금 가격이 크게 떨어지지는 않을 거라고 내다봤다. 그뿐 아니라 위기가 발생할 기미가 보이면 금 가격이 간간히 급등할 거라고 예측했다.

조지 소로스의 말로 짚어보면 앞으로 그의 공격 혹은 투기 대상은 중국 위안화와 유로화일 가능성이 크다. 그는 2013년 4월 중국 보아오 포럼에 참석해 다음과 같이 경고했다.

"중국 그림자 금융의 빠른 성장은 글로벌 금융위기의 원인인 미국

서브프라임 모기지와 유사한 면을 보이고 있다. 중국도 그림자 금융의 위험을 알고 있을 것이라 확신한다. 몇 년 안에 그 위험을 수습해야 할 것이다."

그림자 금융이란 은행을 제외한 금융회사가 실질적으로는 은행처럼 수신과 대출을 하면서도 규제는 덜 받는 것을 말한다. 이러한 그림자 금융은 신용 위험을 키울 수 있다. 미국의 월가발 금융위기도 결국 투자은행과 보험사 등이 그림자 금융을 키우다가 위험을 관리하지 못해 뇌관이 터진 게 아닌가. 중국 내 그림자 금융의 규모는 약 20조 위안(약 3,700조 원)으로 알려져 있다.

소로스는 EU도 존재론적 위기에 빠져 있다며 유럽에 비판적인 시선을 보내고 있다.

"회원국들이 정치 · 경제 통합을 위해 자발적으로 참여해 만든 게 EU인데 최근 EU의 정체성이 변했다. 독일의 승인을 얻지 못하면 유로존 내에서 그 무엇도 할 수 없는 게 현실이다. 재정위기에 빠진 남유럽 채무국들은 북유럽 채권국에 종속된 채 명령과 지시를 받는 이등 국가로 전락했다. 이런 체제는 정치적으로 지속가능하지 않다."

유로존이 결국 붕괴할 수도 있다는 의미다. 지금까지의 소로스라면 유로존 붕괴가 변곡점에 이르렀을 때 그가 거대한 유로화를 상대로 공매도를 하는 일생일대의 도박을 벌일 가능성도 배제할 수 없다.

그렇다면 투자자보다 철학자이고 싶어 하는 그의 모순은 어떻게 변곡점에 이를까?

거짓 예언자인가, 천재 사냥꾼인가

리먼 쇼크가 발생하기 6주 전 조지 소로스는 인터뷰에서 다음과 같이 단언했다.

"세계 대공황 이후 최악의 금융위기가 진행되고 있다. 주택 버블 위에 지난 25년간 유동성 버블이 얹혀 수퍼 버블(super bubble)을 만들었다. 이제 더 이상 거품을 지탱할 수 없는 지점에 도달했고 미국의 주택대출 시장은 완전히 붕괴되고 있다."

암울한 파국을 단언한 그의 종말론적 금융 예언은 이것이 처음이 아니다. 1980년대 말과 1990년대 말 그는 '금융 재앙'과 '세계 자본주의의 종말'을 예언했지만, 자본주의 질서는 그때마다 스스로를 구원했고 그는 '거짓 예언자'로 전락했다. 두 차례의 예언 실패로 미국 언론은 그에게 "늑대가 온다"고 소리친 '양치기 소년'이란 별명을 붙여주었다.

그는 자본주의가 불안정해질 수밖에 없는 이유를 자신이 정립한 재귀(再歸) 이론(Ref Lexivity, 균형점에서 벗어난 현실을 시장 참여자가 당연한 것으로 받아들이고 이를 전제로 다시 행동함으로써 시장이 극단적으로 흐른다는 이론)으로 설명하고 있으나 아직 그다지 인기가 없어 '실패한 철학자'로 불리기도 한다.

소로스 회장의 모순은 종말론적 예측과 투자의 성공 사이에서 더욱 날카롭게 대립한다. 그의 종말론 예측은 틀렸지만 아이러니하게도 그 와중에 그는 번번이 큰돈을 벌었기 때문이다. 〈월스트리트 저널〉 등 서구의 언론은 오랫동안 그 부분을 파고들었고, 그는 "돈을 번 것은 내가 틀렸다는 것을 알아차리고 잘못을 교정한 다음의 일"이라고 일관성 있게 해명해왔다.

나는 가격이 더 떨어질 것을 기다린다

한국의 IMF 시절에 헤지펀드로 원화를 공격한 조지 소로스는 헝가리 출신의 유대인으로 나치의 대량학살에서 가까스로 목숨을 건진 인물이다. 18세 때 영국으로 건너가 철도역 짐꾼, 여행 세일즈맨, 마네킹 조립공장 등을 전전하며 바닥 인생을 체험한 그는 뉴욕으로 건너가 펀드매니저로 재능을 꽃피웠다. 1969년 그가 짐 로저스(Jim Rogers)와 함께 세운 퀀텀펀드는 1만 달러로 시작해 20년 뒤 2,100만 달러 규모로 성장해 헤지펀드의 교과서로 불린다.

소로스와의 인터뷰는 2008년 7월 22일 뉴욕 맨해튼 소로스 펀드 매니지먼트 본사 건물 33층 회장실에서 이뤄졌다. 검소하다는 평대로 사무실엔 작은 회의용 탁자와 컴퓨터가 있는 사무용 책상이 전부였다. 다음은 인터뷰 내용 중 일부를 발췌한 것이다.

Q **수퍼 버블의 종언을 예언하고 있는데 그렇다면 이 세상 모든 버블이 끝난다는 의미인가.**

A 아니다. 수퍼 버블이 터지는 와중에 석유와 상품 시장의 거품을 보고 있지 않은가. 모든 버블의 끝을 의미하는 게 아니다. 금융 시장은 버블을

조장하는 경향이 있다. 정책당국은 그런 가능성을 받아들여 버블이 너무 커지는 것을 막아야 한다. 그러나 정책당국은 이를 거부했다. 그들은 "우리는 버블이 커지는 것을 막을 수 없으며 다만 소비자가격을 조절할 수 있을 뿐"이라고 말한다. 다시 말해 근원 인플레이션은 통제할 수 있지만 자산 인플레이션은 통제 밖이라고 주장한다. 우리는 금융 시장이 버블을 조장할 수 있다는 점을 받아들여야 한다.

Q 수퍼 버블이 붕괴되는 시기에는 어떻게 투자해야 하는가.

A 말할 수 없다. 조건은 항상 변하기 때문에 현실적인 답을 줄 수 없다.

Q 이 세상 모든 버블이 붕괴되는 게 아니라면 투자자들이 피할 수 있는 은신처가 있지 않겠는가.

A 정부 발행 물가연동채권(TIPS, Treasury Inflation Protected Securities)을 살 수도 있다. 인플레이션에 따른 손해를 막을 수 있기 때문이다. 하지만 물가연동채권은 기본 지급 이자가 일반 채권보다 낮다. 은신처로 피하려면 그만큼 벌금을 내야 한다.

Q 당신은 금융위기 때마다 큰돈을 벌었다. 위기 상황에서 당신처럼 돈을 벌고 싶은 사람은 어떻게 해야 하는가.

A 어렵다. 돈을 버는 것은 매우 어렵다. 지금은 부(富)가 엄청나게 파괴당하는 시기다. 만약 부를 보전하고 있다면 잘하고 있는 거다. 돈을 버는 사람도 있지만 매우 적고 대부분 돈을 잃고 있다.

Q 사람들은 지금 조지 소로스가 어디에 투자하는지 알고 싶어 한다.

A 나는 지금 매우 방어적(bearish)이다. 네거티브(negative) 포지션을 취하고 있다. 균형을 잡기 위해 내 밑에서 일하는 사람들이 투자해놓은 것과 반대 방향으로 투자하고 있다. 네거티브 사이드에 서서 포트폴리오의 균형을 잡으려 하고 있다.

Q 네거티브 포지션에 있다는 게 무슨 뜻인가.

A 앞으로 가격이 더 떨어질 것을 기다리고 있다는 뜻이다.

Q 당신은 경제 현상이 균형으로 수렴한다고 전제하는 기존의 경제학 이론은 틀렸고, 또 미래를 예측하는 데도 실패하고 있다고 말한다. 그럼 이렇게 불확실한 시대에 경제학자의 역할은 무엇인가.

A 경제 연구는 매우 흥미로운 결과를 만들어내지만 확실한 세상을 가정한다. 하지만 세상은 불확실하다. 경제학은 이런 불확실성을 의도적으로 배제한다. 미래는 현실과 인식이 상호작용하기 때문에 예측할 수 없는데 경제학은 확실성을 전제로 예측하기 때문에 틀리는 것이다.

Q 당신이 생각하는 위대한 경제학자는 누구인가.

A 케인스(Keynes)다. 나는 케인스를 존경한다. 내가 세상을 보는 눈은 케인스와 비슷하다. 만약 케인스가 살아 있다면 내 의견에 동의할 것이다.

Q 당신의 이론에 따르면 사람들은 인지적 기능을 통해 현실을 파악하지만, 다

미래는 현실과 인식이
상호작용하기 때문에 예측할 수 없는데
경제학은 확실성을 전제로
예측하기 때문에 틀리는 것이다.

른 한편으로는 참여적 기능을 통해 현실을 바꾼다. 이런 구조라면 역으로 현재의 위기도 상호작용을 통해 막을 수 있는 것 아닌가.

A __ 그렇다. 시장이 극단으로 간다는 것을 인지하면 사람들은 극단으로 가는 것을 피하기 위해 노력한다.

Q __ **전 세계 정책당국이 지금 해야 할 일은 무엇인가.**

A __ 지금 당장은 시스템을 보호해야 한다. 이미 많은 일을 했다. 그들이 피할 수 없는 것은 과거의 실수가 낳은 결과물이다. 규제당국은 시장 자체에 규제를 맡겨 놓는 바람에 규제에 실패했다. 그 부작용을 지금 겪고 있고 이는 피할 수 없다.

Q __ **외환위기 당시 당신은 헤지펀드를 이끌고 선봉에서 한국 원화, 태국 바트화 등을 공격했다. 지금 한국에는 제2의 외환위기를 맞을지 모른다는 위기감이 있는데 그 가능성이 있다고 보는가.**

A 그렇지 않다. 1990년대 아시아 경제위기 당시 한국은 위기의 중심에 있었다. 하지만 지금은 위기의 주변부에 있다. 한국이 공격에 매우 취약한 상태에 있다고 생각하지 않는다.

Q 그렇지만 버블과 위기는 전염성이 있지 않은가.

A 물론 부정적인 영향을 받는다. 한국에도 몇 가지 문제가 있다. 고유가로 인한 인플레이션이 주된 위협이다.

Q 한국을 포함해 전 세계적으로 인플레이션 위협은 얼마나 심각한 상황인가.

A 엄청나게 심각한 것은 아니다. 경제가 약화되고 있기 때문에 인플레이션과 상품가격이 다시 임금 상승으로 이어지지는 않을 것이다. 따라서 그렇게 심각하지 않다.

Q 한국도 2009년부터 헤지펀드를 도입한다. 헤지펀드의 대부로서 앞으로도 헤지펀드의 규모가 계속 커지고 금융 시장에서 영향력을 확대할 것으로 보는가.

A 헤지펀드는 돈을 관리하는 매우 효율적이고 적극적인 수단이다. 또 헤지펀드는 가치 있는 선진 금융 수단이다. 그러나 헤지펀드는 빚을 끌어다 투자하는 레버리지(leverage) 기법을 사용한다. 금융 시장에서 헤지펀드의 중요성이 커지는 만큼 위험도 있다.

Q 헤지펀드를 규제할 필요가 있다는 뜻인가.

A 반드시 규제하라는 얘기가 아니다. 다만 헤지펀드가 동원하는 신용

규모는 규제할 필요가 있다.

Q 당신은 당신의 돈으로 헝가리를 포함해 옛 소련 블록 국가들이 개방사회로 나아가도록 도왔다. 북한에도 같은 메커니즘을 사용할 수 있는가.

A 아니다. 북한 당국이 허락하지 않을 것이기 때문이다.

Q 헝가리 이민자로서 당신은 아메리칸 드림을 이뤘다. 성공 비결이 무엇인가.

A 아버지 덕분이다. 그리고 아버지의 교육 덕분이다.

Q 당신처럼 성공을 꿈꾸는 전 세계 젊은이에게 조언한다면?

A 비판적인 사고(critical thinking)를 하라. 그리고 실수했을 때 깨닫고 고쳐라.

예상대로 인터뷰는 우호적인 분위기에서 끝나지 않았다. 소로스는 철학자와 박애주의 자선가로 자신을 봐주길 원했지만 나는 투자가로서의 소로스가 더 궁금했기 때문이다. 그래서 철학자와 자선가로서의 면모에 대한 질문을 이어가다가 조금 틈이 보이면 투자 쪽 현안을 묻는 숨바꼭질이 이어졌다. 골격을 짤 만큼 어느 정도 문답이 이뤄진 뒤 나는 또 다시 투자에 대한 질문을 던졌다. 소로스는 갑자기 자리에서 벌떡 일어났고 인터뷰는 거기에서 끝났다. 하지만 상대방이 싫어하는 질문이라고 해서 하지 않으면 그게 더 후회스럽다는 것을 알고 있었기에 나는 소로스와의 인터뷰가 그렇게 끝나버린 것이 아쉽지 않았다.

소로스는 무엇이 다를까?
그는 제도의 허점을 파고든다.

기자들은 중요하지만 상대방이 기분 나빠할 질문, 특히 인터뷰이가 먼저 그 질문을 하지 말 것을 전제하는 경우 인터뷰 내내 고민에 빠진다. 언제 이 질문을 던질 것인가. 구렁이 담 넘어가듯 비슷한 맥락이 발생할 때 눈치를 살피며 슬쩍 물어보기도 하고, 작심하고 여기서 인터뷰가 끝나도 좋다는 심정으로 맨 마지막에 던지기도 한다. 소로스와의 인터뷰에서는 이 두 가지 방법을 모두 사용했다. 슬쩍슬쩍 물어보았는데, '이거다' 싶은 대답을 듣지 못했다. 한 번 더 확실하게 묻지 않으면 후회할 것 같아서 던진 질문은 결국 마지막 질문이 됐고, 그는 벌떡 일어나 나가버렸다. 결론적으로 투자에 대해 속 시원한 답은 듣지 못한 인터뷰였다. 그러나 지금 다시 소로스를 만나더라도 당연히 나는 "요즘 어디 투자하는가?" 하고 물을 것이다.

큰돈을 번 투자자들은 누구나 그렇지만 집착이라고 할 만큼 분석적으로 사고한다. 표면적인 현상을 뒤집어서 생각하고 비틀어서 보며 현상 안에 존재하는 실체와 이면을 파악하려 무던히 애쓴다. 분석하고 또 분석한다. 깊이 있는 분석력과 뛰어난 직관은 대부분의 투자자들이 갖춰야 할 덕목이랄 수 있다.

그렇다면 소로스는 무엇이 다를까? 그는 제도의 허점을 파고든다. 영국 파운드화는 '고정환율제'를 채택하고 있었는데 경제의 펀더멘털은 흔들리고 있었다. 마치 외환위기 당시 우리나라가 OECD 선진국 클럽에 가입했다는 것을 자랑하기 위해 억지로 원화 가치를 높게 유지하고 있었던 것과 비슷한 상황이었다. 하지만 강제로 꿰맨 실밥이 공이 계속 부풀어 오르면 터지는 것처럼 환율이 경제 펀더멘털을 반영하지 못하고 실물 부문과 괴리가 커질 경우 결국 해당 통화가치는 급작스럽게 폭락하게 돼 있다. 소로스는 이 허점을 노렸다. 한계가 오면 고정환율제를 유지하기 어려울 테고 영국 정부는 고정환율제를 깨고 통화가치가 큰 폭으로 떨어지는 것을 용인할 수밖에 없을 거라고 본 것이다. 그는 미리 통화가치가 떨어지는 쪽에 베팅하고 기다렸다. 결국 그는 엄청난 돈을 먹었고 유유히 빠져나와 다른 투자처로 눈을 돌렸다.

비극 속에서도 돈을 벌고 약한 고리를 흔들어 금괴의 문을 여는 사람, 성공하는 투자자의 몸 속에는 차가운 피가 흐를 수밖에 없다. 말년에 들어선 그가 자꾸 철학자나 자선사업가로 나서고 싶어 하는 것은 이에 대한 반작용이 아닐까.

!

하워드 가드너

대니얼 골먼

제임스 챔피

존 휘트모어

존 코터

KIPP와 TFA

2장

최고는 깊이 이해한다

경영의 중심이 '인간'임을 증명한 사람들의 이야기

하버드대학교 교육대학원 교수

하워드 가드너

"누군가를 창조적으로 만드는 것보다 창조적인 것을 막는 게 훨씬 쉽다."

창의성은 기꺼이 스스로를 바보로 만드는 것이다

창조 경영은 형용 모순이다

하워드 가드너는 심리학자이자 교육학자이면서도 비즈니스 리더들에게 인기가 있다. 그는 '세계에서 가장 영향력 있는 비즈니스 사상가'에 이름을 꾸준히 올렸지만 직접적으로 경영학 얘기를 하지는 않는다. 내가 그를 만났을 때도 사람을 움직이는 심리학과 교육 이론에 집중했고 경영 세계 얘기는 일절 하지 않았다.

인터뷰 중에 내가 '창조 경영'을 물었더니 하워드 교수는 단어 자체에 형용 모순이 있다고 지적했다. 경영은 일상적인 행위이므로 창조(creativity)라는 단어와 직접 결합할 수 없다는 얘기다. 그건 마치 '창조적 파일럿'만큼이나 이상한 조어(造語)라고 했다.

구분하자면 그의 책과 강의, 인터뷰는 그 무게 중심이 창조에 있지 경영에 있지 않다. 그럼에도 불구하고 경영자들이 그를 찾는 이유는 어떻게 하면 직원과 동료, 상사의 마음을 움직일 것인가가 오늘날 경영의 화두이기 때문이다. 가드너는 "경영자들이 종종 어떻게 생각을 바꿀 수 있는지 묻는데, 그 이유는 그게 그들이 엄청나게 자주 하는 일이기 때문"이라고 말했다.

가드너 교수는 1996년 세계경제포럼에 참석해 처음으로 비즈니스 및 정치 리더들과 접촉했고 이후 경영계 인사들과의 교류를 확대했다. 그러나 그를 학계의 스타로 만든 것은 1980년대 초 그가 발표한 다중지능(Multiple Intelligence) 이론이 결정적이었다.

그는 IQ밖에 모르던 세상을 향해 이렇게 충격을 줬다.

"인간에게는 한 가지 지능이 아니라 언어, 논리, 수학, 음악, 대인 관계 등 8가지 지능이 있다."

그의 이론을 적용하면 '사람을 훈련하는 방법'에 접근하는 방식이 근본적으로 바뀐다. 즉, 사람마다 발달한 지능이 달라 여러 방법론을 결합해야 한다. 그는 사람마다 배우는 방식이 다르므로 훈련 프로그램은 데이터와 스토리, 비주얼 이미지를 포함해 다양한 방법으로 접근해야 한다고 조언한다.

예를 들어 어떤 학생은 스토리가 나오면 귀가 번쩍 뜨이고, 어떤 직원은 그림이 나오면 눈이 확 커진다. 따라서 훈련 프로그램은 다양한 요소를 담아 각자가 다른 방식으로 끌리게 해야 한다.

가드너 교수에게는 어려운 얘기를 쉽지만 깊이 있게 풀어내는 재주가 있는데, 창의성에 대한 그의 설명을 들으면 뒤통수를 한 대 맞은 것

창의성이란 도전하고 실수하고 스스로를 한번 바보로 만들어보고, 다시 추슬러 도전하는 것이다.

같은 느낌이 든다. 그는 창의성은 사람의 능력보다 성격이나 기질과 더 관련이 많다고 말한다.

"창의성이란 도전하고 실수하고 스스로를 한번 바보로 만들어보고, 다시 추슬러 도전하는 것이다."

그런데 한국, 일본, 중국 등 동아시아는 서구보다 규율이 강한 사회다 보니 많은 사람이 실수하는 것을 두려워한다. 안타깝게도 바로 이 점이 창의성을 방해한다. 실수를 두려워하면 성장하기가 어렵다. 창의성을 높이기 위해 더 중요한 것은 똑같은 실수를 되풀이하는 것이 아니라 늘 새로운 실수를 해야 한다는 점이다. 가드너 교수는 이렇게 말한다.

"누군가를 창조적으로 만드는 것보다 창조적인 것을 막는 게 훨씬 쉽다. 뭔가 새롭고 다른 일을 할 때마다 벌을 주면 된다. 즉, '다른 사람과 똑같이 하라'고 하면 그만이다."

어떻게 다른 사람을 변화시킬 수 있을까

그렇다면 어떤 방향으로 어떻게 변화를 이끌어야 할까? 마음을 바꾸는 일은 상당히 힘들다. 그런데 길을 가는 사람들을 붙잡고 "어떻게 다른 사람을 변화시킬 수 있느냐"고 물어보면 대개 '보상(reward)'과 '벌(punishment)'을 제시한다. 변화하면 보상을 해주고 그대로 있으면 벌을 주라는 얘기다. 보상과 벌로는 행동을 변하게 할 수는 있지만 마음을 바꿀 수는 없다. 보상과 벌을 제거할 경우 사람들은 곧바로 이전으로 돌아간다. 하워드 가드너는 자신의 저서 《체인징 마인드》에서 설득 문제를 다루며 마음을 바꾸기 어려운 원인을 크게 세 가지로 정리하고 있다.

첫째, 오랫동안 특정 견해를 간직해온 경우다. 만약 당신이 청장년기에 속한다면 오랜 시간 특정 방식으로 사고해왔다는 뜻이다. 이 시기에 마음을 바꾸려면 상당한 인센티브가 있어야 한다. 반면 세 살짜리 아이는 특정 방식으로 생각한 시간이 짧아 상대적으로 마음을 바꾸는 것이 쉽다.

둘째, 어떤 견해에 감정적으로 결부된 경우다.

셋째, 대중이 당신의 생각을 알고 있는 경우다.

누구나 다른 사람, 즉 부모는 아이를, 경영자는 종업원을, 대통령은 국민을 변화시키려 한다. 이때 가장 효과적인 방법은 무엇일까?

가드너는 '동일화(identification)' 방법을 사용하라고 조언한다. 아이들은 자신이 가장 존경하는 사람 때문에 마음을 바꾼다. 그 사람이 부모일 수도 있고 형제나 이웃 혹은 스타일 수도 있다. 아이들은 보다 강력하고 매력적인 상대와 자신을 동일시할 때 마음에 큰 변화가 일어난다. 만약 부모가 아무리 잔소리를 해도 듣지 않으면 화자(話者)를 바꿀 필요가 있다. 아이들이 좋아하는 학원 선생이나 롤모델이 될 만한 선배가 말하면 같은 내용에도 아이들은 마음을 연다.

선출직 정치인에게는 친근함과 신뢰성이 중요하다. 가드너는 이것을 반향(resonance)이라고 부른다. 유권자의 반향을 불러일으키려면 그들이 자신과 같은 편이라는 느낌을 갖게 해야 한다.

기업 경영자가 직원을 설득하는 데는 리서치와 논리가 중요하다. 즉, 충분한 데이터를 제시하고 왜 변화가 필요한지 설득해야 한다. 농담을 잘하거나 사람 좋은 것만으로는 안 된다.

리더가 효과적으로 일하려면 설득력 있는 화법과 스토리를 만들어야 한다. 나아가 그 설득력 있는 스토리를 리더 스스로의 삶에 체화해야 한다. 예를 들어 위계 구조가 엄격한 회사에 보다 수평적인 문화를 도입하는 경우를 생각해보자. 리더는 그 생각을 직원들에게 전달한 뒤 직접 실천해야 한다. 직원 식당에서 같이 줄을 서서 밥을 먹고 별도의 엘리베이터와 주차 공간은 물론 자신만 특별히 더 받는 보너스를 없애야 한다. 입으로는 수평적 문화를 말하면서 전용 엘리베이터와 전용기 등을 이용하면 신뢰받기 어렵다.

리더에게 다중 지능 이론을 적용해보면 리더는 3~4가지 지능이 좋아야 한다.

우선 언어 지능이 뛰어나야 한다. 사람들에게 설득력 있는 스토리를 들려줘야 하기 때문이다. 또한 다른 사람을 이해하는 지능이 높아야 한다. 그리고 하워드 가드너가 '9번째 지능'이라고 부르는 실존적 지능(Existential Intelligence)이 높아야 한다. 그래야 '우리는 누구고 어떤 일을 해야 하는가' 같은 큰 질문에 답할 수 있다. 나아가 리더는 자기 자신을 돌아보는 자성 지능(Intrapersonal Intelligence)을 갖춰야 한다.

미래에 필요한 5가지 마인드

가드너는 그의 저서 《미래 마인드》에서 미래에는 5가지 마인드가 중요하다고 주장한다.

첫째, 훈련 마인드(disciplined mind)다. 이것은 전문성을 익히기 위해 필요한데 빠르게 변하는 세상에서는 어렸을 때 배운 것만으로는 충분치 않다. 훈련을 받지 않은 사람은 일자리를 잃거나 훈련받은 사람 밑에서 일할 것이다.

둘째, 통합 마인드(synthesizing mind)다. 우리는 지금 정보의 홍수 속에서 살아간다. 이럴 때일수록 통합 마인드를 바탕으로 중요한 것과 무시할 것, 관심을 가져야 할 것, 흘려보내야 할 것을 판단하는 기준을 세워야 한다.

셋째, 창의적 마인드(creating mind)다. 이것은 새로운 질문을 하고 새로운 물건을 만들어내며 새로운 해결책을 제시하는 일이다. 이른바

'상자 밖에서 생각'하는 것이다. 상자 밖에서 생각하려면 먼저 상자가 필요하다. 여기서 '상자'란 훈련 마인드와 통합 마인드를 의미한다. 이 기본 조건을 갖춰야 상자 밖에서 생각할 수 있다. 따라서 이 둘을 바탕으로 새로운 것을 만들어내는 창의적 마인드를 길러야 한다. 한국에는 훈련 마인드를 갖춘 사람은 많은 반면 통합 마인드를 갖춘 사람은 많지 않다.

넷째, 존중하는 마인드(respectful mind)다. 이는 인간의 다양성을 받아들이고 외모와 배경, 신념 등이 다른 사람들과 함께 일하려고 노력하는 것이다.

다섯째, 윤리적 마인드(ethical mind)다. 이것은 우리가 직업인으로서, 시민으로서 책임감 있게 일하는 것과 관련이 있다. 500년 전과 달리 세계가 긴밀하게 연결돼 있어서 누군가의 탄소 배출이 지구상의 다른 사람에게 즉각 영향을 미치기 때문이다.

이 중에서도 가드너는 여러 정보를 결합하고 걸러내는 '통합 마인드'가 중요하다고 했다. 그는 통합 마인드를 갖추는 노하우를 소개하면서 무엇보다 곁에 멘토와 조언자를 두고 늘 다른 사람에게 배워야 한다고 조언했다. 그러면서도 그들이 원하는 것이 아니라 자신이 하고 싶은 일을 해야 한다고 말했다. 언뜻 쉬울 것 같지만 그리 쉬운 일이 아니다. 사람들은 흔히 다른 사람이 어떻게 하라고 말해주기를 원하기 때문이다.

미국의 언어학자이자 정치활동가로 많은 분야에서 업적을 쌓은 놈 촘스키(Noam Chomsky)는 말했다.

권위자가 말했다고 해서 그냥 받아들이지 말라.

"나는 다른 사람들이 내게 말한 것을 결코 믿지 않았다. 항상 내 스스로 알아내려고 했다."

이 말은 어떤 권위자가 말했다고 해서 그냥 믿으면 스스로 알아내려는 도전이 방해를 받는다는 의미다. 누군가가 자신이 믿는 것과 다른 얘기를 할 경우 심각하게 받아들이되 돌아가서 그것이 맞는지 확인해야 한다.

2008년 〈월스트리트 저널〉이 '세계에서 가장 영향력 있는 비즈니스 사상가'를 선정했는데 전통적인 경영학자가 아니라 하워드 가드너 교수를 비롯해 토머스 프리드먼(Thomas Friedman), 말콤 글래드웰 등이 랭킹 5위 안에 들었다. 이는 그만큼 정통 경영학의 효용성이 줄어들고 있음을 의미한다. 〈월스트리트 저널〉의 순위는 구글의 히트 수, 언론의 언급 횟수, 논문의 인용 횟수 등을 종합해 결정한다. 이 랭킹의 편집을 담당하는 토머스 데이븐포트(Thomas Davenport) 뱁슨칼리지 교수는 이러한 현상을 "시간에 쫓기는 경영자들이 어디서든 쉽게 발견해 소화할 수 있는 조언에 목말라 하기 때문"이라고 분석했다.

정통 경영학적 조언이 퇴조하고 통찰력을 보여주는 이종 간의 학문과 생각을 결합하는 사상가가 각광받는 흐름은 지속되고 있지만, 경제위기 이후 다소 변화했다. 2013년 〈월스트리트 저널〉의 랭킹에는 폴 크루그먼(Paul Krugman), 조지프 스티글리츠(Joseph Stiglitz), 로버트 라이시(Robert Reich) 등 전통 경제학자들이 대거 상위에 이름을 올렸다. 경제위기 이후 세계 경제가 좀처럼 탈출구를 발견하지 못하자 경영자나 소비자들이 보다 거시적이고 근본적인 경제 흐름을 읽어내는 경제학 대가들의 목소리에 더 많이 귀를 기울였기 때문이다.

감성 지능 창시자이자 심리학자

대니얼 골먼

"문턱을 넘는 데는 IQ가 중요하지만, 일단 문턱을 넘어서면 EQ가 중요하다."

리더는 감정의 수프를 요리하는 사람이다

문턱을 넘을 때는 IQ, 문턱을 넘어서면 EQ

EQ의 아버지 대니얼 골먼은 IQ와 EQ 중 어느 것을 더 중요하게 여길까? 아리송한 이 질문에 골먼 박사는 조금도 주저하지 않고 명쾌하게 해답을 내놨다.

"문턱(threshold)을 넘는 데는 IQ, 문턱을 넘어서면 EQ가 중요하다."

가령 학교를 졸업하거나 취직을 하기 위해서는 IQ가 중요하지만, 막상 직장에 들어가 동료들에게 인정받으며 성과를 내고 승진하는 데는 EQ가 더 중요하다는 의미다.

IQ는 어떤 영역에서든 직업을 얻고 유지하는 데 결정적인 역할을 한다. 알고 있다시피 수학과 언어 같은 기초 학문을 배우는 교육은 매우 중요하다. 이러한 기초 학문은 한마디로 문턱을 넘어서기 위해 필요한

EQ는 최고의 성과를 내는 사람과 평균적인 사람을 구별하는 능력이다.

기술인데, 이걸 익힐 때는 IQ가 높은 게 중요하지만 일단 문턱을 넘은 뒤에는 EQ가 뛰어난 게 더 중요해진다. EQ는 최고의 성과를 내는 사람과 평균적인 사람을 구별하는 능력이다.

만약 IQ는 높은데 EQ가 낮으면 어떤 문제가 발생할까? IQ가 높다는 것은 개인적으로 매우 뛰어난 성과를 낸다는 것을 의미한다. 컴퓨터 앞에서 몇 시간씩 혼자 일해 최고 수준의 성과를 내는 식이다. 그러나 IQ만 높고 EQ는 낮은 사람이 어느 회사의 직원이라면 고객과의 관계에서 문제가 발생할 소지가 있다. 상대방의 말은 듣지 않고 자기 얘기만 하는 경향이 있기 때문이다.

반대로 EQ는 높은데 IQ가 낮은 사람에겐 어떤 일이 벌어질까? 그런 사람은 다른 사람들을 상대하는 직업에서 효율적으로 일한다. 예를 들면 세일즈 분야가 있다.

인터넷 시대에는 대면 접촉이 줄어드는데 여기에는 장점과 단점이 있다. 장점은 웹을 기반으로 한 새로운 커뮤니케이션 형태가 등장해 소통 채널이 늘어난다는 점이다. 단점은 젊은 세대들이 주로 웹 기반 소통에 치중하게 되어 대면 접촉이 꼭 필요한 상황이 여전히 많은데도 불구하고 사람을 다루는 경험을 쌓을 기회가 줄어든다는 점이다. 컴퓨터 앞에 혼자 앉아 있는 시간이 길면 대면 접촉 시간이 줄어들고, 결국 사람을 다루는 기술은 떨어지고 만다. 그러므로 학교에서 이런 능력을 키우기 위한 교육을 실시해야 한다. 다행히 감성 지능과 사회 지능(SQ)은 교육으로 계발할 수 있다.

그렇지만 사람의 변화를 이끌어내는 것은 매우 어려운 일이다. 사람들이 변화하길 원치 않기 때문이다. 사람들을 변화시키고 싶다면 가장 먼저 할 일은 동기를 부여하는 것이다. 사람들은 정말로 변화하고 싶어야 변화를 시도한다. 예를 들어 사업가의 마인드로 바꾸려면 '내 사업이 잘되기 위해서는 나 자신의 리더십을 고쳐야 한다'는 점을 깨닫게 하는 것이 우선이다.

그러면 성격과 EQ에는 어떤 차이가 있을까?

성격은 주로 유전자가 결정하는 기질이고 EQ는 대부분 환경이 결정한다. 물론 EQ는 유전자와 환경의 상호작용으로 결정되지만 연구 결과에 따르면 경험이 EQ 발달에 좀 더 지배적인 영향을 미친다. 결국 성격을 좌우하는 유전자는 변치 않아도 EQ는 경험을 통해 변한다.

한편 EQ는 어린 나이에 상당 부분 결정되는데 이는 어릴수록 이와 관련한 두뇌가 쉽게 발달하기 때문이다. 대략 20대 중반까지는 발달이 되는데 어린 시절부터 20대 초반까지가 일차적으로 계발할 최적의 기회라고 할 수 있다. 그 이후에는 이미 형성된 나쁜 습관을 헐어버리고 새로 배워야 하므로 매우 어렵다. 이 경우에는 보다 강한 동기부여가 필요하다.

무엇이 좋은 리더와 나쁜 리더를 가르는가

리더가 최상의 성과를 이루려면 사람들에게서 최상의 결과를 이끌어내야 한다. 이를 위해 가장 중요한 것은 기업 문화를 바꾸는 일이다. 특히 최고 경영진의 문화가 바뀌어 그들이 직원들의 감정적 재능을 이해하고 활용할 수 있어야 한다.

대니얼 골먼이 쓴 세계적인 베스트셀러 《감성 지능》이 나온 이후 대기업, 특히 글로벌기업은 비즈니스 리더십에서도 EQ가 매우 중요하다는 것을 깨닫기 시작했다. 골먼은 EQ가 높은 세계적인 지도자로 달라이 라마와 남아공의 투투 대주교를 꼽는다. 비즈니스맨 중에는 사우스웨스트 항공을 창업한 허브 켈러허(Herb Kelleher) 전 CEO를 꼽는다. EQ는 IQ처럼 객관적으로 측정하는 지표가 없지만, EQ가 뛰어난 사람은 확연히 구별된다. 허브 켈러허는 '펀(fun) 경영'으로 유명한데, 그 핵심은 직원을 왕으로 모시는 데 있다. 켈러허는 고객이 왕이라는 말은 틀렸다고 주장한다.

"회사가 직원을 왕처럼 모셔야 직원이 고객에게 최상의 서비스를 제공한다. 기내에서 폭음하고 직원을 괴롭히는 불량 고객은 과감히 해고해야 한다."

사우스웨스트 항공을 타면 스튜어디스가 랩으로 기내 안전수칙을 읊고 "담배를 피우실 분은 날개 위에 마련한 흡연실을 이용해주시기 바랍니다" 같은 유머가 넘친다. 켈러허가 경쟁 항공사와 광고 문구 때문에 심각한 협상을 벌이다 느닷없이 팔씨름으로 결판내자고 제안해 이뤄진 세기의 팔씨름 대회는 방송으로 중계될 정도로 색다른 즐거움을 줬다. 켈러허는 이 팔씨름 대회에서 졌지만 경쟁 항공사의 CEO가 광고 문구를 공동으로 사용할 것을 허락해 결과적으로 '윈윈 협상'을 이끌어냈다.

비즈니스 리더들에게 중요한 것은 경영 기법이 아니라 사람을 다루는 능력이다. 조직 구성원 사이에서는 변연계(대뇌피질 속의 백색질로 구성된 회로 부분)의 열린 고리 구조가 계속 상호작용하면서 '감정의 수프' 같은 것이 만들어진다. 그 수프에 가장 강한 맛을 내는 조미료를 넣는 사람이 바로 리더다. 리더의 감정은 부하직원에게 지시하는 어조에서 드러나고, 그것이 도미노 파장을 일으키면서 회사 전체의 감정 기류에 영향을 미친다.

골먼은 《감성의 리더십》에서 리더십을 6가지 유형으로 분류한다. 가장 좋은 리더십은 비전이 있는 리더십(책에서는 '전망 제시형 리더십'이라고 부른다)이다. 미래 목표를 세워 사람들이 움직이게 하는 것 말이다. 이 경우 비전이 있는 리더를 따르는 사람들은 미래 목표를 공유하면서 자발적으로 일한다. 어떤 일이 발생할 때마다 일일이 상관에게 물어보지 않고 스스로 어떻게 할지 판단한다. 더불어 현재 무슨 일을 하든 매우 효과적인 커뮤니케이션이 일어난다.

잭 웰치 전 GE 회장은 자신의 리더십 비결은 딱 하나라고 말했다.

"나는 내가 어디로 가는지 알고 있고, GE의 전 구성원은 내가 어디로 가는지 알고 있다."

그가 자신의 비전이 무엇인지 명확히 알고 있고 그 비전을 조직 구성원들이 공유한다는 얘기다.

전망 제시형 리더십을 가장 쉽게 보여준 사람은 바로 월트 디즈니다. 미국 연수 시절, 나는 아이들과 함께 디즈니랜드와 디즈니월드를 방문했다가 노인들이 아이들과 똑같이 해맑게 웃을 수 있다는 사실에 깜짝 놀랐다. 디즈니랜드를 안내하던 한 노인 직원이 "여기에 들어오면 누구나 디즈니 왕국의 시민이 된다"고 말한 기억이 난다.

월트 디즈니는 1955년 7월 17일 디즈니랜드 개장식 때 "여기서는 나이 든 사람은 즐거운 기억을 다시 체험하고, 젊은이는 미래의 도전과 약속을 맛볼 수 있다"고 자신의 꿈을 설명했다. 디즈니랜드 홈페이지에 들어가면 지금도 첫 화면에 '지구상에서 가장 행복한 곳'이라는 자막이 뜬다. 디즈니는 끊임없이 변신을 거듭했지만 디즈니의 콘텐츠를 소비하는 순간 행복 바이러스에 감염되는 즐거움은 변하지 않고 있다.

두 번째로 좋은 리더십은 경청하는 리더십(민주형 리더십)이다.

리더가 부하직원의 의견을 경청하면 '아, 이 사람이 나를 신뢰하는구나' 하는 느낌이 들기 때문에 보다 안정적인 상태에서 스스로 할 일을 찾아내 성취 수준을 끌어올린다. 스티븐 코비(Stephen Covey)는 《성공하는 사람들의 7가지 습관》에서 "공감적 경청의 태도"가 필요하다고 강조한다. 내 경험과 사고의 틀에서 벗어나 상대방의 생각과 위치에서 들으려고 노력해야 한다는 것이다. P&G의 CEO였던 앨런 래플리(Alan Lafley)는 "직원들과 이야기할 때 대화의 3분의 2를 듣는 데

리더가 부하직원의 의견을 경청하면
'아, 이 사람이 나를 신뢰하는구나'
하는 느낌이 들기 때문에
보다 안정적인 상태에서 스스로
할 일을 찾아내 성취 수준을 끌어올린다.

할애하면 반대하는 사람들의 목소리를 가라앉히고 많은 사람을 내 편으로 이끌 수 있다"고 말했다.

골먼이 꼽는 가장 나쁜 리더십은 상명하달식의 지시형(독재자) 리더십이다. 이는 '내가 보스니까 내 말대로 하라'는 식으로 명령을 내리는 리더십이다. 사람들은 겉으로는 따르지만 속으로는 저항하며 심지어 이러한 리더를 싫어한다.

높은 목표를 설정하는 '선도형 리더십' 역시 골먼은 부정적으로 말한다. 선도형 리더는 자신이 설정한 목표에만 온 정신을 집중해 다른 모든 사람도 그렇게 하기를 요구하기 때문이다. 선도형 리더십에 너무 의존할 경우, 리더는 성과에 집착해 사람들을 지나치게 몰아붙이고 그 결과 조직 구성원의 기력을 소진시키는 결과를 낳는다. 이러한 리더는 사람들의 불만이 차츰 높아지고 있음을 잘 눈치 채지 못한다. 기술자가 관리자로 승진하면 이런 유형이 곧잘 나타나는데, 이를 피터의 법칙(Peter Principle: 승진과 업무 수행 능력이 비례하지 않는 경우)이라고 한다.

어느 조직에나 '어떻게 저토록 무능한 사람이 저 위치에 갔을까' 싶은 경우가 종종 있다. 피터의 법칙에 따르면 그들은 한때 유능했지만 승진한 뒤 새로운 역할을 맡으면서 더 이상 능력을 발휘하지 못하는 상태에 빠진 것이다. 피터의 법칙은 위계질서를 강조하느라 성과에 기반을 둔 승진과 퇴출이 원활하지 않은 조직에서 잘 나타난다. 가령 개발자로는 훌륭했는데 프로젝트 매니저로는 엉망이거나, 평기자 시절에는 탁월했는데 데스크로 올라가면서 폭군이 되는 것은 과거의 성공 공식에 매달려 새로운 역할에 적응하지 못한 탓이다.

대니얼 골먼에 따르면 이러한 유형은 EQ가 부족하다. 하위 직급에 있을 때도 자신의 성과에만 골몰할 뿐 동료나 상하 간의 인간관계에서 역지사지를 모르다가 종합적인 관리가 필요한 상위직에 오르면 더욱 더 적응하지 못한다는 의미다. 이들은 대개 경청하는 리더십도 부족해 자신의 결점을 보완할 기회조차 잃는 경우가 많다.

감성 지능을 넘어 에코 지능의 시대로

감성 지능 전도사 대니얼 골먼이 최근에 강조하는 것이 바로 '에코 지능'이다. 이 시점에 그가 에코 지능의 중요성을 강조하는 이유는 무엇일까?

최근 〈네이처〉에 "인간의 생존을 지탱하는 10가지 주요 생물, 지질, 화학적 시스템이 위기에 처했다"는 연구 결과가 실렸다. 물론 이 위기는 전부 인간의 활동이 초래한 것이다. 에코 지능은 나와 당신이 어떻게 환경과 더불어 잘 살 수 있는지 배워 에코 시스템이 지속되도록 하는 것을 말한다. 이는 인간이 진화를 통해 스스로 깨달은 것으로 우리가 시베리아나 사막에 살면 에코 시스템과 어떻게 공생해야 하는지 몸으로 터득한다.

그러나 산업혁명을 거치고 경제가 발전하면서 우리는 스스로의 행동과 그것이 초래할 결과 사이의 관계를 이해하는 능력을 잃어버렸다. 인간이 계속 이런 식으로 행동하면 결국 멸종할 수 있다는 경고가 나오고 있다.

비즈니스 관점에서도 구매 결정에 앞서 경제성을 따질 때 시장 가격에만 의존하지 말고 환경적으로 어떤 이득이 있을지 고려해야 한다. 쇼핑객은 기업가들이 비즈니스를 운영 및 제조하는 과정을 다시 생각하도록 만들 수 있다. 쇼핑하는 사람들이 세상을 바꿀 수도 있는 것이다.

세계에서 가장 거대한 쇼핑객인 월마트는 공급자들에게 환경 측면에서 지속가능한 생산 공정을 통해 제품을 제조 및 공급하도록 요구할 수 있다. 만약 그 기준을 따르지 않을 경우에는 제품을 받지 않겠다고 하면 게임 끝이다.

존슨&존슨은 전사적으로 생산 시스템을 개선해 환경 보호에 기여하는 것을 목표로 하고 있다. 다른 많은 회사도 이와 비슷한 일을 하는데, 여기에는 단지 좋은 일을 하는 것뿐 아니라 비즈니스적인 인센티브가 있다.

비즈니스적 관점에서 이런 행동은 어떤 유익이 있을까?

기업이 환경을 위해 노력하면 이미지 제고 효과 덕에 소비자들이 물건을 더 많이 구매한다. 그러므로 공급 체인에 깊숙이 관여하는 공급업자든, 소비자와 가까이 있는 소비재 업체든 소비자가 신경 쓰는 점을 제품에 담아내야 성공한다. 흥미롭게도 골먼은 유기농 운동을 '사기(詐欺)'로 규정한다. 유기농 혹은 그린이라고 불리는 것은 시장의 신기루에 불과하다는 것이다.

이를테면 유기농 면으로 만든 '그린 티셔츠'를 생각해보자.

'면'은 물이 부족한 지역에서 자란다. 면 공급을 늘리면 이들 지역의 물은 더욱 부족해질 수밖에 없다. 또한 면은 염색 작업이 필요한데 염색공장은 비용을 절약하기 위해 폐수를 그대로 방류하는 경우가 많다. 여기에다 이들 공장에서 일하는 사람들은 백혈병에 걸리는 비율이 훨씬 높다. 이런 식으로 환경 문제가 계속 꼬리를 물고 일어난다. 결국 겉으로는 '그린'이라고 선전하지만 전체를 보면 환경 친화성이 높지 않거나 오히려 환경 파괴적인 성향이 더 강하다. 그럼에도 그들은 그린이나 유기농으로 포장해 속임수를 쓴다. 그린 마케팅이 신기루에 불과한 이유가 여기에 있다.

우리는 전체 그림을 봐야 한다. 다시 말해 라이프사이클 평가, 즉 한 제품이 시장에 나오기까지 전체 과정을 통틀어서 친환경적인지 아닌지 살펴봐야 한다.

신기루 같은 그린 마케팅의 속임수를 뛰어넘는 똑똑함이 '에코 지능'이다.

예를 들어 친환경 제품 평가 사이트인 굿가이드닷컴(goodguide.com)에서 비듬 방지 샴푸를 클릭하면 시중에 나와 있는 샴푸를 친환경, 친건강, 친사회 등 3가지 척도로 나눠 10점 만점 기준으로 종합 점수를 매긴다.

그러면 환경에 대한 영향을 종합적으로 보고 또 이를 걱정하는 에코맘들이 점수에 따라 물건을 가려서 장바구니에 담는다. 골먼 박사는 "이런 일이 페이스북, 트위터 등의 소셜미디어를 통해 확산되면 세상이 바뀔 수 있다"고 주장한다. 에코 지능에 이처럼 집단 지능이 더해지면 세상을 바꾸는 동력이 된다는 얘기다.

우리는 이러한 감성 지능과 사회 지능, 에코 지능을 서로 어떤 관계로 바라봐야 하는가.

감성 지능의 일부가 사회 지능이다. 사회 지능의 핵심은 감정이입으로, 다른 사람을 이해하고 배려하는 것이다. 에코 지능은 이 감정이입을 동정심으로 확대한다. 나와 가족뿐 아니라 암에 걸려 죽어가는 사람, 열악한 노동환경에서 일하는 사람으로 확대한다는 얘기다.

아시아의 봉제공장 근로자에 대한 연구 결과에 따르면 그들은 대개 새벽 2시에 사고를 당한다. 비용을 낮추고자 전등을 상당 부분 끄기 때문이다. 안전장치 없이 하루에 18시간씩 일하는 것이 그들의 현실이다. 그렇게 만든 코트를 입으면서도 우리는 그동안 그 과정을 알지 못했다.

그러나 새로운 세대들은 전체 생산 과정을 투명하게 보고 있다. 그들은 가게에 가서 제품을 살 때 그것이 열악한 노동환경에서 생산한 것인지 아닌지 알 수 있다. 이렇게 라이프사이클 평가가 늘어나면 제품이 환경과 인간에게 어떤 영향을 미치는지가 매출에도 영향을 준다.

당신이 전략적 사고를 한다면 생존을 위한 다음 수순으로 이것을 당신의 사고 방정식 속에 집어넣어야 한다. 또 나 자신의 편익만 추구하다 환경이 훼손되는 것을 막기 위해서는 어떤 행동을 해야 할지도 생각해야 한다.

- **EQ: 감성 지능**

자기감정을 읽고 스스로를 정확하게 평가하면서 파괴적인 감정과 충동을 통제하는 등 자신을 다스리는 능력. 동시에 다른 사람의 감정을 헤아리는 사회적 능력도 포함한다. 타고나는 게 아니라 교육과 훈련으로 기를 수 있다.

- **SQ: 사회 지능**

감성 지능을 복잡한 사회관계로 확대한 개념. 사회 지능의 키워드는 '감정이입'이다. 감정이입을 통해 다른 사람의 관점과 감성을 이해하고 그들과 공감하면서 타인을 배려하며 좋은 관계를 형성해 나가는 능력을 말한다.

- **EQ: 에코 지능**

감성 지능을 자연으로 확장한 개념. 부풀린 '그린 마케팅'이 난무하는 시대에 제품의 전체 생산 과정을 조망하면서 진정한 친환경 제품 생산을 유도하는 똑똑한 소비자의 능력을 뜻한다.

페로시스템 컨설팅 대표

제임스 챔피

"성장 엔진을 찾는 대기업이 안고 있는 또 다른 문제는 작은 기회를 무시하는 태도다."

20년 전보다 지금 리엔지니어링이 더 유효한 이유

비용을 줄이면서 어떻게 더 많은 가치를 제공할까

2005년의 어느 날 아이들이 벗어놓은 크록스(Crocs: 구멍이 숭숭 뚫린 앙증맞은 신발)를 정리하던 평범한 가정주부 셰리 슈멜저는 재미있는 생각을 떠올렸다.

'구멍에 단추나 나비매듭처럼 귀여운 물건을 끼우면 예쁘겠는걸!'

엄마가 이런저런 물건을 끼워 장식해준 크록스를 보고 탄성을 지르던 아이들은 그걸 신고 학교에 갔다. 그러자 아이들의 친구들이 너도나도 호기심을 보이며 그 신발을 갖고 싶어 했다. 아이들의 열광적인 호응에 힘입어 셰리와 남편 리치는 집 지하실에서 본격적으로 장식품을 만들기 시작했다. 크록스용 액세서리 생산업체 '지비츠(Jibbitz)'가 탄생한 것이다. 결국 크록스는 2006년 10월 현금 1,000만 달러에 지비츠를 인수했고, 리치와 셰리 부부는 각각 크록스의 자회사가 된 지비츠의 사장과 디자인 책임자를 맡았다. 이 거래 덕분에 크록스 역시 2005년 1억 860만 달러이던 매출이 2012년에 10억 달러를 넘어섰다.

이것은 경영서 《아웃스마트》에 나오는 초고속 성장 기업의 한 사례다. 이 책의 저자 제임스 챔피는 3년간 매년 15퍼센트 이상 성장한 1,000곳 이상의 기업을 조사했고, 그중 '작지만 창의적인' 기업 8곳을 집중 분석했다. 그는 이러한 기업에 2가지 공통점이 있다고 말한다.

첫째, 기존의 방식을 뒤집어 새로운 성공 공식을 제시했다. 8곳 중 기존의 방식을 바꾸지 않고 성공한 기업은 하나도 없었다. 물론 '새로운 공식'을 찾는 것이 어느 한순간에 이루어지는 것은 아니다. 자신의 '현재'를 분명히 알아야 바꿀 것이 보인다. 작지만 창의적인 기업은 이 과정에서 피터 드러커의 "현재 자신의 위치를 파악하고 도달하고자 하는 목표를 정한 뒤 어떻게 도달할지 방법을 찾으라"는 말에 충실했다.

둘째, 미래를 탐구함으로써 남보다 한 발 앞서 '충족되지 않은 소비자의 욕구'를 발견했다.

두 가지 공통점을 단순화하면 전자는 백지 상태에서 회사 운영 방식을 다시 그려 근본적인 비용 절감을 꾀하는 것이고, 후자는 새로운 수요를 창출해 매출을 늘리고 시장을 개척하는 것이다. 제임스 챔피는 바로 이 점에서 구조조정과 리엔지니어링이 다르다고 강조한다. 구조조정은 철저히 비용 절감에 초점을 맞추지만, 리엔지니어링은 고객의 수요를 충족시켜 비용 절감과 수요 창출을 동시에 꾀한다.

1990년대 초 마이클 해머(Michael Hammer)와 함께 '비즈니스 프로세스 리엔지니어링(Business Process Reengineering)' 이론을 발표한 챔피는 당시보다 지금 리엔지니어링이 더 유효하다고 말한다.

"세계적인 경제위기는 내 이론을 더욱 강화하고 있다. 나는 늘 디플레이션 시대로 들어가는 것이 불가피하다고 생각해왔다. 기업들이 갈수록 더 적은 비용으로 더 많이 생산하고 있기 때문이다."

실제로 기업은 효율적인 운영을 위해 계속해서 비용을 줄여 나가야 한다. 그렇지만 단순히 비용을 줄이는 것만으로는 성공할 수 없다. 비용을 줄이는 동시에 더 많은 가치를 제공해야 살아남는다. 다시 말해 기업은 더 적은(less) 것으로 더 많은(more) 것을 만드는 법, 즉 '레스 모어(less more) 법칙'을 배워야 한다. 챔피가 20년 전보다 지금 리엔지니어링이 더 유효하다고 말하는 이유는 그것이 '레스 모어'에 가장 효과적인 수단이기 때문이다.

세계적인 경제위기 이전에 기업들은 지나치게 많은 생산 능력을 구축했다. 이는 많은 전문가가 세계 경기 회복이 더디게 진행될 거라고 내다보는 이유 중 하나다.

글로벌 경제위기가 7년이나 지난 현재, 전문가들의 예측은 맞아떨어지고 있다. 미국의 양적완화(중앙은행이 시중의 채권을 사들이는 형태로 달러를 푸는 극단적인 통화 완화 정책)를 필두로 선진국들이 제로 금리에 근접할 정도로 돈을 풀었지만 세계 경제엔 디플레이션 위기감이 높다. 각국은 중앙은행이 설정한 물가 목표에 한참 뒤처지는 물가상승률을 기록하고 있고 이는 우리나라도 예외가 아니다.

이런 측면에서 1990년대 초 미국에서 나온 리엔지니어링은 20년이 지난 현시점에 시사하는 바가 크다. 당시 미국 기업들은 일본 기업의 공습에 맥을 추지 못했고 특히 제조업 경쟁력이 급속도로 떨어졌다. 여기에다 소비자의 욕구는 까다로워지고 경쟁은 치열해졌으며 IT 기술 발달로 변화의 속도도 빨라졌다.

이 같은 요인은 20년이 지난 현재 더욱 확대되었다. 특히 G2로 올라선 중국의 급부상을 포함한 신흥국의 빠른 성장과 미국 제조업의 부활 등으로 인해 세계 경제에 공급이 넘치면서 기업들을 극단적인 경쟁으로 내몰고 있다. 기업들은 생존을 위해 백지 상태에서 그림을 다시 그려야 하는 위기를 일상적으로 마주하고 있는 것이다.

하지만 챔피는 그런 상황에서도 기회는 존재한다고 강조한다. 소비자에게 가치를 안겨주는 제품을 만드는 기업은 아무리 어려운 상황에서도 성장한다는 얘기다. 또 하나의 예를 들어보자.

1999년 취미로 승마를 즐기던 베키 마이나드가 말을 한 마리 구입했다. 그런데 말은 생각보다 영양 상태가 나빴고 심한 눈병까지 앓고 있었다. 수의사는 약과 영양보조제를 먹이면 병이 나을 거라고 했지만 상태는 호전되지 않았다. 그 이유를 알아보니 마구간 관리자 한 명이 돌봐야 하는 말이 너무 많아 필요한 약을 정확히 주지 못하고 있었다. 먹이를 줄 때마다 제각각 다른 약이 든 100가지 이상의 통을 열어 정확한 양을 꺼내야 했는데, 이때 착오가 발생하는 일이 잦았고 약의 보관 상태도 좋지 않았다.

'그렇지, 약국에서는 약을 날짜별로 포장해서 주잖아!'

사람들은 값싼 제품이 아니라 가치를 주는 제품을 구입한다.

불편한 상황을 그냥 보아 넘기지 않은 마이나드는 말에게 먹일 약과 영양제를 배송하는 스마트팩(SmartPak)을 창업했다. 이 회사는 말 목장에서 약과 영양보조제를 인터넷으로 주문하면 하루 복용량을 개별 포장해서 정기적으로 발송해준다.

즉, 사람들이 필요로 하는 제품 및 서비스를 찾되 복잡한 문제를 단순화해야 한다. 사람들은 값싼 제품이 아니라 가치를 주는 제품을 구입하기 때문이다.

리엔지니어링은 기업의 운영 방식을 근본적으로 바꾸는 비즈니스 행동이다. 챔피는 지금이 리엔지니어링을 적용하기에 매우 좋은 시기라고 말한다. 경기 침체기에는 기업 운영을 근본적으로 바꾸자고 설득하기가 상대적으로 쉬운 까닭이다.

리엔지니어링이란 표현을 쓰진 않았지만 삼성그룹 이건희 회장은 골프에 비유해 리엔지니어링을 쉽게 설명한 바 있다. 골프에서 드라이버 거리를 10야드쯤 더 늘리는 것은 장비를 바꾸거나 원 포인트 레슨 등으로 체중 이동을 원활하게 해서 달성한다. 그러나 만약 아마추어 골퍼가 드라이버로 270야드를 치려면 모든 걸 바꿔야 한다. 스윙 폼은 물론 상·하체 근력, 그립, 장비, 식습관까지 근본적으로 다 바꿔야 달성할 수 있다는 의미다.

챔피가 기업 조직과 운영을 백지 상태에서 다시 그리라고 한 것도 같은 뜻이다. 아마추어가 달성하기 힘든 270야드를 치기 위해서는 모든 것을 바꿔야 한다. 270야드를 드라이버로 날릴 경우 그 아마추어 골퍼의 게임은 근본적으로 달라진다. 예전에 불가능하던 스코어를 달성하면서 차원이 다른 골프를 즐기게 되는 것이다. 기업의 관점에서 이는 리엔지니어링으로 새로운 경쟁력을 확보함으로써 차원이 다른 시장을 개척하는 것이나 다름없다.

리엔지니어링은 다운사이징이 아니다

기업이 비용을 줄이는 데는 두 가지 방법이 있다.

하나는 종업원을 해고해서 비용을 줄이는 것이다. 이것은 종종 필요 인력이 모자라는 상황을 유발한다. 다른 하나는 리엔지니어링이다. 리엔지니어링을 해도 결국 더 적은 인원을 보유하지만 다운사이징을 하는 것보다 훨씬 더 현명한 접근법이다.

사람들은 흔히 리엔지니어링과 다운사이징(downsizing)을 혼동하지만 여기에는 분명한 차이가 존재한다. 리엔지니어링은 기업이 일을 수행하는 방식을 바꾸고 프로세스의 관점에서 일을 다시 디자인하는 것을 말한다. 즉, 일의 성격을 근본적으로 다시 생각하는 것을 의미한

> 사람을 수천 명 해고하는 것이 프로세스를 리엔지니어링하는 것보다 훨씬 더 쉽다.

다. 이 경우 같은 인력으로 어떻게 더 효율적으로 일할 수 있는지 재발견한다. 인력이 줄어드는 것은 단지 리엔지니어링의 부산물일 뿐이다.

사실 리엔지니어링은 매우 어려운 일이다. 오히려 사람을 수천 명 해고하는 것이 프로세스를 리엔지니어링하는 것보다 훨씬 더 쉽다.

리엔지니어링에서 성공하는 관건은 리더십이다. 경영진의 의지가 강하지 못하면 리엔지니어링에서 성공하기 어렵다. 특히 CEO가 톱다운(top-down)의 관점에서 변화를 밀고 나가는 자세가 필요하다. 이때 두려움과 비전의 조합이 추진력으로 작동한다. 일례로 약 150년 전통의 권총 제조업체 스미스 앤 웨슨(Smith & Wesson)은 최고경영자가 '두려움과 비전'을 이용해 어려움에 빠진 회사를 구했다.

2004년 구조조정 전문가인 마이클 골든(Michael Golden)이 스미스 앤 웨슨의 신임 사장으로 부임할 무렵, 이 회사는 침몰 직전의 난파선이었다. 전임 사장은 중죄로 기소됐고 회사는 회계 부정으로 연방당국의 조사를 받고 있었다. 여기에다 전국적인 총기 불매 운동으로 회사의 주가는 주당 1달러로 떨어졌다.

절망의 밑바닥에서 골든이 주목한 것은 스미스 앤 웨슨이라는 브랜드였다. 권총을 사랑하는 미국인들은 여전히 이 역사적인 회사의 브랜드와 감정적 유대를 맺고 있었다. 1970년대만 해도 스미스 앤 웨슨은 사냥, 스포츠, 군대를 포함해 권총(handgun) 분야의 1위 기업이었다. 미국 경찰의 98퍼센트가 스미스 앤 웨슨의 총을 사용했다. 그런데 1980년대 들어 오스트리아의 글록(Glock)사가 새로운 소재로 만든 경량 권총을 내놓으면서 스미스 앤 웨슨을 사용하는 미국 경찰의 비중은 10퍼센트 미만으로 떨어졌다.

그럼에도 골든이 시장조사를 해본 결과 미국인의 무려 87퍼센트가 스미스 앤 웨슨 브랜드를 인지하고 있었다. 남녀노소, 동 · 서부 가릴 것 없이 미국인은 미국 역사와 함께한 스미스 앤 웨슨을 분명히 기억했다. 실제로 거친 서부시대와 남북전쟁 그리고 클린트 이스트우드가 모두 이 브랜드와 함께했다. 미국인에게는 이 회사가 취급하지도 않는 산탄총(shotgun)과 장총, 총알, 홈시큐리티 분야에서도 스미스 앤 웨슨의 제품 및 서비스를 구매할 용의가 있다는 사실도 드러났다.

오래된 브랜드에 숨은 소비자의 욕구를 파악한 골든은 그것을 현재적 가치로 만드는 일에 주력했다. 우선 권총 부문의 점유율을 획기적으로 높이기 위해 판매 채널을 스포츠, 군대를 포함한 연방정부, 주와 시 경찰, 외국 정부로 세분화해 각각 공략했다. 그렇게 해서 권총 부문의 안정화를 꾀한 뒤 장총과 산탄총 부문에 신규 진출해 단기간에 시장 점유율 10퍼센트를 차지했다. 여기에다 2007년에는 6,500만 달러의 매출을 올리는 톰슨 센터 암즈(Thompson Center Arms)를 인수해 사냥총 부문에도 진출했다. 당시 골든은 본사 공장에 4,000만 달러를 투입해 생산 효율을 높여 전체 마진을 7퍼센트 끌어올렸다.

2003년 4월 1억 달러이던 스미스 앤 웨슨의 매출은 2007년 4월 2억 3,700만 달러로 올라섰고, 주당 1달러이던 주가는 23달러까지 올라갔다(이 회사의 2012년 매출은 4억 1,200만 달러, 2014년 2월 현재 주가는 12달러 수준이다).

일상적인 경쟁, 해결책 그리고 투지

챔피는 내 사업이 더 이상 경쟁력이 없어 실패할지도 모른다는 두려움, 경쟁자가 나보다 더 잘하고 있다는 두려움을 느낄 때 비로소 변화할 수 있다고 지적한다. 또한 두려움만으로는 충분치 않고 회사를 어떻게 차별적으로 운영할 것인지에 관한 비전이 있어야 한다고 말한다. 현대 기업들의 고민은 위기감이 넘쳐도 이를 돌파할 구체적인 방법을 찾기 힘들다는 데 있다. 갑판이 불길에 휩싸여 있음에도 두려움만 팽배할 뿐 당장 무엇을 해야 하는지 알 수 없는 경우가 대부분이다. 스미스 앤 웨슨의 마이클 골든은 이러한 기업들을 위해 훌륭한 팁을 제시한다.

"자기가 알고 있고 또 경험한 모든 것을 동원하라."

챔피와 인터뷰하는 도중 나는 새로운 성장 동력 발굴에 목말라 하는 한국 기업들이 어떻게 해야 하는지 물었다. 삼성을 포함해 우리나라 대기업들은 신수종사업 등 여러 이름을 붙여가며 신성장 동력 발굴에 골몰하고 있지만 아직 뚜렷한 돌파구를 찾은 곳은 없다. 챔피는 간단하게 대답했다.

"기업은 어떠한 위기 상황에서도 성장 엔진을 찾아내야 한다. 이를 위해서는 먼저 자신이 갖고 있는 비즈니스 능력을 들여다봐야 한다. 이때 주의할 것은 스스로 이해하지 못하는 비즈니스로 진출해서는 안 된다는 점이다."

얼마 전까지만 해도 많은 대기업이 성장 엔진을 찾는다며 자신이 이해하지 못하는 시장과 비즈니스에 진출하느라 많은 돈을 낭비했다. 지금은 그럴 여유가 없다. 그럼에도 적지 않은 기업이 자신이 잘 모르는 비즈니스로 들어가는 우를 범하고 있다. 설령 아이디어가 참신할지라도 시장이 준비되어 있지 않으면 그 아이디어는 빛을 발하기 어렵다.

챔피는 이런 얘기도 했다.

"성장 엔진을 찾는 대기업이 안고 있는 또 다른 문제는 작은 기회를 무시하는 태도다. 아이디어 실용화에 성공한 기업들은 모두 작은 기회를 잘 활용했다. 자신이 이해하고 있는 분야에서 새로운 아이디어를 발굴해 시장에서 유의미한 규모로 키우려면 몇 년이 걸린다. 그런데 대기업은 일단 시도해본 뒤 1, 2년 후에도 시장이 커지지 않으면 그 동안의 노력과 아이디어를 폐기한다. 이는 성장 엔진을 찾는 것과 완전히 정반대되는 자세다. 성장 엔진이라는 개념 자체가 처음에는 작게 시작할 수밖에 없는 것이기 때문이다."

챔피는 한결같이 소규모 기업의 사례를 연구하고 있다. 이는 그만큼 소기업에서 배워야 할 지혜와 교훈이 많다는 의미일 수도 있다. 그는 거대 기업 경영자는 '회사를 소기업처럼 운영하려면 어떻게 해야 하는지' 심각하게 고민해야 한다고 강조한다. 사람들이 자신의 업무 프로세스를 재설계하는 데 더욱 적극적으로 참여하도록 말이다.

2004년 스미스 앤 웨슨이 바닥을 헤맬 때 취임한 골든은 매사추세츠 주 스프링필드 본사에서 직원들에게 물었다.

"지금 회사가 어떻게 돌아가고 있는가?"

직원들은 모두 침묵을 지켰다. 권총 제조부서에서는 필요하든 필요치 않든 상관없이 무조건 물건을 만들었고, 판매부서에는 매출 목표가 없어서 이달에 1,000만 달러어치를 팔아야 할 지 2,000만 달러어치를 팔아야 할 지 몰랐다. 역사가 깊고 직원 충성도도 높은 그 회사에 직원들을 하나로 묶는 리더십이 없었던 탓이다.

그다음 날 골든은 아침 여덟 시 반부터 임원진을 불러 현황 정보를 교환하고 목표치에 미달할 경우 그것을 해명하거나 보충 계획을 밝히는 시스템을 구축했다. 소기업에서는 직원들이 자신이 달성해야 할 목표를 잘 알기 때문에 주인의식으로 똘똘 뭉쳐 서로 시너지 효과를 낸다. 스미스 앤 웨슨에서는 현장 직원들이 자신의 일을 재설계하는 데 적극 참여했다.

챔피가 대기업의 관료주의적 층과 칸막이를 심각한 문제로 지적하는 이유가 여기에 있다. 관료적인 구조는 아무런 가치도 없을 뿐더러 오히려 진보를 막는다. 무엇보다 챔피는 대기업의 본부가 비즈니스에

참신한 발상은 현장의 일상적인 경쟁이 뿜어내는 열기와 땀 속에 들끓고 있었다.

어떤 가치를 보태는지 따져봐야 한다고 조언한다. 어떠한 가치도 보태지 못하는 프로세스와 사람들을 제거하면 대기업의 비즈니스 부문도 소기업처럼 운영할 수 있기 때문이다. 예를 들어 하드웨어 기업으로 출발한 IBM은 근본적인 변화를 일으켜 소프트웨어 기업으로 변신했다.

챔피와의 인터뷰를 정리하면서 나는 그의 말이 구체적인 신성장 동력을 찾는 한국 기업들에게 여전히 모호하게 다가올 것 같다고 생각했다. 가령 전자제품을 생산하는 삼성전자가 바이오 분야에 뛰어들어야 하는지, 만약 뛰어든다면 성공할 수 있는지에 관해 그는 답하지 못한다. 그러나 그의 조언에는 우리나라 CEO나 경영진이 참고할 만한 팁이 꽤 있다. 앞서 예를 든 골든의 방식이 유효했다면 신성장 동력은 단순히 어떤 분야로 뛰어들 것인가의 문제가 아닐지도 모른다. 오히려 새로운 시장을 발견하거나 브랜드 파워를 이용하거나, 기업의 모든 지식 · 경험 · 자원을 총동원해 생산적으로 적용하는 작업일 수도 있다. 물론 리더는 그 정점에서 이 모든 것을 유기적으로 연결해야 한다.

인터뷰 이후 챔피는 《리엔지니어링 헬스케어(Reengineering Health

Care)》이라는 책에서 성공에는 정해진 공식이 없으며 결국 개별 기업이 현장에서 답을 찾아야 한다는 결론을 제시했다.

"나는 준비 작업을 위해 수백 곳의 기업을 조사하고 수십 명의 비즈니스 리더를 인터뷰했다. 이를 통해 나는 훌륭한 신규 비즈니스와 경영에 관한 통찰력은 대학이라는 상아탑이 아니라, 기업 자체에서 비롯된다는 것을 확신했고 지금도 그렇다. 참신한 발상은 현장의 일상적인 경쟁이 뿜어내는 열기와 땀 속에 들끓고 있었다. 흥미롭게도 나는 보편적인 성공을 보장하는 한 가지 공식을 찾지 못했다. 내가 찾은 것은 모든 기업 문제엔 독창적인 해결책이 필요하다는 것이고, 조직이 계속해서 더 많은 것을 이루도록 하는 일상적인 해결책을 발견하도록 노력해야 한다는 것이다."

퍼포먼스 컨설턴트 인터내셔널 회장

존 휘트모어

"누구에게나 잠재력이 있고 필요한 해답은 그 사람 내부에 있다."

세계는 위계질서에서 자기 책임으로 이동한다

갈수록 많은 조직과 CEO에게 코칭이 필요한 이유

1960년대와 1970년대에 기업 내의 의사소통은 상의하달(上意下達) 방식으로 진행됐다. 그 당시 최고경영자와 임원은 결정하고 실무자는 실행했으며 중간 관리자는 그 실행을 지켜봤다. 그러다가 1980년대 후반, 미국의 기업들이 코칭 방법론을 도입하면서 전문적인 비즈니스 코칭이 시작되었다. 이때 위계질서보다 조직원 개개인의 자발성과 창의성이 기업 번창에 더욱더 핵심적인 요소로 작용했다. 더불어 새로운 개념의 인재 개발 방법론의 필요성이 대두됐고 조직은 코칭에서 그 해답을 찾았다.

전 세계가 변화하고 있는 오늘날 코칭의 중요성은 더욱 커지고 있다. 무엇보다 세계는 위계질서(hierarchy)에서 자기 책임(self responsibility) 쪽으로 이동하고 있다. 200년 전만 해도 온통 서열 세계였던 까닭에 왕을 제외한 다른 사람은 결정을 내릴 수 없었다. 하지만 이제는 지식과 정보로 무장한 많은 사람이 더 많은 책임을 원하고 있다. 이때 위계질서에서 자기 책임 시대로 변하는 환경에 적응하고 스스로의 동력으로 일을 수행하도록 돕는 것이 바로 코칭이다. 전체 산업 가운데 이 과정을 돕는 비즈니스는 코칭이 유일하다.

이러한 코칭은 어느 날 갑자기 등장한 새로운 기법이 아니라, 위계질서에서 자기 책임으로 진화하는 인류의 지속적인 변화 속에서 자연스럽게 나타난 것이다. 그리고 갈수록 더 많은 CEO가 코칭을 받는 이유는 그들이 세계화, 환경 이슈 등 새로운 도전으로 압박을 받고 있기 때문이다.

최근 기업들이 코칭을 도입하는 이유는 무엇일까? 코칭을 실시하는 세계 19개국의 230여 개 조직을 대상으로 한 링키지(Linkage Inc.) 설문조사에 따르면 코칭을 도입하는 가장 큰 이유는 '성과를 강화(78퍼센트)' 하기 위해서다. 이어 '수행 문제 교정(71퍼센트)', '팀워크 구축(45퍼센트)', '혁신(45퍼센트)' 순으로 나타났다.

기업은 늘 성과를 더 내고 경쟁력을 갖추기 위해 애를 쓴다. 그래서 항상 최선의 도구를 찾아다니지만 경영 시스템은 대개 과거의 방식에 고착돼 있다. 이는 앞으로 나아가면서도 여러 가지 이유로 바뀌기 힘들어한다는 의미다.

이 경우 코칭이 유용한 도구로 쓰인다. 코칭은 상황에 따라 각각 다른 방식으로 사용할 수 있다. 가령 경영진을 개별적으로 코칭하거나 경영 전체에 특정 코칭 스타일을 도입할 수 있다. 때로 코칭은 외로움을 느끼는 경영진에게 매우 유용하다. 이사회 내에서의 경쟁이 치열한 탓에 CEO는 자신의 문제를 동료에게 말하지 못하는 경우가 많다. 그래서 종종 외부의 독립적인 사람과 자기 문제에 대해 얘기하고 싶어하는데 이때 코치가 도움을 준다. 그들은 지원을 필요로 하고 외부의 코치는 그들에게 도움을 줄 수 있다.

코칭은 안에서 밖으로 끄집어낸다

퍼포먼스 컨설턴트 인터내셔널(Performance Consultants International)의 CEO 존 휘트모어는 비즈니스에 코칭을 도입한 선구자 중 한 명이다. 자동차 레이서에서 골프 코치로 변신한 그는 자신의 경험을 비즈니스에 접목해 저서《코칭 리더십(Coaching for performance)》을 펴냈는데, 여기서 그는 코칭과 가르침(teaching)을 구별하고 있다.

가르침은 무언가를 밖에서 안으로 밀어 넣지만 코칭은 반대로 안에서 밖으로 끄집어낸다. 즉, 자발성이나 동기 등 각자가 내면에 지니고 있는 것을 분출하도록 돕는다. 다시 말해 가르침은 지식을 밀어 넣고 추가하는 과정인 반면 코칭은 자신의 잠재력을 발휘하는 데 방해가 되는 것을 제거하는 과정이다.

리더의 중요한 역할 중 하나는 직원을 키워주는 코칭이다. 코칭을 잘하면 직원들이 동기를 부여받아 신나게 일하지만, 질책을 일삼으면

가르침은 밖에서 안으로 밀어 넣지만 코칭은 안에서 밖으로 끄집어낸다.

직원들은 수동적으로 행동한다. 상사가 '부하직원은 나보다 못한 존재'라는 사고방식으로 훈계할 경우 역설적이게도 진정한 배움은 일어나지 않는다.

존 휘트모어는 월마트 지부에 물건을 납품하는 한 회사의 사례를 들려주었다.

"CEO 존 더근은 직원들을 제대로 대우하는 게 중요하다고 생각했다. 나는 그 회사에서 40명의 직원을 대상으로 코칭 프로그램을 실행했고 이후 개방적인 관계를 구축해 성과를 더 높였다. 하루는 아침에 내가 그를 사무실에서 만나기로 했다. 30분 전에 도착한 나는 마침 몇 주 전에 입사한 안내원 아가씨와 인사를 나눴다. 그때 존 더근이 나타나 나에게 인사한 뒤 곧바로 들어가려 했다. 그러자 안내원이 CEO를 부르더니 '존, 저도 여기 있어요'라고 했다. 존 더근은 '고마워요. 내가 급하다 보니 미처 못 봤군요.' 했다. 입사한 지 몇 주밖에 안 된 직원이 CEO에게 스스럼없이 얘기하고 CEO도 그런 직원에게 적극적으로 피드백을 주는 회사가 얼마나 되겠는가."

내면의 두려움을 제거하라

폴란드 쇼팽 콩쿠르에서 한국인 최초로 우승을 차지한 피아니스트 조성진은 한 일간지와의 인터뷰에서 연주할 때의 상태를 다음과 같이 표현했다.

"성격상 수줍음이 많은 편인데 무대에 오르면 마음이 편안해진다. 연주가 끝나고 사람들 앞에서 이야기할 때가 연주할 때보다 더 떨린다. 무대에 서는 일은 내게 '휴가'나 다름없다. 연주회 전에 연습하는 과정이 너무 힘들기 때문이다. 무대 위에서는 사람들의 시선을 의식하지 않고 자유로워진다."

세계 최고의 콩쿠르에서 심사위원들의 날카로운 시선에 둘러싸여 건반을 두드린 그는 그 순간을 '휴가'라고 표현했다. 아마도 편안한 상태에서 온전히 집중한 까닭이리라.

극심한 압박을 받는 상황에서 최고의 성적을 내는 운동선수들의 내면도 이와 다르지 않다. 세계 여자 프로골퍼 1위인 박인비 선수는 2015년 영국 브리티시 여자 오픈 대회에서 우승해 커리어 그랜드 슬램을 달성했다. 어느 기자가 그 비결을 묻자 그녀는 솔직하게 털어놓았다.

"구체적으로 설명하기는 어렵지만 다른 선수를 신경 쓰기보다 스스로 100퍼센트 집중하기 위해 노력한다. 여기에 자신감이 더해지면 경기가 잘 풀린다."

한마디로 최고 퍼포먼스의 문을 여는 열쇠는 자신감과 집중이라는 얘기다. 예술인과 운동선수뿐 아니라 수능시험을 잘 치른 학생, 프레젠테이션을 성공적으로 마친 직장인도 비슷한 경험을 고백한다. 가령 그들은 '언제 끝났는지 모르겠다', '이런저런 생각 없이 편안하게 했다' 등의 소감을 들려준다.

이는 학교, 직장, 경기장 등에서 언뜻 치열하게 남과 겨루는 듯한 우리가 실은 다른 사람이 아닌 자기 자신과의 게임에서 이겨야 진정한 승리를 거둔다는 역설로 이어진다. 사실상 코칭 기법을 창시한 티머시 골웨이(Timothy Gallway)는 이를 두고 '이너 게임(inner game)'이라고 부른다. 존 휘트모어는 티머시 골웨이가 쓴 같은 이름의 책에서 감명을 받아 영국에 '이너 게임'회사를 설립했다.

티머시 골웨이는 '이너 게임'에 대해 이렇게 말한다.

"테니스를 할 때 내 머릿속의 적이 네트 건너편의 적보다 훨씬 더 무섭고 위협적임을 깨닫는 순간 무엇을 해야 하는지 알게 된다."

중요한 경기에서 내가 질지도 모른다고 생각해 불안해하면 몸이 굳고 두려움에 빠져 좋은 성적을 내기 어렵다. 코칭의 목표는 정신적 불안이 성과를 방해하지 않도록 하는 데 있다. 이너 게임의 원칙은 우리에게 지금보다 훨씬 더 잘할 수 있는 잠재력이 있음을 믿는 것이다. 그 잠재력을 발휘하려면 외부에서 밀어 넣는 게 아니라 억누르고 있던 뚜껑을 열어 안에서 밖으로 흘러나오게 해야 한다. 여기서 '뚜껑'이란 성과를 방해하는 정신적 불안을 말한다.

예를 들어 테니스를 칠 때 자신의 미숙한 백핸드 실력을 알고 있는 선수들은 백핸드 쪽으로 공이 날아오는 순간 반사적으로 위축되고 몸은 아드레날린을 분비한다. 이때 자포자기 심정으로 힘껏 라켓을 휘두르지만 공은 빗맞고 만다. 빗맞은 공은 힘없이 공중으로 떠올라 상대가 받아치기 쉬운 방향으로 천천히 네트를 넘어간다. 그 순간 내면의 또 다른 목소리가 들려온다.

'멍청이, 그렇게 형편없이 치냐!'

선수는 더욱더 자신감을 잃고 백핸드에 대한 공포감은 더 커진다. 자기 방해 사이클이 악순환을 일으키는 것이다.

골프를 쳐본 사람은 누구나 몇 번쯤 이런 악순환을 경험한다. 주말에 필드에 나간 골퍼는 종종 의문을 품는다.

'연습장에서는 잘 맞는데 왜 필드에 나오면 안 되는 거지?'

가장 흔히 찾아내는 답은 평평한 연습장과 굴곡이 있는 실제 골프장은 환경이 다르다는 사실이다. 하지만 나는《이너 게임》을 보고 난 뒤 '편안한 집중(relaxed concentration)'의 차이가 아닐까 하는 생각을 했다. 연습장에서는 미스 샷이 나와도 다시 자동적으로 올라오는 연습공을 때리면 그만이지만, 필드에서는 뒤의 땅 혹은 공의 머리를 치면 바로 해저드(hazard, 골프에서 코스 안에 설치한 모래밭, 웅덩이 같은 장애물)에 빠지거나 OB(Out of Bounds, 공이 코스가 아닌 곳으로 날아가 게임이 불가능해지는 경우)가 난다. 동료들 앞에서 망신을 당했다고 느끼는 순간 아드레날린이 분비되고 근육이 위축돼 다음 샷은 더욱더 형편없이 치고 만다. '편안한 집중'을 발휘할 수 없기 때문이다.

티머시 골웨이는 편안한 집중을 위한 세 가지 요소로 ACT를 꼽는다. 그것은 인지(Awareness), 선택(Choice), 신뢰(Trust)를 말한다. 여기서 인지는 판단을 배제한 관찰을 의미한다. 테니스 선수는 튀어 오른 공, 골퍼는 클럽 헤드의 움직임, 마케팅 담당자는 소비자의 태도 변화를 예민하게 관찰해 기록하는 것만으로도 성과를 높일 수 있다. 선택은 동기의 문제로 훈련이든 새로운 마케팅 기법이든 스스로 선택할 때 재미를 느끼고 지속적으로 실행하게 마련이다. 신뢰는 자신의 잠재력을 믿는 것으로 결코 쉽지 않은 일이다. 발레리나와 프로 운동선수가 지독히 연습에 몰두하는 이유가 여기에 있지 않나 싶다. 훈련을 반복하면 실력이 향상되기도 하지만 연습량에 비례해 자신감과 신뢰감이 높아지기 때문이다.

존 휘트모어는 스포츠와 비즈니스 코칭 사이의 차이점을 이렇게 설명한다.

"둘 다 최선을 다해 좋은 성과를 내려고 하지만 스포츠에는 자연스럽게 스포츠를 하려는 동기가 있다. 다시 말해 시작부터 바로 운동을 한다. 반면 일하는 사람은 대개 그 동기가 가족 부양에 있다. 그러나 조직에 코칭 문화를 도입하면 일터가 즐거움의 장소로 변하기 시작한다. 이 경우 스포츠와 비즈니스는 유사점이 많아진다. 또 다른 차이점은 스포츠에서 코칭은 직접적이고 교습적(instruction)인 반면, 비즈니스에서의 코칭은 보다 발전적인 형태를 띤다는 것이다. 즉, 덜 직접적이고 덜 교습적이다. 늦게 도입하긴 했어도 비즈니스에서의 기법이 더 앞서 있다."

그렇다면 시간과 비용의 제약을 받는 환경에서 최대 성과를 내야 하는 기업이 모든 직원에게 코칭 기법을 적용하는 것이 가능할까. 여기에 대해 휘트모어는 간단하게 잘라 말한다.

"가령 어떤 직원이 조직에 잘 맞지 않는 것처럼 보이면 그 직원이 갖춘 기술의 가치를 고려해야 한다. 만약 그 직원에게 특별한 기술이 있다면 많은 시간을 들여 코칭하고 조직에 남게 할 수 있다. 반면 눈에 띄는 기술이 없으면 그 한 사람에게 집중할 수는 없으므로 나가라고 해야 한다. 조직은 가급적 실용적이어야 하고 코칭으로 다른 사람들도 돌봐야 하니 말이다."

하버드대학교 경영대학원 교수

존 코터

"잘못된 위기감은 위기 속에서 두려움과 공포를 보고 거기에 압도당하는 것이다."

행동을 생산성으로 이어지게 하는 법

잘못된 위기감은 무사안일주의보다 나쁘다

"CEO를 포함해 거의 모든 조직 구성원이 물불 가리지 않고 일하는 것이 진정한 위기감이라고 잘못 생각하고 있다."

리더십과 변화 관리 분야의 세계적인 대가 존 코터 교수의 일갈이다. 1980년 불과 33세의 나이에 하버드대학교 경영대학원 정교수로 부임할 만큼 천재성을 인정받은 그는 왜 이런 말을 한 것일까? 다음의 시나리오는 그가 든 사례다.

"일, 일, 일하세요!"

최고경영자의 입에서 외마디 절규가 터져 나왔다. 회사 안팎이 한 치 앞을 내다볼 수 없는 위기 상황인데 직급이 두 단계만 내려와도 직원들은 전혀 다른 세계에 살고 있는 것처럼 한가했다. 그들은 위기 상황을 위기로 인식하지 못했고 변화에 대해서도 별다른 필요성을 느끼지 못했다. 오로지 자신에게 익숙한 것, 지금까지 죽 해온 것에만 집착할 뿐이었다. 한마디로 조직에 무사안일주의가 팽배했다.

사장은 마냥 열심히 일하는 것 외엔 달리 해결책이 없다고 생각했다. 이에 따라 직원들은 부산하게 돌아다니며 회의에 회의를 거듭하고 파워포인트로 프레젠테이션을 하며 태스크포스를 구성했다.

아쉽게도 이 모든 것은 헛일이 될 가능성이 크다. 조직에 진정한 위기감을 심는 데 실패해서다. 물론 사람들은 부산하게 움직이지만 그 행동은 어떤 목표를 달성하기 위한 생산성과는 거리가 멀다. 그들이 부산하게 움직이는 이유는 단지 보스나 힘 있는 윗사람에게 일하고 있음을 보여주고, 스스로도 일을 함으로써 두려움에서 벗어나기 위해서다.

이런 상황은 조직 구성원의 에너지를 낭비하게 함으로써 조직 전체의 능률을 떨어뜨리기 때문에 결국 무사안일주의보다 더 나쁜 결과를 초래할 수 있다. 한마디로 무사안일주의보다 더 큰 문제는 '잘못된 위기감'이다.

그렇다며 무엇이 진정한 위기감일까? 코터 교수에 따르면 그것은 '기회를 더 많이 보는 것'이다. 잘못된 위기감은 위기 속에서 두려움과 공포를 보고 거기에 압도당하는 것을 말한다. 지나친 공포는 사람을 주눅 들게 만들고 여유를 빼앗는다. 반면 진정한 위기감을 느끼면 사람들은 위기의 실체를 현실적으로 파악하는 데 주력하고 그 속에 있는 틈새와 기회에 주목한다. 이에 따라 일정 수준의 안도감, 안정감 속에

사람들은 부산하게 움직이지만
그 행동은 어떤 목표를 달성하기 위한
생산성과는 거리가 멀다.

서 미래를 더 차분하고 정확하게 볼 여유를 찾는다. 진정한 위기감이란 그런 최소한의 안도감을 확보하는 것을 의미한다.

잘못된 위기감을 어떻게 진정한 위기감으로 바꿔야 할까? 그렇다고 이 질문이 기업이 심각한 위기 상황에 처해 있고 변화가 절실하다는 위기감 자체를 부인하는 것은 아니다. 다만 위기감을 정확히 정의내리는 것이 올바른 변화를 이끌어내는 데 필수적인 요소임을 부각시키려는 것뿐이다.

존 코터 교수는 '변화 관리의 8단계 이론'에서 첫 번째 단계로 충분한 위기감 조성을 꼽는다. 회사의 경쟁력 하락, 시장점유율 감소, 이윤 감소, 뒤처진 기술 변화 등 회사의 현 상태를 냉정하게 보는 개인과 조직이 진정한 변화의 출발점이다. 이어 이러한 정보를 광범위하고 극적으로 전달할 방법을 찾아야 한다. 변화에는 많은 사람의 협력이 필요한데 동기부여가 없으면 이들이 행동에 나서지 않고, 그러면 변화하려는 노력이 수포로 돌아가기 때문이다. 코터 교수는 변화를 이끌어내는 충분한 위기감 수준을 경영진의 75퍼센트 이상이 현행 비즈니스 방식을 받아들일 수 없다고 확신하는 정도로 본다.

이 첫 번째 단계는 언뜻 쉬워 보이지만 코터 교수는 현실적으로 그렇지 않다고 말한다. 변화를 시도하는 기업 중 절반 이상이 첫 번째 단계에서 실패한다는 것이다.

어떤 경영진은 사람들이 편하게 느끼는 기존의 방식에서 그들을 끌어내는 것이 얼마나 어려운 일인지 과소평가한다. 또 일부 경영진은 자신이 얼마나 위기감을 끌어올렸는지에 대해 터무니없이 과대평가한다.

많은 경우 경영자는 위기감 조성이 불러올 부정적인 결과에 겁을 먹는다. 무엇보다 나이 든 직원들이 방어적인 태도를 취하고 직원들의 사기가 떨어져 단기 비즈니스 성과가 하락하면 괜히 위기감을 조성했다고 비난받을 수 있기 때문이다. 코터 교수가 전략적 위기감을 조성하려면 관리자(manager)가 아니라 리더가 많아야 한다고 조언하는 이유가 여기에 있다.

관리자의 임무는 리스크를 최소화하고 현재의 시스템이 굴러가도록 만드는 것이지만 변화는 그야말로 새로운 시스템을 창조하는 일이다. 이 임무는 단순 관리자가 아닌 변화의 필요성을 절감하는 리더가 맡아야 한다. 즉 회사 전체를 바꾸는 변화라면 최고경영자가, 부서를 바꾸는 것이라면 부서장이 적임자다.

상처 주지 않고 조직에 충격을 주는 방법

리더는 어떤 방식으로 조직에 충격을 줄 정보를 전달해야 할까?

동서고금을 막론하고 인간은 부정적인 소식을 듣기 싫어하고 심지어 나쁜 뉴스를 전달하는 메신저의 목이 달아나기도 한다. 그래서 오너가 아닌 경영자는 종종 외부 세력에게 나쁜 뉴스를 전달하는 임무를 맡기는 전략을 구사한다. 대개는 증권시장의 애널리스트, 고객, 컨설턴트 등이 이 역할을 담당한다. 어떤 CEO는 작심하고 회사 역사상 가장 큰 규모의 손실을 보도록 회계 처리를 해서 투자자에게 엄청난 압력을 가하는 환경을 조성한다. 어떤 부서장은 고객 설문조사 결과가 끔찍할 것임을 알면서도 이를 실시한 뒤 그 결과를 공표해 변화의 시동을 건다.

그런데 코터 교수는 위기감을 높이되 공포감을 앞세운 위기감은 경계해야 한다고 지적한다. 더러는 위기감을 조성하기 위해 '불타는 갑판 전략(갑판에 불이 붙었으니 뛰어내려야 한다는 식으로 위기감을 조성해 변화를 도모하는 전략)'을 쓰기도 하는데, 신중할 필요가 있다. 불타는 갑판이 상징하는 위기감을 상시적으로 조성하면 조직이 개선되기보다는 조직에 상처를 입힐 수 있다.

코터 교수는 불타는 갑판 전략의 위험성을 관객이 꽉 찬 극장에 비유한다. 그 극장 뒤편에서 누군가가 갑자기 "불이야"라고 소리를 지르면 어떤 일이 발생할까? 극장 안이 아수라장으로 변하면서 깔려 죽는 사람이 나올지도 모르고, 설령 살아 나와도 제각각 다른 방향으로 발

버둥을 치다가 탈진해서 쓰러지고 만다. 심리학 연구에서도 긍정적 감정이 부정적 감정보다 훨씬 더 성공적이고 높은 수준의 노력을 지속하게 한다는 것을 증명했다.

만약 불타는 갑판 전략을 사용해 조직을 일깨웠다면 곧바로 사람들의 두려움을 보다 긍정적인 힘으로 바꿔야 한다. 사람들의 뇌리를 때려 주의를 끈 뒤에는 거기에서 벗어나 더 나은 곳으로 가야 한다고 말해야 한다.

변화는 위에서 아래로, 머리보다 마음을

사람들은 변화를 싫어한다. 그러면 리더십과 변화 관리 분야의 대가인 코터 교수는 어떻게 변화를 이끌어낼까?

미국의 속담에 "아는 악마가 낫다(Better the devil you know)"는 것이 있다. 이는 '사람은 지금 처한 상황을 그리 좋아하지 않지만 새로운 상황으로 바뀌는 것은 더 싫어한다'는 뜻이다. 이러한 타성은 젊은 사람보다 나이 든 사람에게 더 많이 나타난다.

리더는 사람들의 지성(mind)보다 마음(hearts)을 사야 한다. 대표적으로 월마트의 샘 월튼은 직원들의 마음을 사는 데 탁월했던 경영자다. 그는 놀라운 업적을 이뤄냈지만 직원들에게 가장 많은 월급을 준 CEO는 아니었다. 그럼에도 직원들은 그를 위해 일하는 것을 좋아했

리더는 사람들의 지성보다
마음을 사야 한다.

다. 그가 직원들을 존중하고 더 유익한 일을 하도록 격려했기 때문이다. 그는 끊임없이 매장을 방문해 직원들과 얘기를 나눴을 뿐 그래프와 차트를 집어 들지는 않았다.

그러면 직원들을 많이 해고해 '중성자 잭'이라는 별명이 붙은 잭 웰치 전 GE 회장은 어떻게 봐야 할까? 잭 웰치는 모든 사람의 마음을 산 것은 아니지만 충분히 많은 사람의 마음을 사서 오래된 조직이 움직이게 할 만큼 에너지를 불어넣었다.

GE는 소비자 가전 분야에서 일본의 경쟁자들에 비해 뒤떨어졌다. 거기에 투입할 수 있는 충분한 재원이 있었지만 계속 그렇게 하지 않아서다. 잭은 그것을 미련없이 정리했다. 이때 단기적으로는 일부 사람이 상처를 받았을 수도 있다. 그러나 많은 간부 사원이 그가 느릿느릿 움직이는 '정치적 동물'로 남는 대신, 오래된 조직을 새롭게 만들고 위대한 일을 하기 위해 대담한 시도를 했다는 데 경의를 표하고 자극을 받았다.

코터는 사람의 마음을 산 리더는 스타일에 관계없이 기본적으로 비슷한 일을 한다고 강조했다.

"그들은 주식시장이나 월급봉투를 쳐다보는 대신 고객을 우선시하며, 일을 복잡하지 않고 단순하게 처리한다. 많은 사람의 이해와 협력, 도움을 구하려면 단순해야 하기 때문이다. 또한 그들은 의사소통을 명료하게 하고 엄청난 열정을 보인다."

몇 년 전 〈포천〉이 10여 명의 CEO를 초청해 모임을 열었다. 그 자리에는 잭 웰치 회장과 허브 켈러허 전 사우스웨스트 항공 회장도 있었다. 두 사람은 모두 성공한 CEO였지만 성격은 완전히 달랐다. 켈러허 사장은 양복을 입지 않고 술과 담배를 즐기며 끊임없이 농담을 던지는 유형이다. 그럼에도 두 사람은 거의 모든 것에 관해 서로 생각이 같았다. 코터 교수는 파나소닉(옛 마쓰시타 전기)의 창시자 마쓰시타 고노스케의 전기를 쓴 적이 있는데, 그 역시 서구의 CEO들과 생각이 다르지 않았다고 말했다. 결국 그들은 모두 같았다는 얘기다.

코터의 말을 들어보자.

"인간의 본성은 비슷하다. 프랑스인이든 아르헨티나인이든 마찬가지다. 물론 각국의 문화는 다르지만 기본적인 것이나 큰 그림을 그릴 때는 기본 원칙을 적용한다. 어떻게 사람들을 이끌 것인지, 어떻게 사람들의 마음을 살 것인지, 또 어떻게 근본적인 변화를 일으킬 것인지에 대한 기본 원칙은 어디에서든 똑같다."

문제는 나이 든 경영자 역시 변화해야 한다는 점이다. 그게 가능할까?

모든 사람은 성공하길 원한다. 대개는 다른 사람에게 좋은 평가를 받거나 영웅이 되고 싶어 한다. 그런데 많은 고위 경영자가 조직의 근본적인 변화를 시도해 그다지 성공하지 못한다. 오히려 그들은 변화를 시도하지만 별로 성공하지 못한 경험이 많다. 이런 이유로 그들은 두려워하고 보수적인 경향이 있지만, 변화가 실행 가능한 현실임을 보여주고 그것을 그들의 열망과 묶어주면 심지어 60대의 CEO도 놀라운 일을 해낼 수 있다.

KIPP와 TFA

"우리가 하는 일은 마술이 아니다. 고된 노력이야말로 마술이다."

시민을 키우는 공부

한국의 특목고는 실험실이 깨끗하다

사실상 비즈니스에서 손을 떼고 사회사업과 교육에 헌신하는 빌 게이츠는 미국의 교육 현실에 의기소침해지면 KIPP 스쿨 중 한 곳을 방문한다. 그곳에서는 강한 에너지와 뚜렷한 성공을 직접 목격할 수 있기 때문이다.

미국의 공교육 혁명을 이끄는 KIPP는 '아는 것이 힘(Knowledge Is Power Program)'이라는 말의 약자로 저소득층 학생들을 학교에서 더 많이 공부시키자는 운동이다. 이 교육 실험은 5학년 교사였던 마이크 파인버그(Mike Feinberg)와 데이브 레빈(Dave Levin)이 1994년 휴스턴의 중학교(5~8학년)에서 처음 시작했다. 그들의 교육 목표는 지극히 간단했다.

"배움엔 지름길이 없다. 열심히 가르치고 열심히 공부하게 하는 수밖에 없다."

이러한 목표에 걸맞게 그들은 평일의 수업 시간을 다른 학교보다 늘렸고 토요일에도 격주로 가르쳤다. 특히 길기로 유명한 여름방학 때도 수업을 진행했다. 그 결과는 어땠을까? 1년 뒤 두 교사가 재직한 휴스턴의 중학교에서 학생 중 3분의 2가 우등생 과정 시험에 합격했다.

교육 실험의 성공을 확인한 두 교사는 각자 휴스턴(파인버그)과 뉴욕 브롱스(레빈)에 KIPP 학교를 설립했다. 성공 신화는 계속 이어졌고 이후 KIPP 네트워크에 편입하려는 학교가 급속도로 늘어났다. 현재 미국의 워싱턴DC와 19개 주에서 1만 6,000여 명의 초중고생이 이 학교에 다니는데, 학생의 약 90퍼센트는 흑인과 히스패닉계이며 80퍼센트 이상이 저소득층 가정 자녀다. 그럼에도 KIPP 졸업생의 대학진학률은 80퍼센트가 넘는다. 미국 저소득층 학생들의 평균 대학진학률이 20퍼센트를 밑도는 상황에서 말이다.

이들 KIPP 학교는 대부분 '차터 스쿨(Charter School)'이다. 즉, 공립학교이면서도 교과 과정과 학교 운영에서 자율성을 부여받는 일종의 대안(代案) 학교다. 무엇보다 KIPP는 '교사 개혁'에 중점을 두고 있는데, KIPP 학교 교장에게는 교사를 뽑고 해고할 권한이 있다. 아니, 이들의 가장 중요한 업무는 훌륭한 교사 물색과 엉터리 교사 퇴출이다.

그 현장에 가보면 빌 게이츠처럼 학생과 교사들의 넘치는 에너지를 흠뻑 맛볼 수 있다.

흑인과 저소득층이 많이 사는 미국 뉴저지 주 뉴어크의 한 주택가에 위치한 KIPP 팀 아카데미(5~8학년)에서는 스쿨버스가 오전 7시부터 학생들을 쏟아낸다. 전체 학생의 96퍼센트가 흑인이고 나머지는 히스패닉계인 이 학교는 미국 대학입시(SAT)의 핵심인 수학 · 언어 영역 공부 시간을 늘리려고 수업 시작이 다른 학교보다 1시간 반 정도 이르다. 반대로 하교는 다른 학교보다 2시간 늦은 오후 5시다. 이후에도 자율 학습과 과외 활동을 위해 오후 7시까지 남아 있는 학생들도 많다. 거의 12시간을 학교에서 보내는 셈이다.

그렇게 12시간을 학교에서 보내지만 학생들은 "선생님이 재미있게 가르쳐줘서 힘들지 않다"고 말한다. KIPP에서는 잘하는 학생 몇몇이 수업을 지배하는 현상이 발생하지 않는다. 교사가 아이들의 이해도를 바로바로 파악해 잘하는 학생에겐 개별적으로 어려운 문제를 내주고, 못하는 학생에겐 다시 시간을 내서 쉽게 풀어주기 때문이다. 수업에 따라 우열반도 편성해서 운영한다.

그렇다면 재미있게 공부하는 학생들의 실력은 어떨까? 5학년 신입생의 실력은 미국 평균보다 무려 두 학년이나 밑돌지만, 입학 후 엄청난 공부량 덕분에 6학년생의 영어와 수학 평균이 87점(2007년)이나 된다. 이는 뉴어크 평균 55점은 물론, 잘사는 도시가 많아 성적이 좋은 뉴저지 주 평균(79점)보다 높은 점수다. 당연히 학부모들은 아이를 이 학교에 보내기 위해 추첨 결과에 신경을 곤두세운다.

그렇다고 KIPP의 목표가 '공부 벌레' 육성에 있는 것은 아니다. 아이들을 향한 이들의 또 다른 교육 목표는 이것이다.

'남을 돕고 규칙을 지키는 시민!'

복도에는 벌이 무서워서 올바른 일을 하는 1단계부터 개인적인 원칙이라서 지키는 6단계까지 미국의 심리학자 로렌스 콜버그(Lawrence Kohlberg)의 '6단계 도덕론'이 꼼꼼하게 적혀 붙어 있다. 가령 팔에 상처를 입은 친구를 대신해 가방을 들어주고 노트 필기를 복사해준 학생은 5단계(타인 배려) 밑에 칭찬 메모가 붙는다.

덕분에 무려 7년간 뉴어크의 KIPP 학교에서 학생들이 싸운 것은 단 한 차례뿐이었다. 규칙을 어긴 학생에겐 정학(停學) 처분을 내리지만 그저 노란색 셔츠를 입힐 뿐 학교에서 똑같이 공부한다. 단, 정학 중이라 누구도 그 학생에게 말을 걸면 안 된다.

교육의 관건은 결국 교사에게 있다. 지옥 같은 빈민가에서 '공부하는 학교'를 만들어내는 KIPP의 교육혁명은 철저히 교사들이 주도하고 있다. 미국 전역에는 KIPP 학교가 66개 있는데 학생들은 대부분 교사의 휴대전화 번호를 알고 있다. 이는 숙제를 하다가 궁금하면 언제든 교사에게 전화하도록 하기 위한 조치다. KIPP의 교사 탠의 말에서 우리도 희망의 불씨를 찾아봐야 하지 않을까 싶다.

"뉴욕 등 대도시 빈민가 학생은 아무리 똑똑해도 현재의 공교육 체계로는 도저히 대학에 갈 수 없는 불평등이 싫어서 이 학교에 지원했다."

문제는 어떻게 창의력을 발굴할 것인가다. KIPP의 교사는 끙끙대며 수학 문제를 푸는 학생이 스스로 해법을 발견할 때까지 기다린다. 즉,

다소 시간이 걸리더라도 학생 스스로 창의적인 방법을 동원하고 시행착오를 통해 배우도록 배려한다. 그렇다면 한국의 교실과 학원은 어떨까? 알고 있다시피 공식을 달달 외워 최대한 빠른 속도로 진도를 빼는 '속도전'을 벌인다. 한국과 KIPP 모델은 절대 공부 시간을 확보하고 기본기를 다지는 것은 같지만 교육법에는 엄청난 차이가 있다.

언젠가 한국의 특목고 교사들이 뉴욕의 유명 특목고를 방문한 적이 있다. 교사들은 그 학교의 실험실을 보고 깜짝 놀랐다. 그때 실험실은 실험을 마치고 여기저기 놓여 있는 각종 해부 기구와 잔해로 지저분한 상태였다. 그중 한 교사가 말했다.

"우리는 실제 실험을 하지 않아 실험실이 깨끗한데……."

이러니 공부를 많이 하되 창의적인 방법론을 결합한 새로운 한국형 교육 모델을 창조할 필요가 있음을 절감할 수밖에 없지 않은가.

바보야, 문제는 아이가 아니라 어른이야!

자발적인 미국 교육혁명의 또 다른 축은 TFA다. '교사들의 평화봉사단을 만들어 빈민지역 공립학교에서 가르치자.'

1990년 프린스턴대학교 졸업반이던 웬디 코프(Wendy Kopp)는 이 아이디어를 졸업 논문으로 제출했다. 지도 교수는 비현실적인 생각이라며 고개를 흔들었지만, 그는 그것을 논문 안에 가둬둔 것이 아니라 행동으로 옮겨 '미국을 위한 교육(TFA, Teach for America)'을 창립했다.

교육 불평등을 해소하고자 교사 양성 및 지원을 하는 비영리단체다.

처음에 모인 기금은 250만 달러였고 첫해에 뜻을 함께하는 25명이 힘을 합해 교사 지원자를 모집했다. 다행히 그 프로그램에 2,500명이 몰려들면서 그중 500명을 선발해 뉴욕, LA 등 6개 지역으로 교사를 파견했다. 코프는 자서전에서 "세상엔 돈도 엄청나게 많고 그 돈을 보람 있게 쓰고 싶어 하는 사람도 많다는 것을 그때 알았다"고 적고 있다.

TFA가 짧은 기간에 비약적으로 성공을 거둔 이유는 탁월한 교육적 효과 때문이다. 미국 내 교육 연구 보고서들은 TFA 교사가 가르친 학생이 수학, 독해, 과학 등에서 정규 교사가 가르친 학생보다 좋은 성적을 내고 있음을 입증하고 있다. 가령 2004년 '매서매티카 폴리시 리서치'는 TFA 교사가 가르친 학생의 수학 성적이 다른 학생보다 표준편차상 0.15 올랐고, 이는 한 달간 교육을 더 받은 효과와 같다는 결과를 실었다. 2008년 어번 인스티튜트도 "TFA 교사는 고등학생 시험 성적에서 비TFA 교사보다 상대적으로 긍정적인 영향을 주고 있다"며 "이는 다년간의 경험을 추월하고 특히 수학과 과학에서 강한 효과를 내고 있다"고 했다.

미국의 대학생들이 가장 가고 싶어 하는 직장 '톱 10'에 드는 TFA는 신입사원의 15퍼센트를 하버드나 예일, 프린스턴 등 미국 아이비리그 명문대 졸업생으로 채운다. 연봉이 높아서가 아니다. 평균 연봉은 3만 5,000달러(약 3,850만 원) 정도다. 엄격한 심사를 거쳐 선발된 명문대 졸업생들은 5주간의 집중 훈련을 받고 미국 내에서 가장 가난한 지역에 배치돼 2년간 학생들을 가르친다.

치열하게 경쟁해서 더 높은 연봉을 받는 것을 성공으로 여기는 미국 땅에서 TFA 교사 되기가 무려 10대 1의 경쟁률을 기록하는 것은 아이러니다. 2011년 TFA가 내놓은 5,000개의 일자리에 4만 8,000여 명의 대학졸업생이 지원했는데, 이는 2009년보다 무려 2,000여 명이나 증가한 수치다. 하버드와 예일대를 졸업한 학생들도 TFA에 지원했다가 우수수 낙방의 고배를 마셨다.

이러한 현상은 미국 교사의 현실을 알면 더욱 놀라울 수밖에 없다. 미국에서 생활해본 사람들은 다 아는 얘기지만 미국의 교사 연봉은 상당히 낮은 수준이고 심지어 방학 중에는 보수가 없다. 미국에서는 교사들이 방학 중에 아르바이트 자리를 구하러 돌아다니는 것은 흔한 일이다.

TFA의 경험은 학생들뿐 아니라 교사의 인생도 근본적으로 바꿔놓는다. 미국에 공교육 개혁 바람을 일으킨 미셸 리(Michelle Rhee) 전 워싱턴DC 교육감은 오프라 윈프리 쇼에 출연해 "TFA 교사로 일한 경험이 내 신념을 더욱 굳게 했다"고 고백했다. 그녀는 "아이들에게는 잠재력이 있고 또 그것을 달성할 수 있다"며 "문제는 아이들이 아니라 어른에게 있다"고 말했다.

TFA 채용 담당 임원인 엘리사 클랩은 이렇게 말한다.

"우리가 사람들에게 요구하는 것은 믿을 수 없을 만큼 도전적인 일이다. 우리에게는 그 어떤 장애물에도 불구하고 계속 밀고 나갈 사람들이 필요하다. 교실에서 기적을 일궈내기 위해 기꺼이 지루한 시간을 견뎌낼 사람들 말이다. 우리는 종종 이런 말을 한다. '우리가 하는 일은 마술이 아니다. 고된 노력이야말로 마술이다.' 그래서 우리는 TFA 현 멤버들과 최근에 봉사단 미션을 마친 사람들을 캠퍼스로 데려가 지원을 고려하는 학생들에게 진짜 이야기를 전달한다. 진정으로 고된 노력에 매력을 느끼는 사람들이 바로 우리가 원하는 유형이다."(《디맨드》, 299쪽)

TFA는 기부금을 모아 예산을 확보하는데 그중 75퍼센트는 뛰어나고 열정적인 TFA 교사를 원하는 커뮤니티에서 제공한다.

하버드와 예일 등 명문대 학생들이 경쟁적으로 TFA에 참여하길 원하는 이유는 큰 변화를 만들고 싶은 열망 때문이다. 그들은 교육 불평등을 해소하는 것을 우리 세대의 가장 중요한 시민운동 이슈로 보고 있다. TFA를 경험한 교사는 다시 캠퍼스로 돌아가 후배인 졸업반 학생들에게 "여러분의 에너지를 큰 변화를 일으킬 수 있는 이 일에 쓰라"며 참여를 독려한다.

정신 나간 사람이 세상을 바꾼다

하지만 TFA에 참여하는 교사들의 열정으로만 성공을 이룬 것은 아니다. 대부분의 성공 기업이 그렇듯 TFA가 도약하는 바탕에는 숫자 경영이 들어 있다. TFA 멤버에게는 교원자격증, 교직 과정 수료증, 석

사학위 등 전통적인 자격증이 없지만 이들은 주요 과목인 수학, 과학, 읽기를 다른 신임 교사보다 더 효과적으로 가르칠 뿐 아니라 경험 많은 교사와 비교해도 동일한 교수 능력을 보인다.

TFA 교육 방법을 연구한 저널리스트 어맨더 리플리는 이렇게 설명한다.

"오랜 시간 동안 TFA는 특이한 실험을 진행 중이다. 2009~2010년에 50만 명에 이르는 미국의 어린이가 TFA 교사의 가르침을 받았는데, TFA는 그중 85~90퍼센트 아이들을 대상으로 시험 성적 데이터를 추적 관리하고 있다. 또 TFA는 7,300여 명의 교사와 관련된 막대한 양의 데이터를 보유하고 있다. 이 규모는 워싱턴DC 소속 교사의 거의 두 배에 달한다."(《디맨드》, 302쪽)

TFA 연구원들은 '교사 평가 회의'를 주재하고 각종 설문조사와 인터뷰를 실시하며 교사와 지원팀 간 '반성 회의'도 정기적으로 연다. 가장 효과적인 교수법을 가려내고자 학생들의 학습 관련 데이터를 분석해 교실에서 어떤 일이 벌어지는지 연구하는 것이다.

그뿐 아니라 TFA는 교사들을 양성할 때 교실 내에서 교사와 학생이 실제로 상호작용하는 모습을 찍은 비디오 클립을 활용해 교수법을 생생하게 보여준다. TFA 봉사단 멤버들이 어떤 교수법이 효과적인지 확인하고 자신의 교수법과 비교해 교수법을 빠르고 구체적으로 개선하도록 돕기 위해서다.

독하게 일하는 프로 정신은
통상적이고 단기적인 승부에 유리한 반면,
위대하고 중장기적인 승부를 요구하는
성취에는 반드시 아마추어적인 열정과
정신적 고양이 필요하다.

TFA의 인적 자원 전략 담당 임원 어맨더 크래프트는 자신들의 교육 방법론에 대해 "우리는 지독할 정도로 데이터 지향적이다. 우리는 무엇이 제대로 돌아가고 무엇이 그렇지 못한가에 따라 매년 모델과 프로세스를 바꾼다"고 말한다. 《디맨드》의 저자 에이드리언 슬라이워츠키는 "전국적인 혁신의 최전선에 선 조직이 21살 대학생의 꿈에서 갑자기 탄생했다는 사실은 오랫동안 억제되어온 수요가 한번 촉발되면 사회를 완전히 바꿔놓는다는 믿기 어려운 힘의 크기를 보여준다"고 했다. 이는 많은 사람이 무시하거나 어쩔 수 없이 받아들이는 현실에 잠재적 수요가 도사리고 있음을 깨달은 통찰력 있는 리더가 수요자가 진정으로 원하는 것에 집중함으로써 빠른 성장을 이뤄냈다는 의미다.

다른 한편으로 TFA는 현 세대가 자기 자신과 돈만 아는 '미 제너레이션(me generation)'이 아니라는 것을 증명한다. 수많은 인재가 고액 연봉을 받는 뉴욕의 월스트리트 대신 보람을 위해 단기간이지만 박봉의 TFA 교사 자리를 기꺼이 택하고 있지 않은가.

사실 사람들 각자에게는 자신의 가슴을 뛰게 하는 일이 따로 있다. 자신의 한계에 도전하고 세상을 바꾸는 일을 하고 싶다는 욕망은 계산기를 두드려서 나오는 것이 아니다. 독하게 일하는 프로 정신은 통상적이고 단기적인 승부에 유리한 반면, 위대하고 중장기적인 승부를 요구하는 성취에는 반드시 아마추어적인 열정과 정신적 고양이 필요하다. 고(故) 스티브 잡스는 생전에 이런 일을 추구하는 사람을 이렇게 정의했다.

"어떤 이는 이런 사람을 두고 정신이 나갔다고 말하지만 우리는 그들에게서 천재성을 발견한다. 세상을 바꿀 수 있다고 생각할 만큼 정신 나간 사람이 실제로 세상을 바꾸기 때문이다."

!

제프리 페퍼

로저 마틴

토머스 프리드먼

돈 탭스콧

존 보글

로버트 라이시

아나톨 칼레츠키

3장

최고는 멀리 본다

끈기 있는 연구로 자기만의 비전을 구축한

사람들의 이야기

스탠퍼드대학교 경영대학원 교수

제프리 페퍼

"감원 공포가 없고 실패해도 처벌받지 않는다는 확신이 설 때,
직원들은 새로운 실험과 시도로 혁신을 일으킨다."

뽑을 때는 신중하게, 맡길 때는 과감하게

잡초를 다른 곳에 심으면 꽃이 될지 어떻게 아는가

2008년의 경제위기를 계기로 세계 경영학계는 큰 변화를 겪었다. 무엇보다 극단의 효율을 추구하며 주주 가치 극대화를 요구하는 경영 방법론이 후퇴하고, 고객과 종업원의 가치를 새롭게 인식하는 인간 중심 경영이 전면에 떠올랐다. 이처럼 큰 변화를 겪으면 현상을 헛짚고 미래를 잘못 예측한 경영 구루나 학자들의 반성이 잇따라 등장하게 마련이다.

경제위기 전에 잭 웰치 전 GE 회장은 최고의 경영인이라는 칭호를 얻었다. 〈포천〉은 1999년 잭 웰치를 지난 100년간 최고의 경영자로 꼽았다. 그는 워크아웃, 식스시그마 등 경영 혁신 기법을 창안 및 보급했고 재임 기간 중 GE는 시가총액이 3,000퍼센트나 늘어났다.

하지만 경제위기가 발생하자 GE는 커다란 부실을 드러내며 시가총액의 4분의 3이 날아갔고, 신용 등급이 반세기 만에 AAA에서 AA+로 강등되는 수모를 겪었다. 제프리 이멜트(Jeffrey Immelt) 현 GE 회장은 2009년의 경제위기 속에서 잭 웰치의 성과를 인정하지 않는 말을 했다.

"1990년대엔 강아지도 사업을 할 수 있었다."

잭 웰치 자신도 경제위기 속에서 "주주 가치를 올리기 위해 분기 실적과 주가에 집착하는 것은 세상에서 가장 멍청한 아이디어"라고 자기 비판을 했다.

그 와중에 고개를 더 빳빳이 들고 자기가 쓴 과거의 저작물을 자신 있게 내민 몇 안 되는 이들 중 하나가 제프리 페퍼 교수다. 과거에 이단처럼 보였던 그의 주장은 경제위기를 거치면서 보다 설득력을 얻었고, 비판 논리는 전혀 손상되지 않은 채 날카롭게 빛을 발하고 있다. 결국 그는 2012년 최고의 비즈니스스쿨 교수 중 한 명으로 꼽혔다.

세계 경영학계에서 넘기 힘든 무게와 높이를 지닌 스탠퍼드대학교 경영대학원의 제프리 페퍼 교수는 전통적인 경영 이론에 '자료'와 '증거'를 바탕으로 검증의 칼을 들이대는 것으로 유명하다. 《휴먼 이퀘이션》, 《생각의 속도로 실행하라》, 《숨겨진 힘》, 《증거경영》 등 11권의 책과 주요 국제학술지에 게재한 110편의 논문 앞에서 누구도 그가 조직 행동, 리더십, 인사관리 같은 경영학 핵심 영역의 최고 대가임을 부인하지 않는다.

"데이터를 바탕으로 들여다보면 기업의 기술적 우위는 오래가지 않으며, 기업의 규모는 늘 과대 평가되어 있다."

이처럼 페퍼 교수의 진가는 시간을 되돌려 경제위기 전 그가 잭 웰치를 향해 쏘아붙였던 비판을 다시 보면 분명하게 드러난다. 2007년 5월 스탠퍼드대학 캠퍼스에서 그를 만났을 때, 그는 잭 웰치의 강제배분 평가 방식(Forced Ranking System: 직원을 상중하로 평가해 하위 10퍼센트를 내보내는 방식)에 대해 "과학적인 문서에서 그 방법이 효과적임을 입증하는 어떠한 내용도 발견하지 못했다"고 말했다.

또한 페퍼 교수는 "잭 웰치의 GE는 혁신과 거리가 멀고 기본적으로 다른 회사를 사들여 큰 회사"라며 GE가 수년 전 화학물질을 뉴욕 허드슨 강에 불법 방류하는 바람에 엄청난 벌금을 물었던 사례도 들었다. 여기에 더해 그는 "잭 웰치가 위대한 리더라는 단 하나의 증거(one piece of evidence)도 없다. 그에게는 언론 플레이를 매우 잘하는 대리인(press agent)이 있었을 뿐"이라고 잘라 말했다.

잭 웰치에 대한 그의 가혹한 평가는 최근에도 달라지지 않았다. 그는 2013년 11월 9일 〈위클리비즈〉와의 인터뷰에서 "왜 잭 웰치 기사를 (다시) 쓰는 겁니까? 그는 오래전에 GE를 경영했는데. 완전히 낡은 뉴스잖아요"라고 말했다. 과거에 잭 웰치가 무능한 직원을 잘라내면서 "꽃밭의 꽃에 물도 주고 잡초도 뽑아내야 한다"며 자신을 옹호하자 페퍼 교수가 되받아쳤다.

"그 잡초를 꽃밭의 다른 곳에 심으면 꽃이 될지 어떻게 아는가. 막상 직원을 해고하고 나서 새로운 사람을 뽑으면 해고한 사람의 능력과 다시 채용한 사람의 능력에 별다른 차이가 없다. 해고당한 사람이 다른 부서에서 자기 능력을 더 발휘했을 수도 있다."

잭 웰치가 자신의 리더십이 2050년에도 통할 거라고 주장하자 페퍼 교수는 "정신 나간 소리"라고 일축했다.

"웰치가 떠난 뒤 GE의 사업은 대부분 어려움을 겪었다. 얼마나 많은 인재가 GE를 떠났는가? 지금 HP도 똑같은 어려움을 겪고 있다. 인재들이 회사를 떠나는 바람에 맥 휘트먼(Meg Whitman)은 지금 엄청난 어려움을 겪고 있다."

페퍼 교수에 대해 스탠퍼드대학 경영학과의 원로 교수 찰스 오레일리(Charles O'Reilly)는 이렇게 평가한다.

"그의 도전은 불편하지만(uncomfortable) 악의적(mean)이지는 않다."

제품과 서비스를 일상적으로 재창조하는 것이 현대 기업의 운명

페퍼 교수는 비상식이 상식이 되어가는 비즈니스의 관행을 풍부한 사례와 근거를 들어가며 비판한다.

"리더는 상식을 활용해야 한다. 다시 말해 리더는 관찰(observation)에 근거해야 한다."

어느 책에서 봤다고 혹은 GE가 했다고 해서 따라하는 것은 곤란하다는 의미다. 그의 말처럼 리더는 선입견이나 희망사항(wishful thinking)에 휘둘려 결정하지 말고, 냉정하게 사실과 증거에 주의를 기울여야 한다. 페퍼 교수와 인터뷰 도중에 흔히 알려진 얘기를 전제로 질문

인간 중심 경영을 하는 기업은 어쩔 수 없는 최후 수단으로만 감원을 선택한다.

을 하면 그는 '대체 그렇다는 증거가 뭐냐'는 식의 반론을 펼쳤다. 그는 사실과 증거를 토대로 하지 않는 모든 정의와 가설에 반기를 든다. 그가 그토록 과감하게 도발적인 주장을 할 수 있는 이유는 수많은 증거와 데이터를 수집 및 분석한 덕분에 자기 논리에 자신이 있기 때문이다.

가령 조직 구성원의 창의성과 몰입을 유도하려면 고용 안정이 필수적이다. 그러나 현실에서는 기업들이 유연성을 확보하기 위해 고용 안정을 해치면서까지 다운사이징과 구조조정을 일삼는다. 심지어 그것을 기업 경쟁력 확보의 원천으로 간주한다. 이는 단기적인 성과를 위해 장기적으로 조직에 치명적인 문제를 일으키는 처방이다.

페퍼 교수는 감원의 두려움을 없애고 안정적인 직장을 만들어 한 번 채용한 직원을 오랫동안 붙들어두라고 주장한다. 대신 채용 단계부터 회사의 문화에 맞는 사람들을 신중하게 고르고, 일단 채용하면 직원에게 권한을 위임해 자율성과 창의성을 발휘하게 하라고 권한다.

"인간 중심 경영을 하는 기업은 어쩔 수 없는 최후 수단으로만 감원

결국 현대 기업은 제품과 서비스를
일상적으로 재창조해야 하는데,
이는 인적 자본과 이것을 구축하는
인프라에 달려 있다.

을 선택한다. 감원 공포가 없고 실패해도 처벌받지 않는다는 확신이 설 때, 직원들은 새로운 실험과 시도로 혁신을 일으킨다."

페퍼 교수는 혁신이 일회성이 아니라 일상적으로 일어나는 시스템과 문화를 만드는 것이 중요하다고 강조한다. 기술이 빠른 속도로 진화하는 오늘날에는 특허의 경제적 수명이 줄어들고 있고, 시장에 맨 먼저 진입해도 곧바로 다른 기업의 추격을 받는다. 아마존은 온라인으로 책을 팔겠다고 결정한 첫 번째 기업이 아니다. 화이자의 히트상품인 스탭(Stab, 분무형 인슐린 약)도 먼저 개발한 회사가 있었다. 이런 현상을 보고 페퍼는 "결국 현대 기업은 제품과 서비스를 일상적으로 재창조해야 하는데, 이는 인적 자본과 이것을 구축하는 인프라에 달려 있다"고 단언했다.

실제로 인재를 확보함으로써 성공한 기업이 매우 많다. 이를테면 좋은 인재를 확보해 그들을 풀어놓는(turn them loose) 전략을 펼치는 구글, 직원들의 잠재력을 이끌어내 탁월한 성과를 거둔 사우스웨스트 항공과 시스코 시스템스, 사양 산업인 남성용 의류산업에서 인력 개발에 집중 투자해 지속적인 성장을 거둔 맨스 웨어하우스, 소프트웨어 업계의 관행인 스톡옵션 제도와 인센티브를 제공하지 않고도 놀라운 성과를 거둔 SAS 인스티튜트 등이 있다. 이들 기업의 공통적인 성공 열쇠는 '인간 중심 전략(Human - Centered Strategy)'이다.

비즈니스 정보 분석 소프트웨어 회사 SAS 인스티튜트는 인재를 맘껏 풀어놓아 일상적 재창조를 이루는 대표적인 사례다. 2008년의 경제위기에도 직원을 해고하지 않은 SAS는 2008~2010년에도 성장했고, 2011년에는 전년 대비 13퍼센트나 성장했다. SAS의 짐 굿나이트(Jim Goodnight) 회장은 2013년 11월 9일자 〈위클리비즈〉와의 인터뷰에서 "직원을 왕처럼 대접하면 성과는 저절로 따라온다"고 말했다.

SAS에는 초과근무, 해고, 정년은 없고 직장 내에 아기뿐 아니라 노인을 위한 보호시설이 있다. 그리고 오전 9시에 일을 시작해 오후 6시면 퇴근하는 시간표를 정확히 지킨다. 굿나이트 회장이 이처럼 당근을 퍼붓는 이유는 무엇일까?

그의 대답이다.

"직원에게 제공하는 모든 혜택은 회사가 그들의 재능을 계속 보유하는 데 도움을 준다. 시장에서 지식 노동자의 수요는 매우 높다. SAS처럼 일하기 좋은 직장이라고 소문난 곳도 때로 특정 직급의 직원을 채용하는 데 어려움을 겪는다. 정말로 훌륭한 인재를 선발하는 것은 쉬운 일이 아니다. SAS가 직원들을 우대하는 이유는 그것이 회사에 혜택을 안겨주기 때문이다. 우리는 직원들을 강제로 옭아맬 수 없다. 오히려 직원에게 좋은 혜택을 제공하는 것이 회사에도 이득이다."

페퍼 교수는 '직원에게 좋은 회사'와 '돈이 되는 회사'를 구분하지 않는다. 내가 페퍼 교수에게 투자 비법을 묻자 그는 단 1초도 망설이지 않고 말했다.

"〈포천〉 선정 '일하고 싶은 100대 기업'을 골라 리스트의 상위에 오른 기업의 주식을 사두면 실패하지 않는다. 재무제표는 볼 필요도 없다!"

페퍼 교수의 저서에는 그가 반복적으로 칭찬하는 CEO들이 등장한다. 가령 SAS의 짐 굿나이트, 사우스웨스트 항공의 허브 켈러허 등이 자주 등장하는데 그는 리더가 굳이 카리스마를 갖출 필요는 없다고 강조한다.

"좋은 리더라면 〈포천〉 커버에 사진이 나오는 걸 조심해야 한다. 운동선수들이 〈스포츠 일러스트레이티드〉에 등장한 뒤 좋지 않은 일이 생기는 걸 두고 '스포츠 일러스트레이티드의 저주'라고 한다. '포천 저주'도 있을 수 있다."

그는 좋은 리더에게는 2~3가지의 공통점이 있지만 그런 특징을 갖춘 사람은 매우 드물다고 평가한다. 좋은 리더란 어떤 사람을 말하는 것일까?

첫째, 진실을 말한다.

CEO로서 진실을 말하는 것은 생각보다 어려운 일이다. 대부분의 CEO는 잘 속인다. '요즘 어떠냐'고 물으면 '매우 잘하고 있다'거나 '우리는 감원하지 않을 것'이라고 말한다. 갤럽의 조사에 따르면 미국과 영국에서 직원의 50~60퍼센트, 심지어 3분의 2가 고위경영진을 신뢰하느냐는 질문에 '아니오'라고 대답했다. 경영진이 직원과 고객, 투자자를 늘 속인다고 보는 것이다.

둘째, 자기가 모를 때 아는 척 꾸미지(Make it up) 않는다.

자신이 모르는 것은 모른다고 당당하게 밝힌다는 의미다. CEO는 때에 따라 거짓을 말해야 한다는 압력을 받기도 하는데, 페퍼 교수는 그런 압력을 극복해야 한다고 말한다. 특히 역사적으로 권력의 위계가 분명한 문화를 이어온 한국과 한국 기업이 세계적인 경쟁력을 갖추려면 변해야 한다고 조언한다.

셋째, 인간 중심(people-centered)의 핵심 가치 체계를 갖고 있다.

"그 친구들은 영리하지 않아요"

좋은 리더가 혼자서 기업을 구할 수 있는 것은 아니지만 나쁜 리더십은 기업에 엄청난 해악을 끼친다. 나쁜 리더는 유능한 인재를 기업에서 쫓아낸다. 만약 좋은 인재가 남아 있지 않으면 기업은 성공하는데 어려움을 겪을 수밖에 없다.

가끔 신문에 대서특필되는 것처럼 많은 기업이 유능한 CEO를 끌어들이기 위해 엄청난 돈을 쓰고 있다. 그런데 페퍼는 이를 "실수"라고 일축한다. 그는 어떤 근거로 그런 말을 하는 걸까?

"글로벌 컨설팅 회사인 부즈 앨런 해밀턴(Booz Allen Hamilton) 보고서를 보면 비싼 돈을 들여 영입한 CEO는 대부분 오래가지 못한다. 이런 경향은 아시아, 유럽 등에서도 이미 시작됐다. 이들의 평균 재임 기간은 5~6년에 불과하다. 그럼에도 왜 그토록 많은 돈을 들여 영입해야 하는가? 도요타에서 10년간 일하다가 최근 미국의 트럭 회사에 영입된 고위 간부를 만나 '도요타에서 뭘 배웠느냐'고 묻자, 그는 '그 친구들은 영리하지(Smart) 않아요. 그게 성공의 비밀이죠'라고 말했다. 이건 시스템으로 움직인다는 의미다. 평범한 사람들이 비범한 결과를 만들어내고 있다는 얘기다. 반면 다른 많은 기업에서는 비범한 사람들이 아무런 결과도 내지 못하고 있다. 중요한 것은 시스템과 관행이다. 능력 있는 개인과 영웅을 보유하고 있느냐가 아니다."

페퍼는 평범한 사람들이 비범한 결과를 내게 하려면 직원들을 훈련시켜야 한다고 강조한다. 그러면 구체적으로 어떤 훈련이 필요한 걸까? 그는 이 질문에 명쾌하게 대답한다.

"이론 훈련(class training)과 현장 훈련(on the job training)이 모두 필요하다. 사람들에게 필요한 기술을 훈련시키는 가장 좋은 방법은 일을 주는 것이다. 그래서 관련 기술을 갈고닦아 자신감을 갖게 해야 한다. 피아노를 가르치는 가장 좋은 방법은 피아노를 직접 연주하게 하는 것이다."

물론 이미 많은 기업이 직원들에게 기술을 가르치기 위해 노력하고 있다. 그런데 페퍼는 실제로 기업에서 일어나는 일을 잘 관찰해보라고 조언한다. 왜일까? 여기에는 그럴 만한 까닭이 있다. 경기가 좋지 않

사람들에게 필요한 기술을 훈련시키는
가장 좋은 방법은 일을 주는 것이다.
그래서 관련 기술을 갈고닦아
자신감을 갖게 해야 한다.

을 때 기업이 가장 먼저 하는 것은 훈련 비용을 줄이는 일이다. 또한 많은 기업이 직원들에게 '무엇을 하라'고 지시하는 바람에 직원들이 훈련을 통해 배운 것을 써먹을 기회를 박탈한다. 기껏 가르치고도 써먹을 줄을 모르는 셈이다.

기업이 조직 구성원의 잠재적 창조 역량을 최대화하려면 의사결정 권한을 아래로 내려 보내야 한다. 권한이 중앙에 덜 집중되어야 한다는 말이다. 창조성을 관리하는 것은 불가능하다. 창조성은 대부분 밑에서부터 위로 올라오는 것이기 때문이다.

이를 위해서는 우선 재능 있고 똑똑하며 잘 교육받은 사람들을 뽑아야 한다. 그다음 그들이 기술을 사용할 수 있게 해야 한다. 구글은 어떤 종류의 서비스를 도입할 것인지를 놓고 투표를 한다. 한마디로 먼저 내부 시장을 형성하는 셈이다. 또한 구글과 코닥은 직원들에게 어느 정도 자유 시간을 준다. 공식적인 회사 일 이외에 자기가 정말로 하고 싶은 일을 하도록 배려하는 것이다. 이것이 바로 그들이 경쟁력을 유지하는 비결이다.

자유방임적인 리더십이 지시를 내리고 카리스마를 발휘하는 리더십보다 낫다. 그렇다고 무엇이든 괜찮다는 식의 자유방임이 좋다는 뜻은 아니다. 만약 핵심 가치를 위반하거나 고객과 동료에게 적절치 못한 행동을 하면 해고해야 한다. 반면 조직 구성원의 재능과 지식, 아이디어를 사용하는 데는 문을 활짝 열어야 한다.

페퍼는 미래학자로 불리는 앨빈 토플러와 달리 미래를 예측하는 것은 동전을 던지는 것과 마찬가지라고 평가한다. 단적으로 그는 사람이 미래를 예측할 수 있다는 증거가 별로 없다고 잘라 말한다.

"MIT의 시스템 다이내믹스 연구소(경험에 근거해 정교한 수학적 모형을 세운 뒤 비즈니스 및 사회에 미치는 정책의 지속가능성을 높이는 연구를 하는 곳)에 따르면 미래를 예측하는 데 시간을 낭비하는 대신 어떤 일이 일어나는지 빨리 파악해 즉각 대응하고 배우는 게 훨씬 성과가 좋다."

물론 그는 비전과 미래 예측은 다르다고 선을 긋는다. 비전은 미래에 뭐가 되고 싶다는 열망이자 그곳에 어떻게 도달할 것이고 어떤 단계를 밟을 것인가 하는 문제다. 그런 의미에서 페퍼는 비전 수립을 중요하고도 좋은 것으로 본다.

비범한 결과를 이끌어내는 것이 이토록 간단한 것이라면 대체 그 많은 기업이 그걸 따라하지 못하는 이유는 무엇인가? 페퍼는 다음과 같이 날카롭게 지적한다.

"한마디로 '자아' 때문이다. CEO의 자아 말이다. 'CEO가 그렇게 하라고 했다', 'CEO의 결정은 거기에 참여한 수백 명보다 뛰어나다' 등의 말을 생각해보라."

페퍼는 이러한 자아의 문제가 CEO뿐 아니라 중간 관리자에게도 있다고 말한다. 아니, 조직의 위부터 아래까지 모두 해당된다고 본다. 덧붙여서 그는 핵심을 콕 찌른다.

"이런 문제가 없는 기업이 성공한다!"

그의 메시지는 처음부터 끝까지 '사람이 전부'라는 말로 통한다.

경영사상가

로저 마틴

"지금은 오픈 이노베이션과 협력이 더 많이 필요한 시대다."

주가 챙길 시간에 본연의 비즈니스에 충실하라

주주자본주의는 틀렸다

1976년 마이클 젠센(Michael Jensen)과 윌리엄 메클링(William Meckling)은 주주자본주의를 주창하는 기념비적인 논문(〈기업 이론: 경영 행동, 대리자 비용 및 소유 구조〉)을 발표했다. 이것은 전문 경영인이 주주보다 자신의 이해를 앞세울 것이 아니라 기업의 목표를 주주 이익 극대화에 둬야 한다는, 당시로선 획기적인 주장이었다.

그런데 로저 마틴은 여기에서 의외의 문제를 발견했다. 그 논문이 나온 1976년 이전과 이후의 데이터를 비교하자 오히려 주주자본주의를 주창한 이후 주주의 이익이 더 나빠진 것이다.

주주 이익 극대화는 주가 상승을 의미하는데 경영자가 나서서 주가를 계속 끌어올리는 것은 불가능하다. 주가는 시장 참여자들의 기분과 시장의 기대가 좌우하기 때문이다. 시장의 기대가 너무 높을 경우 경영자가 그 기대를 더 올리기 위해 할 수 있는 일은 없다. 주가는 시장의 기대, 보다 정확히 말해 월가로 대표되는 증권사 애널리스트의 기대치를 넘어설 때 올라간다. 이 기대가 너무 높으면 이를 상회하는 실적을 정상적으로 내기는 어렵다. 단기적으로 무리하게 실적을 올리기 위해 나중에 손실을 볼 확률이 높은 인수 합병을 단행하거나 분식 회계 등의 유혹에 솔깃해지는 이유가 여기에 있다.

가령 2001년 시스코 시스템스의 시가총액은 6,000억 달러였다. 당시에는 모든 사람이 집집마다 열 대의 라우터(서로 다른 네트워크를 중계해주는 장치로 시스코의 주력 제품)를 설치할 거라고 기대했다. 그러나 지금 시스코시스템스의 시가총액은 1,500억 달러에 불과하다. 혹시 나쁜 경영진이 주주 가치의 4분의 3을 파괴한 것일까? 그렇지 않다. 문제는 기대가 너무 높아 그 기대를 현실화할 수 없었다는 데 있다.

이런 이유로 마틴은 '주주자본주의'를 실패한 이론으로 평가한다. 그는 "이제 경영자가 주가가 아니라 본연의 비즈니스에 초점을 맞춰야 한다"고 강조한다.

예를 들어 주당 100원에 거래되고 있는 IBM의 주가수익비율(주가를 1주당 순이익으로 나눈 것)이 20배라고 해보자. 이는 현재 IBM의 주식이 주당 5원씩 이익을 내고 있다는 뜻이다. 즉, 주가 100원 중 현재의 실상을 반영한 것은 5원에 불과하고 나머지 95원은 미래가치인 셈이다. 하지만 마틴 교수는 현재의 실상을 정확히 반영하기 위해 이 비율을 거꾸로 뒤집어 주가를 책정해야 한다고 주장한다. 주가가 100원이라면 그 회사는 주당 95원 정도의 이익을 내고, 여기에 미래가치 5원을 반영하는 게 이상적이라는 얘기다. 이런 식으로 주가가 형성되면 뜬구름 잡는 월가의 기대치에 따라 춤추지 않고 현재 실적에만 집중하는 효과가 생긴다.

이사회의 논리적 결함

마틴은 CEO를 견제하기 위해 만든 기업의 이사회가 또 다른 대리인 문제를 안고 있다고 본다. 이 문제를 방지하려면 이사회를 어떻게 개혁해야 할까? 이사회에 대한 생각을 송두리째 바꿔야 한다.

보통 이사회는 기업의 '주인-대리인 문제(principal-agent problem: 경영자 같은 대리인이 주주의 이익 대신 자신의 이익을 추구하는 문제)'를 막기 위해 존재한다고 여긴다. CEO는 주주의 이해가 아니라 자기 이익 극대화를 추구하기 때문에 이사회를 통해 대리인인 CEO가 올바로 행동하게 해야 한다는 논리다.

하지만 이 논리에는 근본적으로 오류가 있다. CEO가 이사회 멤버를 고르는 데 가장 큰 영향력을 행사하는 까닭에 이사회에 또 다른 대리인 문제가 있는 것이다. 문제가 있는 CEO는 당연히 자기 행동을 저지할 만한 사람을 이사회 멤버로 뽑지 않는다. 결국 그릇된 CEO는 그릇된 이사회를 구성하고 만다.

그렇다면 나쁜 CEO 밑에는 나쁜 이사회가 있어서 아무 일도 하지 않을 것이고, 좋은 CEO는 좋은 이사회를 구성할 테지만 이 경우에는

나쁜 CEO 밑에는 나쁜 이사회가 있어서 아무 일도 하지 않을 것이고, 좋은 CEO는 좋은 이사회를 구성할 테지만 이 경우에는 처음부터 이사회가 필요 없다.

처음부터 이사회가 필요 없다고 할 수 있다. 바로 이 대목에 이사회의 논리적인 결함이 존재한다.

한국의 KB금융지주는 이사회가 얼마나 잘못된 방향으로 움직일 수 있는지 보여주는 대표적인 사례였다. KB금융지주는 국민연금이 약 10퍼센트의 지분을 갖고 있고 외국인을 포함한 나머지 주주들이 작은 지분을 나눠서 소유하고 있다. 이처럼 딱 부러지게 주인이 없는 회사이다 보니 그 틈을 파고들어 사외이사들이 맘껏 권력을 누리고 있다.

KB금융지주는 3년 단위로 CEO가 바뀌는데 CEO 선임 권한을 사외이사 전원으로 구성된 '회장후보추천위원회'가 갖고 있다. 이에 따라 CEO 후보자가 사외이사들의 비위를 건드리지 않으려 애쓰는 양상이 펼쳐진다. KB금융지주 내분 사태를 겪으며 결국 해임 조치된 임영록 전 회장도 사장으로 재직하던 시절 사외이사들을 극진히 대접했다. 과거에 KB금융지주 회장을 역임한 사람의 증언에 따르면, 사외이사들은 주말에 자기들끼리 골프를 치고 룸살롱에서 술을 마신 뒤 회장에게 휴대전화로 연락해 술값을 내달라고 요구하기도 했다고 한다. 물론 KB금융지주 이사회는 극단적인 사례지만 여하튼 이사회 제도에는 대리인이 본래 주인의 위임과 관계없이 자기 이익만 추구할 위험이 내재돼 있다.

사람들이 이사회 멤버가 되기를 원하는 가장 큰 이유는 두둑한 돈을 받기 때문이다. 미국의 경우 이사회 멤버의 평균 연봉은 25만 달러다. KB금융지주 노조에 따르면 사외이사들은 기본급으로 매월 500만 원씩 받는다. 또한 이사회, 위원회 등 회의가 열릴 때마다 별도의 거마비로 100만 원씩 받고 업무추진비 조로 받는 돈이 월 200만 원이다. 여기에다 비싼 건강검진을 무료로 받고 이사회가 열리는 날이면 기사가 딸린 에쿠스가 집으로 와서 모셔간다. 한 달에 몇 번 회의에 참석하고 매년 1억 원씩 받는데 누가 이 자리를 놓치고 싶겠는가?

두둑한 보수 때문에 이사회 멤버가 된 사람은 좋은 이사가 아니다. 이런 사람들이 쫓겨날 위험을 무릅쓰고 이사회 회의 도중 일어나서 잘못된 일을 지적할 수 있을까? 기대하기 어려운 일이다.

고객자본주의 시대가 온다

실질적으로 이사회 멤버는 주주의 이해를 위해 존재하는 것이 아니다. 주주의 이해를 대변해 이사회 멤버가 되는 단 한 가지 선한 동기는 공공서비스다. 자본주의의 선순환을 위해 시민의 의무를 다하고자 공공서비스를 하는 심정으로 이사회 멤버가 되어야 하지만 실상은 그 반대다. 대개는 돈과 위신을 이유로 이사회 멤버가 된다. 이러한 인식을 바꾸는 데는 아마도 많은 시간이 걸릴 것이다.

이처럼 주주자본주의가 안고 있는 거대한 모순을 지적하며 그 대안을 마련해야 한다고 주장하는 로저 마틴은 〈하버드 비즈니스 리뷰〉 2010년 신년호에 '고객자본주의 시대(The age of customer capitalism)'라는 논문을 발표했다. 그가 주장하는 고객자본주의란 무엇을 말하는 걸까?

고객자본주의는 실제 시장에 초점을 맞춘다. 피터 드러커가 말했듯 기업의 목적은 소비자를 확보 및 유지하는 데 있고, 그 목적은 사람들에게 서비스를 제공하거나 물건을 만드는 실제 행동과 연결돼야 한다. 그러려면 서비스와 물건을 계속 만들도록 돈을 지불하는 것은 소비자이기 때문에 그들이 서비스나 물건에 매력을 느껴야 한다. 결국 소비자가 지불한 것 이상의 가치를 만드는 것이 장기적으로 회사가 성공하는 길이다. 이 경우 경영자도, 주주들도 장기적으로 좋아진다.

반대로 주주 가치 극대화에 초점을 맞추면 단기적으로 소비자를 끌어들일 수는 있어도 그것을 장기적으로 유지하기는 어렵다.

예를 들어 코치나 프라다 같은 럭셔리 브랜드가 갑자기 비용을 절감해 가격을 20퍼센트 낮춘 제품을 만든다고 해보자. 보다 값싼 가죽을 사용한 덕분에 비용과 가격을 떨어뜨리면 시장에서는 매출과 이익이 올라가고, 주주들은 '환상적'이라며 즐거워할 것이다. 그러나 5년만

소비자가 지불한 것 이상의
가치를 만드는 것이 장기적으로
회사가 성공하는 길이다.

지나면 브랜드의 명성은 퇴색하고 기업의 성과는 떨어진다. 물론 과거에 그 결정을 내린 경영진은 이미 스톡옵션을 행사해 두둑한 현금을 챙기고 은퇴한 뒤다. 결국 손해를 보는 쪽은 주주들이다.

이처럼 주주 가치 극대화라는 목표는 장기적으로 주주가 손해를 보는 모순에 이른다. 어떤 사람은 주주 가치 극대화가 종업원 해고 등을 불러일으켜서 나쁜 것이라고 말하지만, 마틴은 주주 가치 극대화가 결국 주주 가치에 나쁘기 때문에 반대한다.

기업의 목적함수는 행복한 소비자 확보에 있다

그렇다면 기업의 목적함수는 여전히 이윤 극대화일까?

대다수 기업의 이익 목표는 '주주들이 초기에 투자한 비용을 넘는 수익 확보', 즉 주주 가치 극대화이다. 이는 다른 가치를 희생하더라도 가급적 최대 이익을 뽑아낸다는 뜻이다. 이것이 현대 자본주의의 문제

소비자와 종업원이 가장 존경하는 회사가 되는 것은 기업이 추구해야 할 가장 강력한 목표다.

이자 자본주의가 많은 비난을 받는 원인 중 하나다. 이제는 달라져야 한다. 기업의 목적함수는 이윤 극대화가 아니라 소비자의 행복과 더 많은 소비자 확보여야 한다.

그렇다면 소비자의 행복과 더 많은 소비자 확보는 어떻게 측정할 수 있을까?

이것은 주주 가치 극대화를 추구할 때보다 측정하는 것이 더 복잡하고 까다롭지만, 소비자의 만족도를 재는 대리 변수 등을 사용할 수 있다. 만약 소매 판매업체라면 동일한 품목의 경쟁점포와 비교한 매출성장률 등을 이용한다. 소비자가 당신의 점포에서 작년보다 더 많은 상품을 사는가를 재는 것이다. 같은 소비자가 더 많은 제품을 사거나 더 많은 고객이 방문할 때 이 수치는 올라간다.

고객자본주의를 상징하는 대표적인 기업은 존슨&존슨이다. 이 회사의 본부 건물에는 회사의 사명(mission)인 '신조(credo)'가 새겨져 있는데 첫째가 고객이고 둘째가 종업원이며 셋째가 지역사회고 마지막이 주주다. 주주가 맨 마지막이지만 앞의 세 가지를 잘하면 주주도 좋아진다.

실제로 존슨&존슨은 시가총액이 세계 8위에 오르기도 했다. 고객이 첫째고 주주가 마지막이라는 것을 분명히 함으로써 높은 시가총액을 기록한 것이다. 타이레놀 리콜 사건은 이 회사가 고객을 첫째로 여긴다는 것을 보여주는 대표적인 예다.

1982년 9월 29일 시카고에서 초강력 타이레놀을 복용한 뒤 2명이 숨지는 사고가 일어났다. 타이레놀에 주입한 청산가리가 원인이었는데, 이후 일주일 동안 타이레놀을 복용한 11명이 숨졌다. 당시 존슨&존슨의 CEO 제임스 버크(James Burke)는 첫 사고 발생 다음 날 시카고에서 팔던 9만 3,000개의 초강력 타이레놀을 전량 회수하고, 45만 명에 달하는 전국의 의사에게 타이레놀 사용 중단을 요청하는 팩스를 보냈다. 또한 전국에서 3,100만 개의 타이레놀을 회수했다.

당시 미 식품의약국(FDA)과 연방수사국(FBI)은 그렇게까지 할 필요는 없다고 조언했다. 타이레놀 제품 자체의 문제가 아니라 사망자들의 과다 복용이 원인일 수 있다는 의견이었다. 즉, 하루 2알이 아니라 10알 이상을 복용해서 생긴 '개인적인 문제'라는 얘기였지만 제임스 버크는 그들의 의견을 받아들이지 않았다.

회수한 타이레놀을 전수 조사한 결과 75개에 청산가리가 과다하게 함유돼 있었다. 회수와 조사를 벌이는 동안 1억 달러의 손해가 발생했고 존슨&존슨의 주가도 7퍼센트나 떨어졌다. 하지만 문제를 깨끗이 처리한 이후 개량한 타이레놀을 시장에 내놓자 판매가 급증했다. 사고

1년이 지난 뒤 타이레놀의 시장점유율은 30퍼센트에 달해 사고 이전의 수준을 회복했다. 소비자의 안전을 우선시해 엄청난 손해도 마다하지 않는 기업가의 책임과 윤리가 회사를 위기에서 구한 것이다.

〈포천〉의 리스트 가운데 '소비자가 가장 존경하는 회사'와 '종업원이 가장 존경하는 회사'라는 리스트가 있는데, 결국 소비자와 종업원이 가장 존경하는 회사가 되는 것은 기업이 추구해야 할 가장 강력한 목표다. 이 두 영역에서 상위에 오른 기업은 장기적으로 위대한 기업에 진입해 결국 주주에게도 이익을 주기 때문이다.

잡스는 완벽할까

로저 마틴 교수는 '고객자본주의' 이전에 이미 디자인 경영과 창의적 사고법을 주창한 사람으로 유명하다. 그의 저서 《생각이 차이를 만든다》의 원제는 '상반되는 마인드(Opposable Mind)'인데, 그는 그 제목을 엄지손가락을 보면서 만들었다고 한다. 이것은 무얼 의미하는 것일까?

그는 엄지손가락을 '상반되는 엄지(opposable thumb)'라고 부른다. 그 이유는 엄지손가락이 나머지 네 손가락과 마주보며 긴장감을 일으키기 때문이다. 우리가 글씨를 쓸 수 있는 것은 엄지손가락이 마주보며 펜을 쥐게 해줘서다. 이런 식으로 마주보는 엄지손가락 덕분에 우리는 많은 유용한 일을 해낸다. '상반되는 마인드'는 이것의 은유로 대립하는 아이디어를 용인함으로써 발생하는 긴장으로 유용한 일을 한

> 인생은 신비하고 알 수 없으며
> 불확실하므로 '실패'라고 함부로
> 규정해서는 안 된다.

다는 의미다.

그가 성공한 리더들을 연구하면서 발견한 것은 성공에 결정적인 역할을 한 아이디어가 반대의 생각을 포용하는 마인드에서 나왔다는 점이다. 이는 이론이 아니라 경험적인 발견이다.

다른 한편으로 로저 마틴은 자신의 책 《디자인 싱킹》에서 기업이 분석적 사고에 기반을 둔 완벽한 숙련과 직관적 사고에 근거한 창조성에서 조화를 이뤄야 한다고 주장했다. 분석이나 직관 중 어느 한쪽을 제거하는 양자택일이 아니라 두 가지 사고방식의 조화를 꾀해야 한다는 말이다. 이처럼 통합적인 사고방식을 그는 '디자인 싱킹(design thinking, 디자인적 사고)'이라고 부른다.

《생각이 차이를 만든다》가 개인적 차원의 설명이라면 《디자인 싱킹》은 조직적 차원의 적용이다. 그는 신뢰성과 활용에 치우친 조직이 타당성과 탐색에도 집중할 수 있음을 보여주고자 했다. 예를 들어 여론조사로 누가 당선 확률이 높은지 알려고 하는 것이 타당성이고, 여론조사에서 95퍼센트 신뢰 수준에 ±5퍼센트 오차가 나도록 하는 것이 신뢰성이다. 신뢰성은 기존의 기술을 더 가다듬고 타당성은 새로운 아이디어로 이동하는 것을 도와준다. 기업가는 신뢰성을 중시하고 디자이너는 타당성을 중시하지만 비즈니스에는 둘 다가 필요하다.

이제 과거처럼 상하 수직적 구조나 경계가 분명한 조직을 유지하는 건 갈수록 힘들어진다. 지금은 오픈 이노베이션(open innovation)과 협력이 더 많이 필요한 시대다. 이럴 때는 애플처럼 실패를 용인하는 조직으로 거듭나야 한다. 많은 사람이 스티브 잡스는 천재이고 실수하지 않은 인물일 거라고 생각하지만 그것은 오해다. 돌이켜 보면 잡스는 어마어마한 실수를 저질렀다. 뉴턴 메시지 패드(1993년에 나온 최초의 PDA), G4 큐브(데스크톱 PC), 애플 TV 모두 실수의 연속이었다. 동시에 그는 놀라운 성공도 거뒀다.

많은 사람이 기업은 절대 실수가 없어야 정상에 오른다고 여기지만 실은 그렇지 않다. 인생은 신비하고 알 수 없으며 불확실하므로 '실패'라고 함부로 규정해서는 안 된다. 뉴턴 메시지 패드는 시대를 너무 앞서갔을 뿐 아이디어가 잘못된 것은 아니었다.

로저 마틴 교수는 인터뷰 도중 많은 경영 대가와 CEO들의 이름을 거론했는데 그중에는 내가 직접 만난 인물도 있었다. 대표적으로 팀 브라운 아이디오 CEO, 제프리 페퍼 스탠퍼드대학 교수, 《아웃라이어》의 저자 말콤 글래드웰이 있다. 마틴 교수는 팀 브라운과 한 프로젝트에서 같이 일한 적이 있고, 글래드웰은 동생의 친구라 개인적으로 오래 전부터 알고 지냈다고 한다.

이처럼 크리에이티브의 생태계에서 이들은 모두 연결돼 있는데 한국의 전문가들은 그 네트워크의 어디쯤 끼어 있을까? 영어의 한계, 문화 차이, 글로벌 마인드 부족 때문에 우리가 중요한 지식의 생태계에서 많이 소외돼 있고 그 격차가 점점 더 벌어지는 것은 아닐까 하는 우려가 든다. 그리고 그 책임에서 나를 포함한 한국의 저널리스트들도 자유로울 수 없다고 생각한다.

〈뉴욕타임스〉 칼럼니스트이자 《세계는 평평하다》 저자

토머스 프리드먼

"지금 사람들은 돈으로 돈을 만든다. 이는 빗방울에 내기를 거는 것과 마찬가지다."

누가 미래를 주도하는가

뜨겁고 평평하고 붐비는 세계에서 살아남는 법

현존 칼럼니스트 가운데 가장 영향력 있는 사람을 한 명 꼽으라면 나는 주저 없이 〈뉴욕타임스〉의 토머스 프리드먼에게 한 표를 줄 것이다. 그는 〈월스트리트 저널〉이 선정한 세계 경영 사상가 20인 중 2위에 오르기도 했고 《렉서스와 올리브나무》, 《베이루트에서 예루살렘까지》, 《세계는 평평하다》 등 책을 낼 때마다 수백만 권씩 팔리는 베스트셀러 작가다. 퓰리처상은 이미 세 번이나 수상해 더 이상 수상 자격이 없다.

토머스 프리드먼만큼 팩트와 예화, 귀에 착 달라붙는 조어, 스토리텔링으로 세계화를 웅변하는 저자는 드물다. 내가 프리드먼을 인터뷰한 것은 월가발 금융위기가 발생한 2008년 말이다. 그 후 7년이 흘러 미국은 경제 회복 국면에 들어섰지만 프리드먼과 나눈 문답은 지금도 유효하다. 금융위기 발생과 전개 과정, 회복의 지속가능성 등에 대해 미국과 세계가 여전히 답을 찾는 중이기 때문이다.

2008년 12월 8일 오전 10시 워싱턴DC, 토머스 프리드먼의 비서는 분주했다. 프리드먼이 문을 걸어 잠그고 칼럼을 쓰는 동안 쉴 새 없이 전화를 받으며 이메일을 체크했다. 잠시 숨을 돌린 비서는 내게 "프리드먼은 24/7(하루 24시간, 일주일 내내) 일한다"며 "주말이나 휴일에 쉬고 나오면 스케줄을 따라잡느라 정신이 없다"고 말했다.

프리드먼의 사무실은 여느 칼럼니스트의 그것처럼 적당히 지저분하고 어수선했다(기자들의 책상이 깨끗한 경우는 거의 보지 못했다). 사무실 바닥에는 그의 신간 《코드 그린》이 수백 권 쌓여 있었고 문 옆 게시판에는 '에너지 독립 선언', '갤런당 40마일 연비를 내는 자동차 개발' 등 그의 최근 관심사를 반영하는 선전 포스터 등이 붙어 있었다.

세계화와 시장 개방의 전도사였던 그는 어느새 환경 혁명의 전도사로 탈바꿈했다. 그는 나와의 인터뷰에서도 뜨겁고(지구온난화) 평평하고(세계화), 붐비는(인구 증가) 세 가지 현상이 결합된 세계에서 살아남는 유일한 방법은 '녹색혁명'이라고 거듭 강조했다. 다시 말해 '지옥의 연료'이자 '더러운 연료'인 화석연료(석유와 석탄 등)에 기반을 둔 성장 시스템에서 '천국의 연료'이자 '깨끗한 연료'인 풍력, 수력, 태양력 등 신·재생에너지 성장 시스템으로 바뀌어야 한다는 얘기다. 그는 이것을 가능케 하는 '에너지 테크놀로지(ET)' 산업을 주도하는 기업이나 국가가 미래를 지배할 것이라고 단언했다.

이웃집이 파산하면 내 집 값이 떨어진다

프리드먼은 방대한 레버리지(차입) 규모, 레버리지의 세계화와 복잡성 그리고 글로벌 경제의 중심인 미국에서 위기가 터졌다는 점에서 2008년의 경제위기를 '금융 핵폭탄'으로 규정했다. 나아가 미국에는 모든 사람을 구제하거나 아니면 전체 시스템을 버리는 두 가지 극단의 선택만 있을 뿐이며, 모럴해저드(도덕적 해이)를 방지할 더 나은 제3의 선택은 없다고 진단했다.

그는 미국 자동차 '빅3' 구제도 이와 같은 맥락에서 불가피한 일이라고 말했다. 또한 그는 자동차 산업에 대한 미국 정부의 인위적 개입을 비판하는 외국의 목소리에 대해 "이 문제 앞에서 누가 자유로운가"라고 반문했다(사실 그가 쓴 표현은 이 문제 앞에서 처녀(virgin)가 있으면 나와 보라는 것이었다).

프리드먼은 인터뷰 내내 끊임없이 조어를 만들고 비유를 들려고 애를 썼다. 예를 들면 북한의 미래를 전망하면서 "북한이 주식이라면 공매도하겠다"고 했고, 모럴해저드 문제를 설명할 때는 맞벌이를 하는 프리드먼 부부와 이웃집 서브프라임 모기지 차입자를 비교했다(프리드먼은 결국 이름을 짓는 사람이 소유한다고 믿는다. 그래서 저서를 포함한 글에서 끊임없이 신조어를 만들고 먹힌다 싶으면 지겨울 정도로 반복한다. 〈뉴요커〉는 경영학으로 따지면 그가 포지셔닝이나 브랜딩에 탁월한 사람이라고 평가했다).

Q 당신은 세계화의 긍정적인 면을 강조해왔다. 하지만 세계화는 월가발 서브프라임 위기마저 세계화하고 말았다. 금융위기는 세계화의 또 다른 그늘을 드러내는 것이 아닌가.

A 나는 세계화의 밝은 면과 어두운 면을 모두 얘기해왔다. 단, 세계화는 아직 본격적으로 시작하지도 않았고 멈출 수도 없다. 우리의 최선은 좋은 면을 최대한 이끌어내고 나쁜 면은 완화하는 것이다.

Q 금융위기는 월가에서 시작했지만 세계로 퍼져나갔다. 특히 개도국들이 더 큰 고통을 겪었다. 《렉서스와 올리브나무》에서 세계화를 통해 맥도날드를 상징하는 '골든 아치'의 풍요가 전파된다고 설파했지만, 개도국들은 골든 아치 대신 더블 딥(경기가 회복되지 않고 다시 꺾이는 현상)을 경험했다. 결국 개도국은 세계화의 손쉬운 희생양이 아닌가.

A 그것은 나라마다 다르다. 한국은 세계화로 가장 큰 혜택을 본 국가다. 삼성, 대우(그는 대우가 망했음에도 현대가 아닌 대우를 언급했다) 등 글로벌 기업들을 배출하지 않았는가. 만약 세계화가 아니었다면 한국의 현재 생활수준은 한참 뒤처졌을 것이다. 나는 한국 이상으로 세계화의 혜택을 본 나라를 생각할 수 없다. 한국은 물건을 만들어 글로벌 시장에 판매했다. 문제는 세계화가 아니라 개별 국가가 얼마나 스스로를 잘 보호할 체제를 갖췄느냐에 있다. 좋은 펀더멘털과 은행에 대한 강력한 규제력, 높은 저축률, 훌륭한 금융 소프트웨어를 갖춘 국가는 금융위기에서 충격을 덜 받는다.

Q 미국의 문제는 무엇인가.

A 미국의 금융 소프트웨어는 썩고 부패했다. 사람들은 결코 판매하거나 구입해서는 안 되는 상품을 팔고 샀다. 모기지를 제공하면서 계약금도 없고 2년간 원금을 조금도 낼 필요가 없는 상품을 팔았다. 그리고 그런 모기지를 묶어 증권으로 팔았다. 이건 해서는 안 되는 일이었다. 금융당국과 신용평가사는 이러한 상품에 'AAA' 도장을 찍어주었다. 한마디로 우리의 금융 소프트웨어는 '탐욕 바이러스'에 감염돼 부패했다. 우리의 금융 소프트웨어를 청소하고 금융 하드드라이브를 깨끗이 하려면 '안티 바이러스 처방'을 받아야 한다.

Q 안티 바이러스 처방을 구체적으로 설명해달라. 금융기관에 대한 보다 많은 규제를 의미하는가.

A 어떤 금융 상품은 반드시 더 많이 규제해야 하지만 반드시 전체적으로 규제를 더 늘려야 하는 것은 아니다. 안티 바이러스 처방에서 중요한 건 두 가지다. 하나는 레버리지에 제한을 두는 문제다. 다른 사람의 돈으로 베팅하는 금액에 제한을 둬야 한다. 만약 자신의 돈으로만 30대 1의 베팅을 하면 문제될 것이 없다. 반면 이 남자의 돈으로 30대 1의 베팅을 하고, 다시 저 여자의 돈으로 30대 1의 베팅을 하는 식으로 일을 벌이다 잘못되면 핵폭발이 일어난다. 다른 하나는 투명성을 높여야 한다는 점이다. 어떤 일의 진행 상황을 보면 위험을 측정할 수 있다.

Q 파생상품은 미국 금융 혁신의 산물이자 최상의 기술 상품이다. 그런 파생상품이 어쩌다 이처럼 위험해진 것인가.

A___과잉 때문이다. 너무 많이, 너무 멀리 나가면 결국 잘 모르는 사람들이 그것으로 플레이를 한다. 그러면 금융 상품이 리스크를 줄이지 못하고 오히려 높이고 만다. 지금 사람들은 돈으로 돈을 만든다. 보다 나은 비행기를 만들고 달에 로켓을 쏘아 올리는 공학 대신 비정상적인 방법을 동원해 돈으로 돈을 만드는 공학에 빠져 있다. 이는 빗방울에 내기를 거는 것과 마찬가지다. 어떤 빗방울이 먼저 창문에 도달할 것인지 알아맞히는 식이다. 새로운 대우 자동차와 삼성 스테레오를 만드는 게 아니다. 돈으로 돈을 만드는 일이 시작되면 전 세계 사람들이 달려든다. 일이 잘못될 경우 금세 활활 타오를 위험한 금융 시스템이 만들어지는 것이다.

Q___자동차 '빅3'를 구제해야 한다고 생각하는가.

A___사실 구제받을 가치가 없다고 생각하지만 자동차 빅3는 우리가 마주한 문제의 전형적인 예다. 바로 내 이웃과 같다. 그는 보다 책임감 있게 살았어야 했다. 하지만 이웃이 파산하도록 내버려두면 내 집 값이 떨어진다. 나는 파산한 집 옆에 살고 있고 은행은 파산한 집을 절반 가격에 팔아치울 것이다. 그러면 내 집 값이 떨어져 훨씬 많은 손해를 본다. 이것이 GM 등 빅3의 딜레마다. 다른 많은 사람이 파산하지 않게 하려면 빅3를 구제해야 한다. 속담에 이런 말이 있다. '당신에게 1,000달러를 빚졌다면 그것은 내 문제다. 하지만 100만 달러를 빚졌다면 그것은 당신의 문제다.' 이것이 GM 스토리다.

Q___유럽의 자동차 메이커들이 빅3의 구제 움직임을 보면서 자국 정부에 같은 요

당신에게 1,000달러를 빚졌다면
그것은 내 문제다.
하지만 100만 달러를 빚졌다면
그것은 당신의 문제다.

구를 하고 있다. 빅3 구제가 자칫 보호무역주의 혹은 민족주의 물결이 일도록 자극할 수 있는 것은 아닌가.

A___당연하다. 하지만 솔직히 한국은 한국의 자동차 회사를 돕고 있고 유럽은 자신들의 자동차 회사를 돕고 있다. 이 문제에서 숫처녀는 없다. 조심해야 한다. (웃음) 우상을 숭배하지 않는 곳은 없다.

Q___**그래도 미국은 가장 순수한 형태의 자본주의를 지향해오지 않았는가.**

A___맞다. 개인적으로는 현재 벌어지고 있는 일을 좋아하지 않는다.

Q___**일각에서는 금융위기를 놓고 미국이라는 수퍼 파워가 쇠퇴하는 신호로 보고 있다. 동의하는가.**

A___당신은 지금 돈을 어디에 맡기고 있는가. 러시아 은행인가, 중국 은행인가, 인도 은행인가 아니면 시티은행인가. 그래도 시티은행에 돈을 넣지 않는가. 미국의 파워가 약해지고 있다고 하지만 이것은 다른 나라들도

마찬가지다. 미국의 영향력이 축소되긴 했어도 나는 돈을 미국 은행에 맡긴다.

그는 미국이 두 가지 중 하나를 선택해야 한다고 했다. 하나는 모든 사람을 구제하는 것이다. 이는 전혀 구제받을 가치가 없고 구제해서는 안 되는 사람까지 모두 구제하는 옵션이다. 다른 하나는 전체 시스템을 버리는 것이다. 그는 보다 공평하고 책임감 있는 해결책을 제시하는 제3의 메뉴는 없다고 강조했다. 왜냐하면 잘못해서 벌을 받아야 하는 사람, 즉 나쁜 은행가와 모기지 소유자 혹은 집을 소유할 수 없는데 무리하게 집을 산 사람 등을 벌주기 시작하면 시스템이 붕괴되기 때문이란다.

'그린 마이크로소프트'와 '그린 구글'

보통 키에 콧수염이 인상적인 프리드먼의 말투는 빠르지 않았지만, 흔히 기자들이 그렇듯 성격이 꽤 급한 듯했다. 그는 질문을 받으면 금세 핵심을 파악하고 질문이 끝나기도 전에 답변을 시작하는 경우가 많았다. 가끔 재미있는 비유를 하기도 했지만 그는 기본적으로 진지한 인물이었다.

Q 오바마노믹스(Obamanomics)는 새로운 뉴딜정책을 말하고 있다. 새로운 뉴딜정책은 대체에너지 등 녹색 성장을 바탕으로 해야 하는가.

A 요즘 유행하는 '그린 뉴딜(Green New Deal)'은 내가 만든 말이다. 나는 이 방향으로 가야 한다고 믿는다. 우리는 구제(bail out)만 해서는 안 되고 새로운 것을 건설(build up)해야 한다. 이 위기를 지나면서 새로운 산업을 만들어야 한다. 정부의 지원으로 연명하는 기존 산업만으로는 안 된다. 다음 산업은 ET 산업이다. 청정 수력에너지, 청정 공기시스템 같은 산업이다. 이것이 가장 거대한 차기 글로벌 산업으로 떠오를 것이다. 나는 미국이 ET 혁명의 리더가 될 것으로 확신한다.

Q 오바마노믹스는 녹색 성장을 추구하는 것으로 보인다. 당신은 책에서 녹색 성장은 반드시 전체 시스템이 함께 돌아가야 의미가 있다고 강조했다. 오바마노믹스는 시스템적 접근을 하고 있는가.

A 아직까지는 아니다. 차기 오바마 행정부가 전체 그림을 그려 가는 단계다. 따라서 아직 비판하고 싶지 않다. 그런 주문을 하기엔 이르다.

Q ET 혁명이 다음 정부에서 이른 시일 내에 일어날 것으로 보는가.

A ET 혁명은 규제가 아니라 혁신 솔루션을 필요로 한다. 그러려면 적절한 시장이 형성되고 가격이 이를 이끌어야 한다. 가령 소비자들의 행동과 수요를 진정으로 바꿀 수 있는 휘발유세와 탄소세를 도입해야 한다. 이런 세금을 도입하지 않은 채 무작정 디트로이트에 가서 그린 카(친환경차)를 만들라고 해도 소용이 없다. GM에 프리우스(도요타의 하이브리드카)

만 만들라고 해도 휘발유세가 없으면 소비자들은 사지 않을 것이다(휘발유세나 탄소세로 휘발유 가격을 높게 유지해야 비로소 소비자가 휘발유를 적게 쓰거나 쓰지 않는 친환경차를 구매할 것이라는 의미). 대신 중고 SUV(지프형 차)를 살 거다. (웃음) 중요한 열쇠는 가격이다. 휘발유세와 탄소세가 있어야 소비자의 행동을 바꾸고 시스템적 접근을 할 수 있다.

Q 당신은 새로운 시대의 국가 전략으로 '코드 그린(Code Green: 녹색 성장 전략을 지칭하는 프리드먼의 조어)'을 강조하고 있다. 하지만 냉전시대의 전략인 '코드 레드(Code Red: 적색경보. 공산주의에 대한 대응 전략)'와 달리 코드 그린에는 소련과 같은 분명한 적이 보이지 않는다. 그러다 보니 주목도와 응집력이 떨어지는데 이 문제를 어떻게 풀 것인가.

A 코드 그린 시대에도 기후변화, 오일 파워에 의존하는 독재국가 같은 외부적 위협이 있다. 더구나 코드 그린 시대에는 기회도 함께 있다. 다음에 오는 거대한 글로벌 산업을 소유할 기회 말이다. 에너지 테크놀로지를 소유한 국가는 경제 안보, 에너지 안보, 국가 안보, 혁신 기업을 확보할 수 있고 지구적 차원의 존경을 받을 것이다. 나는 그 국가가 미국이길 바라고 당신은 한국이길 원할 터다. 단순히 위협만 부각해서는 안 되고 이런 기회를 함께 강조해야 한다.

Q 당신은 그린 성장 전략의 모델로 덴마크를 꼽는다. 덴마크는 인구 550만 명의 소국(小國)이다. 그린 성장 전략은 니치 마켓(틈새시장)에 만족할 수 있는 소규모 국가에나 적당한 모델이 아닌가.

A 좋은 질문이다. 그러나 답은 '노'다. 그것은 미국 같은 대국(大國)에도 적용할 수 있는 전략이다. 미국에는 큰 내수 시장이 있다. 그런데 그걸 미국 스스로 놓치고 있고 다른 소국들이 이용하고 있다. 예를 들어 미국에서 판매하는 윈드터빈 세 개 중 한 개는 덴마크 제품이다. 그 기술을 미국에서 가져간 것인데도 말이다. 또 셀룰로오스 에탄올을 만드는 세계에서 가장 유명한 효소(酵素) 회사가 다니스코(Danisco)와 노보자임스(Novozymes)인데, 미국에서 활동하지만 둘 다 덴마크 회사다. 다시 말해 기회는 많다. 다만 미국이 놓치고 있을 뿐이다.

Q 과거 경제 혁명은 기술혁명이 주도했다. ET 혁명에선 아직까지 이런 기술혁명이 보이지 않는데.

A 그것은 시장 형성을 통해서만 가능하다. 적절한 가격과 표준, 규제가 필요하다. 이를 통해 10만 명의 혁신가를 자극하고 10만 개의 차고에서 연구가 일어나며 10만 개의 그린 제품 실험이 진행될 것이다. 이 중 1,000개는 유망하고 100개는 매우 멋지며 그 가운데 2개는 차기 '그린 마이크로소프트'와 '그린 구글'이 될 것이다.

프리드먼의 '코드 그린'은 현재 미국발 셰일가스 혁명으로 난관에 부딪혔다. 지하 1킬로미터 이하의 퇴적암층 셰일에 존재하는 천연가스를 수평 굴착과 수압파쇄법이라는 고난도 굴착 기술로 캐냄으로써 값싼 화석연료가 더욱 풍부해졌기 때문이다. 셰일가스는 미국, 중국, 중동, 러시아 등 세계 31개국에 걸쳐 약 187조 4,000억 m^3나 매장돼 있다고 하는데 이는 전 세계가 향후 60년간 사용할 수 있는 매장량이다.

셰일가스가 있는데 굳이 대규모 투자를 해서 풍력, 조력, 수력, 원자력 등 청정에너지를 개발할 필요가 있을까? 이 대목에서 프리드먼의 논리는 딜레마에 빠진다. 애국주의와 환경보호론이 갈라지니 말이다. 프리드먼의 코드 그린은 우파에게 어필하는 에너지 독립 및 제조업 강화라는 논리와 좌파의 논리인 지구 환경보호를 함께 담고 있지만 이제는 둘 중 하나를 선택해야 하는 처지다.

프리드먼은 셰일가스의 온실가스 배출량이 석탄의 절반에 불과하긴 해도 청정에너지에 비할 수 없고, 또한 채굴 과정에서의 메탄가스 대기 유출과 수질오염 가능성 등의 이유를 들어 셰일가스에 대해 부정적이다. 우리나라에서도 MB정부에서 드라이브를 걸었던 그린 정책은 힘이 많이 빠진 상태다. 그러나 지구온난화로 세계 곳곳에서 급격한 기후변화가 발생하고 있기 때문에 코드 그린은 여전히 유효한 이슈이고, 조만간 전면에 다시 등장할 가능성이 있다. 계속 코드 그린을 붙들고 있는 프리드먼 역시 코드 그린이 당면 현안이 될 수박에 없다고 믿고 있다.

한편 프리드먼은 한국을 빠른 국민성을 지닌 '사이버 부족'이 사는 뜨거운 지역이자 거대한 글로벌 공급체인에서 중요한 공급자 중 하나로 보고 있다.

한국은 지금 '뜨겁고 평평하고 붐비는 세계'에 속해 있다. 이런 세계에서 청정 시스템, 깨끗한 물, 청정 에너지 등의 ET는 앞으로 거대한 글로벌 산업이 될 것이고 또 되어야 한다. 그렇지 않을 경우 우리는 지구에서 살아남을 수 없다. 이것은 확실하다. 다만 과연 어떤 나라, 어떤 기업이 ET를 선도할지 알지 못할 뿐이다. 그것은 한국 기업일 수도 있고 중국, 일본, 미국 기업일 수도 있다. 한국이 성공하려면 적절한 산업 정책으로 이 시장을 자극해 청정 시스템과 깨끗한 물, 청정 에너지를 개발하는 혁신가를 키워야 한다.

막시 인사이트 대표이자 《위키노믹스》 저자

돈 탭스콧

"자신이 가장 잘하는 것에 집중하는 것과
그 나머지를 다른 사람에게 맡기는 것 사이의 배분이 중요하다."

협업하거나 망하거나

경제 체제의 역사적 전환기가 왔다

2007년 '웹 2.0'이라는 새로운 인터넷이 출현했다. 인터넷상에서 정보를 모아 보여주는 것이 웹 1.0이었다면 웹 2.0은 데이터의 독점 없이 누구나 손쉽게 데이터를 생산 및 공유하도록 한 사용자 참여 중심의 새로운 인터넷이다. 흔히 집단 지성으로 불리는 웹 2.0은 당시 혁명적인 개념이었지만, 지금은 인터넷상의 물이나 공기처럼 지극히 당연한 일로 받아들여지고 있다.

'위키노믹스(Wikinomics, wiki+economics)'란 용어를 만든 돈 탭스콧은 이를 두고 "새로운 생산양식(mode of production)의 시대가 왔다"고 단언했다. 이는 핵심적 가치와 인력을 회사 내부를 넘어 회사의 경계 밖에서 구할 수 있도록 생산력과 생산관계가 변하고 있다는 의미다. 실제로 전 세계에서 20억 명이 넘는 넷(net) 세대(1977~1996년생)

위키노믹스와 위키노믹스의 핵심 원칙이 사회 및 사회 내부에 존재하는 모든 조직에 적용되고 있다.

가 글로벌 기업과 결합해 찻잔 속의 태풍이 아닌 '퍼펙트 스톰(perfect storm)'을 만들어냈다.

생산양식은 생산력과 생산관계가 결합한 형태로 마르크스는 이 개념을 이용해 고대 노예제에서 봉건제를 거쳐 자본주의와 사회주의로 이어지는 경제 체제의 변화를 설명했다. 그런데 탭스콧은 웹 2.0이라는 새로운 생산양식의 출현을 선언함으로써 기존의 자본주의나 사회주의와는 또 다른 체제가 등장했음을 예언한 것이다.

탭스콧은 2011년 펴낸 《매크로 위키노믹스》에서 이렇게 말했다.

"우리는 전작 《위키노믹스》에서 이러한 힘을 대규모 협업(collaboration)이라 부르며 소셜네트워킹이 제품과 서비스의 설계, 생산 및 글로벌 시장에서 판매하는 방식을 영구적으로 바꿀 새로운 사회적 원리로 발전하는 역사적 전환기에 이르렀다고 주장했다. 그런데 우리가 이런 생각을 글로 표현한 지 4년이 흐른 지금, 위키노믹스가 하나의 비즈니스 혹은 기술 트렌드를 넘어 좀 더 포괄적인 사회적 변화로 발전하고 있다는 사실이 명확해졌다. (…) 즉, 위키노믹스와 위키노믹스의 핵심 원칙이 사회 및 사회 내부에 존재하는 모든 조직에 적용되고 있는 것이다."

탭스콧은 1980년대에 인터넷 시대의 도래를 예언해 '인터넷 시대의 예언자'로 불린다. 그는 지금까지 《투명경영》, 《디지털 경제를 배우자》, 《패러다임 시프트》 등 신기술과 관련된 책을 15권이나 저술했고, 2013년에는 세계에서 가장 영향력 있는 경영사상가 50인에서 서열 4위에 올랐다. 그는 '지구촌'이라는 말을 만든 마셜 맥루한(Marshall McLuhan) 이후 가장 영향력 있는 미디어 전문가로 꼽히고 있다.

집단 천재성의 시대에 그가 기업에 던지는 메시지는 단순하다.

"협업하라. 그렇지 않으면 망할 것이다(Collaborate or perish)."

다윗부터 골리앗까지

덩치가 다윗에 불과한 소기업에게 이 낯선 경제법칙은 엄청난 무기다. 그들은 정체를 알지 못하는 무수한 개인과 협업해 골리앗 기업들을 쓰러뜨리고 있다.

전통적인 백과사전 브리태니커가 대중이 지식을 모아 만든 온라인 사전 '위키피디아'에 손을 들고, 기존 방송이 주목받는 동영상 파일이 끝없이 밀려드는 '유튜브'의 공습에 허둥댄다는 소식은 이제 놀랍지도 않다.

덩치가 다윗에 불과한 소기업에게
이 낯선 경제법칙은 엄청난 무기다.
그들은 정체를 알지 못하는 무수한 개인과
협업해 골리앗 기업들을 쓰러뜨리고 있다.

이것은 하이테크 기업은 물론 굴뚝 산업도 피해갈 수 없는 혁신이자 현실이다. 파산 직전에 놓여 있던 캐나다 광산회사 골드코프(Goldcorp Inc.)는 회사의 지질 도면을 외부에 공개해 대박을 터트렸다. 골드코프의 롭 맥이웬 사장은 회사 내 지질학자들이 금이 어디에 있는지 말해주지 못하자 답답해했다. 천성적으로 호기심이 많은 그는 혹시나 하는 마음에 인터넷으로 콘테스트를 실시했다. 파격적으로 지질 데이터를 공개하고 금이 있는 곳을 찾아내는 사람에게 57만 5,000달러의 상금을 내건 것이다. 그 결과는? 지질 도면을 본 외부 전문가들은 벌떼처럼 달려들었고 결국 33억 달러어치의 금을 새로 발굴했다. 덕분에 1,900만 달러 수준이던 회사 가치는 100억 달러로 500배 이상 불어났다. 세계를 자사의 '지질학부서'로 활용한 그의 아이디어가 대단하지 않은가. 그는 금을 발견할 수 있는 특출한 사람이 회사 내부에만 있을 거라고 생각하지 않았다. 한마디로 그는 동등(peered) 계층 생산을 한 것이다! 그는 정보를 개방했고 금을 발견한 최고의 재능은 지질학자가 아니라 컴퓨터공학자, 컴퓨터 그래픽스 회사 출신에게서 나왔다.

협업 모델은 굴뚝 산업의 심장부인 자동차 산업에까지 파고들었다. 자동차 회사는 대부분 거대한 자본을 바탕으로 폐쇄적인 기업 활동을 펼쳐왔다. 특히 신차를 개발할 때는 수천억의 개발비를 들여가며 철저한 보안을 유지한다. 반면 사막 경주용 자동차 랠리 파이터(Rally Fighter)는 이러한 상식을 철저히 깨뜨린 제품이다. 랠리 파이터를 만든 회사는 '로컬 모터스(Local Motors)'로 직원은 단지 12명뿐이다. 로컬 모터스의 공장에는 컨베이어 벨트도, 조립 로봇도 없다. 흥미롭게도 그들은 조금 큰 차고 규모의 공장에서 일일이 수작업으로 차량을 조립한다. 심지어 자동차를 구매한 소비자가 직접 공장에 들러 회사의 엔지니어들과 함께 자동차를 조립한다. 그런데 '로컬 모터스 커뮤니티' 웹사이트에는 수많은 디자이너와 엔지니어가 숱한 아이디어를 쏟아낸다. 즉, 세계 각지의 디자이너와 엔지니어들이 온라인상에서 3차원 시뮬레이션 기술을 통해 협업함으로써 최적화된 디자인을 만드는 것이다.

그렇게 해서 로컬 모터스가 처음 내놓은 작품이 '랠리 파이터'다. 2009년 공개한 이 차는 유명 자동차 프로그램 〈탑기어〉에 소개되었고 마니아 계층의 열광적인 지지를 받았다. 로컬 모터스의 창업자 존 로저스는 18개월이 조금 안 되는 기간에 전 세계에 흩어진 500여 명의 인원이 온 · 오프라인에서 협업해 만들었다"고 소개했다. 랠리 파이터 개발에는 한국인 디자이너 김상호 씨도 참여했다.

P&G가 붉은 포도주에 함유된 미립자(molecule)를 발견한 것도 회

사 내부의 연구원이 아닌 대만의 대학원생과 서울의 은퇴한 화학자 등의 도움을 받은 결과다. P&G 내에는 9,000명의 화학자가 있고 밖에는 500만 명이 있었다. 확률적으로 어디에서 미립자를 더 쉽게 발견할 수 있을지는 불 보듯 뻔한 일이다. 이는 그들에게 열린 공간을 제공하고 협업을 했기에 가능했던 일이다.

이제는 국내 재벌 기업도 집단 지성을 활용하려는 움직임을 보이고 있다. 대표적으로 LG전자가 일반 소비자를 대상으로 누구나 아이디어를 내고 이를 상품화해 수익을 공유하는 아이디어 공모 사이트(www.idealg.co.kr)를 개설했다. 아이디어 제공자에게는 매출액의 4퍼센트에 해당하는 파격적인 보상이 주어진다. 아이디어 평가는 일반인 투표로 이뤄지는데 '좋아요'를 50표 이상 받으면 2개월마다 열리는 본선에 오르며 최종 사업화 여부는 LG전자에서 결정한다. 오픈 이노베이션을 통해 이미 성공 솔루션을 만들어낸 외국 기업에 비해 많이 뒤지긴 했지만, 이는 보수적인 성향의 국내 재벌들이 집단 지성을 활용하려는 흐름에 동참하기 시작했다는 점에서 의의가 있다.

21세기의 BMW는 잘하는 일에만 집중한다

돈 탭스콧의 생각은 세계적인 경영학자 마이클 포터(Michael Porter)와 벌인 논쟁을 들여다보면 더욱 명확해진다. 경영 전략 분야의 세계 최고 권위자 마이클 포터가 닷컴버블이 꺼진 2001년 〈하버드 비즈니스 리뷰〉에 인터넷에 관한 글을 발표했다. '전략과 인터넷(Strategy and the Internet)'이라는 논문을 통해 인터넷이 불러일으킨 환상을 조목조목 해부하며 비판한 것이다.

그는 인터넷이 매우 중요한 기술이긴 하지만 비즈니스 세계의 관점에서 기업이 이윤을 내기 힘든 구조로 몰고 간다고 지적했다. 인터넷 사용으로 시장 신호와 전략적 포지셔닝, 비교우위 등이 왜곡돼 기업들이 단순히 낮은 비용과 저렴한 가격 경쟁만 벌이는 상황이 벌어졌다는 얘기다. 더불어 힘의 균형이 급속히 소비자에게로 기울어 지속적인 이윤을 내기 어렵다고 꼬집었다. 그뿐 아니라 모든 기업이 인터넷을 통해 상품 및 서비스를 판매하면서 쇼룸, 고객과 직접 접촉하는 대면 판매, 차별화된 서비스 제공 등 각 기업을 독특하게 구별하던 특성이 사라지고 있다고 했다.

특히 포터 교수는 위키노믹스의 핵심인 '협업'에 대해 "파트너링(partnering, 협업의 일종)이 산업 경제를 향상시킬 원원 수단이라는 것은 또 하나의 신화에 불과하다"고 비판했다. 인터넷이 광범위하게 확산시킨 협업 중 눈에 띄는 게 보완재와 아웃소싱인데, 2가지 모두 산업을 성장시킬 수는 있어도 수익성에는 부정적 영향을 미칠 개연성이 높다는 것이다.

가령 컴퓨터의 하드웨어와 소프트웨어는 서로 보완재로 엑셀 같은 스프레드시트 소프트웨어는 PC 판매를 늘리는 데 도움을 줬다. 하지만 이 관계는 산업의 수익성과 직접적인 관련이 없다. 오히려 파트너링 형태로 협업이 확산되면 기업들이 더욱 비슷해져 라이벌 관계만 달아오를 수 있다. 또한 고유의 전략과 목표에 집중하는 대신 파트너를 위해 잠재적으로 서로 어긋날 수 있는 목표도 어쩔 수 없이 수용하고 자신의 비즈니스도 가르쳐야 한다. 이 경우 보완재 생산자가 잠재적 경쟁자가 되어 진입장벽만 더 낮아지고 경쟁은 격화된다.

아웃소싱도 마찬가지다. 인터넷을 통한 광범위한 아웃소싱은 단기 비용을 떨어뜨리고 유연성을 높이지만, 경쟁자가 같은 공급업자에게 투입 요소를 구입하면 기업들의 독자성이 침식당하고 결국 가격 경쟁만 격화된다.

탭스콧은 이러한 마이클 포터의 주장에 정면으로 반박했다. 그는 한마디로 포터 교수가 인터넷 혁명을 너무 과소평가했고, 그의 이론이 기반을 둔 20세기의 비즈니스 환경과 21세기의 비즈니스 환경에는 근본적인 차이가 있다고 했다. 다시 말해 제품 생산의 전 과정을 회사 내에서 처리하는 것이 비용도 적게 들고 번거로움도 줄이며 핵심적인 비즈니스 활동을 외부에 맡기는 위험도 피하는 그런 시대는 지났다는 얘기다.

보잉은 더 이상 비행기 제조업체가 아니다. 그들은 주요 작업을 외부에 맡기는 대신 그 작업을 통합하는 시스템 통합자로 변신했다. IBM은 스스로 컴퓨터를 만들지 않고 대신 파트너 회사들이 그 일을 맡는다. 이것이 가능한 이유는 인터넷으로 연결된 비즈니스웹을 통해 각 회사가 핵심 역량에만 집중하게 되었고, 이로 인해 조직이 혁신적이고 유연하게 바뀌었으며, 비용까지 절약할 수 있다. 비즈니스웹의 위력은

20세기의 비즈니스 환경과
21세기의 비즈니스 환경에는
근본적인 차이가 있다.

인터넷 경매회사 이베이, 인터넷 증권사 이트레이드, 아마존 등의 성공 사례에서도 입증됐지만 포터 교수는 인터넷을 스캐닝이나 무선통신 등 보완적인 기술혁신 정도로만 보는 오류를 범하고 있다는 것이다.

실제로 모바일 기기, 브로드밴드, 무선통신과 결합한 인터넷은 냉장고나 자동차 등의 사물인터넷(IoT, Internet of Things)으로 진보했다. 탭스콧은 집, 학교, 사무실, 공장, 병원, 정부를 관통하는 사회적 변혁의 동력으로 작동하는 인터넷을 못 보고 있다고 주장한다. 그는 새로운 인터넷 시대에는 자신이 가장 잘하는 것에 집중하는 것과 그 나머지를 다른 사람에게 맡기는 것 사이의 배분이 중요하다고 강조한다. 이는 회사가 전략적으로 가장 중요하면서도 잘하는 것만 해야 한다는 의미다.

그는 BMW를 예로 들었다. 서류용 종이를 구매하는 것이 BMW가 가장 잘하는 일일 수도 있지만 중요하지는 않으므로 오피스 디포(Office Depot) 등에 맡기는 것이 낫다. 자동차 조립은 전략적으로 중요하지만 다른 기업도 비슷한 수준으로 잘하므로 역시 외부에 맡긴다. 실

회사가 전략적으로 가장 중요하면서도 잘하는 것만 해야 한다.

제로 BMW의 자동차 조립은 매그너가 담당하고 BMW는 엔지니어링과 마케팅에 집중한다. 이것이 전략적으로 매우 중요하고 또 가장 잘하는 분야이기 때문이다.

탭스콧은 굴뚝 기업 가운데 위키노믹스를 성공적으로 적용한 기업으로 P&G, BMW, 골드코프 등을 꼽는다. P&G 내부의 화학자들은 솔루션을 외부에서 찾으면서 "나는 똑똑하지 못한가봐. 못 찾겠어"라고 말하지 않았다. 이것을 영어로 'NIH(Not Invented Here) 신드롬'이라고 하는데, 이는 내가 발견하지 않은 것은 원치 않는다는 의미다. P&G는 이것을 'PFE(Proudly Found Elsewhere) 신드롬'으로 바꿨다. 미립자를 발견한 내부 인력에게 그것을 자체 발견했든 외부에서 발견했든 관계없이 보상을 해준 것이다. 이것이 바로 문화다. 그들은 누가 만들었느냐에 관계없이 혁신에 따른 보상을 받는다.

내가 탭스콧을 인터뷰할 당시 일부 미국 언론이 그를 '예언 없는 예언자'로 표현했다. 인터넷 시대의 도래를 예고하긴 했지만 이후 미래가 어떻게 변할지는 강력히 예언하지 않았기 때문이다. 그는 그런 지적을 받고도 미래의 모습에 대해 구체적으로 언급하는 것을 부담스러

워했다. 아무튼 세상은 그가 그리던 방향으로 가고 있는 듯하다. 미국의 비즈니스 저널들은 포터 교수의 전략 이론이 여전히 통찰력을 제공하고 있음을 인정하지만, 적어도 인터넷을 둘러싼 탭스콧과의 논쟁에선 대체로 탭스콧의 손을 들어주고 있다.

보글 금융시장 리서치센터 대표

존 보글

"내년에 비가 올지 아니면 햇볕이 쬘지 도박하지 않겠다."

투자는 아무리 조심해도 지나치지 않다

오직 바보만이 연간 전망을 한다

미국 월가의 성인으로 불리는 존 보글을 인터뷰한 건 2007년 12월의 일이다. 당시는 과열 상태는 아니지만 따뜻한 경제성장이 이어지는 이른바 골디락스(goldilocks) 경제의 끝물이었다. 세계 경제에는 달콤한 호황의 마지막 자락과 불안한 경제위기의 그림자가 함께 드리워져 있었지만, 당시 위기의 그림자를 더 짙게 느낀 사람은 많지 않았다. 단, 존 보글만큼은 걸쭉한 목소리로 냉정하게 경고했다.

"지금은 주식시장 역사상 가장 불안정한 시기다."

존 보글은 아직도 따뜻한 목욕탕에서 마지막 온기를 즐기던 사람들의 상식을 거부했고 현실의 맥을 예리하게 짚어냈다. 그는 워런 버핏과 함께 20세기 세계 4대 투자 거장으로 꼽히고(〈포천〉, 1999년), 세계에서 가장 영향력 있는 100대 인물(〈타임〉, 2004년) 중 하나로 선정되기도 했다.

경제위기 7년이 지난 시점에 그의 인터뷰를 들춰보자 "미국이 경기 침체를 겪을 가능성이 75퍼센트"라던 그의 예언은 놀랍도록 들어맞았다.

영국의 역사학자 에드워드 핼릿 카(Edward Hallet Carr)는 "역사는 과거와 현재의 끊임없는 대화"라고 말했다. 2008년 당시 78세이던 존 보글과의 대화를 복기하면서 그의 말이 현재에도 유효한지 검증해보자(2008년 1월 5일자 〈위클리비즈〉 발췌).

세계 펀드업계의 전설 존 보글은 조심스럽게 전망했다.

"요즘은 하루에 주가가 2퍼센트 이상 요동친 날이 15일이나 됩니다. 10일간 떨어지고 5일간 오르는 식이죠. 전례 없는 일입니다. 이것은 중요한 메시지를 전달하고 있어요. 주식시장에서는 어떤 일이든 벌어질 수 있다는 것이죠."

그의 시각은 늘 시장보다 실물에 고정돼 있다. 그는 현재 금융시장의 동요가 1987년 '블랙먼데이(Black Monday)'식 금융 교란이 아니라, 비즈니스의 침체를 부르는 경기둔화로 이어질까 봐 우려했다. 20대부터 월가에서 잔뼈가 굵은 그는 이제 80세를 바라보는 고령이지만, 인터뷰 내내 쉴 새 없이 숫자를 갖다 댔다. 경기침체 가능성 역시 숫자로 말했다.

"미국 경제가 경기침체를 맞을 가능성을 75퍼센트로 봅니다."

하지만 그는 단기 전망을 거부했다. "올해 투자 환경이 어떻겠느냐"고 묻자, 그는 즉각 "오직 바보만이 연간 전망을 한다"고 말했다. "주식시장은 장기적으로 기업의 배당수익률과 이익성장률로 결정될 뿐이다. 내년에 비가 올지 아니면 햇볕이 쬘지 도박하지 않겠다."

그렇지만 그는 세계 주식시장이 크게 흐름을 바꿀 때 예측을 했고 그 예측은 계속 맞았다. 닷컴 주식이 하늘을 날던 2000년 초, 그는 언론과의 인터뷰에서 "주식시장이 올해 힘든 시기를 맞을 가능성이 크다"고 했다. 약세와 비관으로 주식시장이 바닥에 있던 2002년 10월에는 "지금 주식을 던지는 것은 바보 같은 일"이라고 단언했고, 이후 주식시장은 큰 상승곡선을 그렸다. 그는 현재 주식시장을 "많지 않은(modest) 수익을 올리는 시기에 들어섰을 가능성이 크다"고 진단했다.

극도로 예민한 현재의 금융환경에서 개인은 어떤 투자를 해야 하는가? 그는 "당신이 건전한 투자자라면 걱정할 필요가 없다"고 분명하게 잘라 말했다.

"채권과 주식을 적절히 나눠서 투자하는 투자자는 지금 하던 대로 계속하면 됩니다. 주식시장을 들락거릴 이유가 없어요."

건전한 투자를 "나이가 들었으면 채권비율을 높이고, 젊으면 주식비율을 높게 하는 분산투자"라고 정의한 그는 단기적 이득을 노리는 투기적 성향을 경계했다.

"미국의 주식시장에서 주식을 들고 있는 사람 중에는 투기꾼이 많습니다. 내가 만약 투기적으로 자산을 굴린다면 당장 주식시장에서 빠져나오겠습니다. 하지만 나는 투기꾼에게는 조언을 하지 않죠."

그의 투자 세계는 '오마하의 현인(賢人)'으로 불리는 워런 버핏과 닮았다. 워런 버핏은 "월스트리트는 거래가 있어야 돈을 벌지만, 투자자는 움직이지 않고 가만히 있을 때 돈을 번다"고 했다. '회전'하지 말고 '보유'할 것을 강조하는 이러한 투자 철학을 보글은 확률로 설명했다.

"주식시장을 빠져나가려면 최소한 두 번을 맞혀야 합니다. 예를 들어 지금 빠져나간 뒤 주식이 15퍼센트 혹은 20퍼센트 내렸다고 해보죠. 이 상황에서는 무서워서 다시 들어오기가 힘들어요. 주식시장이 방향을 틀 때마다 6~7번씩 타이밍을 맞히는 것은 불가능합니다. 누구도 그걸 할 수는 없습니다."

그는 투자할 때 두 가지 'e'를 주의하라고 당부한다. 하나는 감정(emotion)이고 다른 하나는 비용(expense)이다. 초과수익을 올리려는 탐욕과 투자에 따르는 비용을 경계해야 한다는 의미다.

"시장 평균수익률이 8퍼센트라고 할 때 보통사람이 얼마나 투자수익을 낼 것 같습니까? 물론 8퍼센트입니다. 하지만 시장에서 투자를 하려면 연간 2~2.5퍼센트의 비용이 들죠. 즉, 주식시장은 투자 비용을 빼기 전엔 '제로섬 게임'이고 투자 비용을 빼면 '지는 게임'입니다."

그도 인정하는 예외가 있다.

"워런 버핏은 '운일까요, 기술일까요?"

이렇게 물은 그는 스스로 답했다.

"기술이죠. 그는 투자 비용을 극히 낮게 유지하고 세금을 절약하며 장기적으로 능수능란하게 주식을 선택합니다. 하지만 '제2의 워런 버핏'은 어떨까요? 몇 년 전 그렇게 불린 레그 메이슨 펀드의 빌 밀러는 올해 10퍼센트를 잃었죠. 그가 손실을 만회하고 올라올까요? 알 수 없죠."

워런 버핏이 뛰어나다는 걸 인정한다면 우리가 그의 투자 포트폴리오를 따라가면 되지 않을까? 그의 대답은 명쾌했다.

"버크셔 해서웨이 머니 매니저들이 실제로 채택하는 전략을 따라갈 수 있다면 그렇게 해보세요. 기억할 것은 이 포트폴리오에서 굴리는 돈이 300억

주식시장은
투자 비용을 빼기 전엔 '제로섬 게임'이고
투자 비용을 빼면 '지는 게임'이다.

달러가 넘는다는 겁니다. 또 이 포트폴리오에서 투자하는 기업들의 가치는 1,300억 달러가 넘습니다. 버크셔 해서웨이가 큰 재보험사를 샀는데 좋은 비즈니스이고 경영도 잘됩니다. 그런데 미래에도 버크셔 해서웨이가 현재 소유한 모든 주식을 들고 갈지 나는 모르겠습니다."

그렇다면 그는 적립식 펀드처럼 매달 일정한 금액을 투자하는 방식은 어떻게 볼까?

"가장 좋은 방법입니다. 매년 시장 평균수익을 가져갈 수 있고 그러면 우리는 행복하죠. 내가 1951년부터 투자한 방법입니다. 매년 많지 않은 돈을 투자했지만 지금은 매우 많은 돈으로 불었죠."

나는 새로운 관점에서 집요하게 질문을 했다.

"당신은 책에서 '중심 계좌(serious money)'와 '오락 계좌(funny money)'를 나눴지요. 그리고 대부분의 돈을 중심 계좌로 분류해 인덱스 펀드 등에 신중하게 투자하고 굳이 투기적인 투자를 하려면 5퍼센트 정도의 돈만 오락 계좌에 넣어 투자하라고 조언하고 있습니다. 하지만 돈에 관해서는 심각한 이 세계에 '재미 삼아 굴릴 돈'이 따로 있을까요?"

자산을 조심스럽게 배분하라.
주식과 채권 사이에서.
또 반드시 투자 비용을 낮게 유지하라.

"(책에서는 그렇게 썼지만) 내게는 그런 돈이 없습니다."

마지막으로 나는 투자자가 명심해야 할 한 가지 팁을 부탁했다.

"당신의 자산을 조심스럽게 배분하라는 겁니다. 주식과 채권 사이에서. 또 반드시 투자 비용을 낮게 유지하세요. 그러면 장기적으로 성공할 겁니다."

워런 버핏의 수익률을 이기다

존 보글의 예측은 정확했다. 1990년부터 2005년까지 S&P500지수를 무려 15년이나 능가한 유명한 펀드매니저 빌 밀러는 결국 2012년 4월, 후임자인 샘 피터스에게 레그 메이슨 매니지먼트 밸류트러스트(LMVTX)를 물려주고 회장직으로 물러났다. 펀드 태동 이후 30여 년간 펀드를 운영했지만 그는 지난 2006년부터 2011년까지 6년 동안 다섯 번이나 주가지수보다 떨어지는 성적을 내고 말았다.

밀러는 2008년에 터진 경제위기의 고비를 넘지 못했다. 그는 미국 경제와 주식시장을 낙관했고 2008년 금융위기가 터지자 금융주에 베팅했다. 그러나 금융주가 폭락하면서 그의 펀드는 그해에만 무려 55퍼센트의 손실을 냈다. 2007년 210억 달러에 달한 펀드는 2011년 말 기준으로 28억 달러로 줄었다.

밀러가 스타로 부상한 이유는 1990년대의 호황기와 그의 투자 전략이 맞아떨어졌기 때문이다. 그는 비싸지 않은 금융주와 상대적으로 인기가 없는 기술주를 선호했고 델컴퓨터와 AOL 주식을 사서 대박을 냈다. 또한 그는 50개 이하의 적은 종목만 고르고 해당 종목의 주가가 떨어지면 더 사는 공격적인 전략으로 성공했다. 하지만 이 성공 공식은 결국 그를 패망으로 이끌었다.

2000년 밀러는 이스트먼코닥의 주식을 주당 55달러에 사기 시작해 2005년에는 무려 25퍼센트에 이를 만큼 매집했다. 그런데 코닥 주식은 그해 말 주당 3.89달러까지 떨어졌고 그는 5억 5,100만 달러의 손실을 내고 정리했다. 그의 실수는 2008년 금융위기 때 절정에 달했다. AIG와 프레디맥에 투자했다가 거액의 손실을 본 것이다. 그의 펀드는 최근 5년간 시장수익률을 평균 9.6퍼센트 밑돌면서 거의 꼴지 수준으로 떨어졌다. 결국 그는 2012년 4월 CIO 자리에서 물러났다.

버크셔 해서웨이의 회장 워런 버핏도 전 세계 금융위기를 비켜가지 못했음을 시인했다. 버핏은 투자자들에게 보낸 연례 서한에서 2008년 주당 순자산(자산에서 부채를 뺀 것)이 9.6퍼센트 하락했다고 보고했다. 이는 버핏이 1965년 버크셔 해서웨이를 맡은 이후 최대 낙폭이다.

워런 버핏은 최근 4년 중 3년 동안 인덱스 펀드를 앞서지 못했다.

"작년에 고공 행진하던 유가에 현혹돼 원유회사 코노코필립스의 주식에 대거 투자했다가 '상투'를 잡았습니다. 이 회사 주식을 기존의 1,750만 주에서 8,490만 주로 늘려 투자했지만, 이후 유가 폭락으로 수십억 달러의 손실을 봤습니다. 에너지 가격이 하반기에 극적으로 하락할 줄은 전혀 예상하지 못했습니다."

또 주가가 낮은 듯한 아일랜드의 은행 두 곳에 2억 4,400만 달러를 투자했는데 은행의 거대 손실이 드러나면서 시장가치가 2,700만 달러로 줄었다. 버핏은 "테니스 용어로 말해 '어이없는 실수(unforced error)'였다"고 밝혔다. 버크셔 해서웨이의 순이익은 2008년 49억 9,000만 달러에 그쳤고, 이는 2007년의 132억 1,000만 달러에서 62퍼센트나 하락한 수치다.

이후 워런 버핏은 골드만삭스 주식 등에 투자해 수익률을 회복했다. 그럼에도 워런 버핏의 최근 성적을 존 보글의 인덱스 펀드와 비교해보면 버핏의 성적이 뒤처진다. 워런 버핏의 2012년 수익률은 연 14퍼센트다. 물론 제로에 가까운 금리와 비교하면 뛰어난 성적이지만 같은 기간에 16퍼센트나 오른 S&P500과 비교하면 떨어진다. 이는 편하게

S&P500을 따라가는 인덱스 펀드에 넣어둔 것보다 못했다는 얘기다. 워런 버핏은 최근 4년 중 3년 동안 인덱스 펀드를 앞서지 못했다.

대세가 된 인덱스 펀드 창시자

사후적인 해석이지만 존 보글은 그가 옳다고 믿는 투자 판단의 원칙을 워런 버핏을 평가하는 데도 엄격하게 적용했어야 했다. 버핏도 금융위기 시절 손실을 보고 투자에 실패했기 때문이다. 그러나 그는 버핏에 대해 비판도, 옹호도 하지 않았다. 그저 "모르겠다"며 판단을 유보했다. 존 보글의 기본 입장은 인덱스 펀드가 액티브 펀드보다 낫다는 것이다. 액티브 펀드는 여러 차례 사고팔아야 하니 그에 따른 수수료가 누적돼 인덱스 펀드보다 비용이 훨씬 많이 들고, 신이 아닌 이상 쌀 때 사고 비쌀 때 팔 수만은 없다는 점에서 평균수익률로 보자면 차이가 없거나 인덱스 펀드가 더 높다는 얘기다. 그는 이런 관점에서 액티브 펀드를 다룬 펀드매니저 빌 밀러를 비판한 것이었다. 그런데 빌 밀러처럼 사고파는 투자로 돈을 번 워런 버핏에 대해 유보적 입장을 보인 것은 왜일까? 내가 볼 때 버핏이 장기투자자이기 때문인 것 같다. 워렷 버핏과 빌 밀러의 차이는 딱 하나, 장기투자를 하느냐 하지 않느냐밖에 없다. 결과적으로 버핏은 사고파는 주기와 횟수를 줄여 장기적으로 밀러보다 손실을 덜 보았다.

자신이 완벽하다고 생각하지 않는 버핏은 좋은 투자자의 요건을 이렇게 설명한다.

"머리가 좋은 사람이 투자를 잘하는 게 아니다. 규율이 있어야 좋은 투자자라고 할 수 있다. 즉 욕심을 제어할 줄 알고 폭락장에서 공포에 휩싸이지 않아야 한다."

보글의 예언은 경제위기 이후 더욱 정확히 들어맞으며 투자업계의 메인스트림이 되고 있다. 그가 창시하고 주창한 인덱스 펀드는 지금 세계의 대세다.

〈파이낸셜타임스〉에 따르면 2012년 미국 자산 시장에서 1,520억 달러가 액티브 펀드를 빠져나갔다. 지난 5년간 통계를 보면 약 4,000억 달러가 액티브 펀드에서 빠져나갔고, 인덱스 펀드에는 6,000억 달러가 유입됐다. 펀드조사업체 모닝스타는 2011년부터 2년간 액티브 펀드 가운데 불과 10퍼센트만 지수상승률보다 성적이 좋았다"고 분석했다. 날고 기는 펀드매니저들이 부지런히 주식을 골라 사고판 결과 10퍼센트만 돈을 그냥 주가지수에 묻어놓은 것보다 나았다는 얘기다.

이러한 사정은 한국도 마찬가지다. 펀드평가사 제로인에 따르면 인덱스 펀드 ETF에는 2010년 8,252억 원, 2011년 4조 2,158억 원, 2012년 2조 8,728억 원, 2013년(5월 6일 기준) 2조 723억 원 등 자금이 계속 유입됐다. 반면 액티브 주식형 펀드에서는 2010년 −15조 4,002억 원, 2011년 2조 4,066억 원, 2012년 −5조 3,001억 원, 2013년(5월 6일 기준) −2조 2,049억 원 등 한 해를 제외하고 계속 자금이 빠져나갔다.

2013년 2월 10일 캐나다의 〈토론토 스타〉와 인터뷰한 존 보글은 여전히 인덱스 펀드가 유효한 투자 수단이라고 강조했다.

"액티브 펀드에 투자한 당신이 1달러를 벌기 전에 트레이더들은 먼저 적지 않은 페니를 수수료로 뗀다. 미국 상장 주식의 평균 회전수는 1년에 250퍼센트다. 매년 똑같은 주식을 사고파는 것을 2.5회씩 한다는 얘기다. 이때마다 수수료를 떼니까 투자자들은 마이너스 게임의 세계로 빠져들 수밖에 없다."

그렇다고 존 보글이 재미없는 인덱스 투자만 고집하는 것은 아니다. 그는 "위험 없는 부(富)는 없다"고 단언한다. 저축하거나 투자하지 않으면 아무것도 얻지 못하고 끝난다는 말이다. 다만 그는 가능한 한 낮은 비용을 들여 목적에 맞게 투자하길 권한다.

UC버클리대학 공공정책대학원 교수

로버트 라이시

"부자가 먼저 내놓으면 경제의 다이내믹이 변한다."

자본주의는 어떻게 작동해야 하는가

피케티보다 15년 앞서 불평등을 예측하다

"이 문제는 3년 된 것이 아니고 30년간 쌓인 것이다. 대공황 직전 수준으로 벌어진 빈부 격차를 이대로 계속 끌고 갈 수는 없다. 부자가 먼저 내놓으면 경제의 다이내믹이 변한다. 이제는 더불어 잘사는 포지티브섬(positive sum)의 지혜를 배울 때다."

2011년에 만난 로버트 라이시 UC버클리대학 교수는 고장 난 자본주의를 이대로 끌고 갈 수는 없다며 단호하게 말했다. 당시 세계는 금융위기 이후 3년이 흘렀음에도 '월가를 점령하라'는 분노의 구호가 더욱 높아지고 있었다. 월가의 버블 붕괴로 피폭을 당한 사람들은 일자리를 잃고 거리로 쫓겨났지만, 월가는 멀쩡한 건물만큼이나 다시 멤버만 바꿔 돈 장사를 하고 있었기 때문이다. 그러자 문제를 일으킨 장본인과 피해를 당한 사람들의 괴리감은 커졌고, 부자는 여전히 잘사는데 곤궁에 처한 사람은 늘어나는 현실에 대한 불만이 터져 나왔다.

'월가 점령'은 상징적인 은유지만 99퍼센트의 보통사람은 성난 목소리로 1퍼센트의 부자를 향해 적개심을 표출했다. 그리고 그 분노의 정치학은 점점 논리를 갖추기 시작했다. 라이시 교수는 이런 '혼돈의 경제학과 분노의 정치학'을 이미 오래전에 예언했다. 그는 과소비와 과잉 부채는 겉으로 드러난 현상이고 그 배후에는 소득과 부의 불평등 확대가 있다고 지적한다. 금융위기 전야인 2007년 미국에서는 1퍼센트의 부자가 전체 소득의 23퍼센트 가량을 가져갔는데, 이는 대공황 직전인 1928년의 불평등(25퍼센트)과 놀랍도록 닮았다는 얘기다. 소득과 부의 불평등이 커지면 중산층 이하 대중의 소비가 줄어들고 이는 경제를 침체의 사이클로 끌고 간다. 이를 메우기 위해 빚을 늘려 버블로 경제를 끌고 가다 파국을 맞은 게 대공황이고, 월가 붕괴로 촉발된 것이 금융위기라는 것이다.

라이시의 이 논리는 2014년 세계적인 불평등 논쟁을 불러온 토마 피케티(Thomas Piketty)의 책과 놀랍도록 일치한다. 피케티는 카를 마르크스의 《자본론》 첫 권이 나온 지 약 150년 만에 《21세기 자본》을 썼다. 그 책에서 피케티는 18세기부터 20세기에 이르는 세계 20여 개국의 자료를 토대로 자본주의는 필연적으로 불평등 심화를 낳고 민주 질서를 파괴한다고 역설한다. 현대 자본주의가 불평등을 심화한다는 주장은 전혀 새로운 것이 아니지만 피케티는 광범위한 통계 자료를 통해 불평등의 실체를 증명했다는 점에서 자본주의를 둘러싼 논쟁에 새

과소비와 과잉 부채는 겉으로
드러난 현상이고 그 배후에는
소득과 부의 불평등 확대가 있다.

롭게 불을 질렀다.

피케티의 주장은 라이시 교수의 논지와 닮은꼴이다. 오히려 라이시 교수가 반복적으로 역설하던 내용을 담은 피케티의 책이 느닷없이 전 세계에 열풍을 일으킨 이유가 의아스러울 정도다. 피케티가 대안으로 제시한 부자 증세도 이미 라이시 교수가 해법으로 제시했던 내용이다.

라이시 교수는 성장하는 경제에서 적은 몫을 받는 부자가 정체된 경제에서 많은 몫을 받는 부자보다 더 부유하다는 논거를 들어 부자 증세를 주장한다. 즉, 발상의 전환으로 한 사람이 얻으면 다른 사람은 잃는 '제로섬'의 사고 틀에서 벗어나 더불어 좋아지는 '포지티브 섬' 사고방식을 국가 경제에 적용해야 한다는 것이다.

모든 사람이 이득을 보는 '포지티브 섬' 게임을 재점화하라

라이시 교수의 말처럼 우리는 이제라도 사회적 유대와 도덕을 생각해봐야 한다. 현재 국가 부채가 계속 늘어나고 있는 미국은 단기적으로는 경제가 다시 움직이게 해야 한다. 그런데 빚더미가 장기적으로 쌓여가는 상황에서는 최소한의 사회적 서비스조차 제공하기 어렵다. 그렇다면 가장 여유 있는 사람들에게 돈을 걷는 수밖에 없다. 나머지 사람들이 엄청난 경제적 곤경에 빠져 있는 한 부자들 역시 계속해서 부자가 되긴 어렵다. 라이시는 부자가 나머지 모든 사람을 상대로 계급투쟁을 할 수 있겠느냐고 반문한다.

또한 라이시는 과거에 자본주의가 '포지티브 섬' 게임을 한 적이 있다고 말한다. 바로 2차 세계대전 이후부터 1970년대까지다.

"그때는 미국에서 자본주의가 훌륭하게 작동했다. 거의 모든 사람이 혜택을 누렸고 국가는 공평한 기회를 창출하기 위해 움직였다."

당시 미국이 엄청난 호황을 누린 가장 중요한 요인은 중산층의 탄생이었다. 중산층의 수요 증대로 빠르게 늘어나는 시장의 공급도 충분히 흡수되었고, 이 시기에 최저임금제와 실업수당 같은 사회안전망이 자리를 잡았다. 특히 중위 임금이 생산성 향상과 같은 속도로 늘어나 인플레이션을 제외하고도 임금이 두 배로 늘었다. 반면 고소득층의 세금은 지금은 상상하기 어려울 정도로 꽤 높았다. 최고 소득구간에 대한 한계소득세율은 70퍼센트 밑으로 떨어지지 않았으며, 각종 세금 공제 등을 제외하고 실질적으로 세금을 내는 유효세율도 50퍼센트 선에 머물렀다.

이후 레이건, 부시 정권이 들어서면서 공급경제학과 낙수효과(Trickle Down: 맨 위의 물이 차고 넘치면 아래로 흘러가는 것처럼 고소득층의 세금을 깎아 주면 이들의 소비를 통해 전체 경제로 소득이 파급된다는 이론)를 내세워 대대적인 감세정책을 시행했다. 한데 낙수는커녕 고소득층의 세후 소득은 오르고 중산층은 떨어지는 결과만 낳았다는 것이 라이시 교수의 주장이다.

"1976년 미국의 상위 1퍼센트는 전체 소득의 9퍼센트만 차지했는데, 2007년엔 상위 1퍼센트가 전체 소득의 23.5퍼센트를 가져갔다. 그럼에도 소득세율은 오히려 부자가 중산층보다 더 낮은 14~15퍼센트를 적용받는다. 부자에게 더 많은 세금을 매기는 것은 재정적자를 해소하고 보통사람에게 좋은 교육과 공공 인프라를 제공할 돈을 마련한다는 점에서 충분히 정당화될 수 있지만 현실은 그 반대로 가고 있는 것이다."

라이시는 이제라도 모든 사람이 이득을 얻는 '포지티브 섬' 게임을 재점화해야 한다고 말한다. 미국의 대번영기에서 보듯 경제성장으로 모든 사람이 이득을 본다는 사실을 확실히 하는 것은 부유층의 이해와도 일치한다. 정부가 의료보험과 교육, 인프라, 경제발전을 위한 기초에 적절히 투자하는 것 역시 부유층의 이해와 맞아떨어진다. 다시 말해 경제적 모멘텀을 다시 확보하고 국가부채로 인해 정부가 디폴트에 빠지지 않도록 하는 것이 부유층에게도 이득이다.

로버트 라이시는 "수혜 계층이 넓어야 자본주의가 정치적 정당성을 얻고 대중의 지지를 받을 수 있다. 중산층이 두터워지면 그들의 소비가 다시 경제성장의 원동력이 된다"고 했다.

거의 모든 사람이 혜택을 누리고 국가가 공평한 기회를 창출하기 위해 움직일 때 자본주의는 훌륭하게 작동한다는 의미다.

불평등이 심해지면 어떻게 될까

라이시 교수는 겉으로 드러난 경제위기의 원인은 과소비와 과다부채지만, 근본적으로는 소득불평등 확대에 따른 중산층 소득의 실질적 감소가 주범이라고 본다. 하지만 나는 이 논리만으로는 2008년 월가에서 비롯된 경제위기를 모두 설명하기가 어렵다고 생각했다.

모든 경제위기가 그렇듯 이번에도 버블 생성과 붕괴라는 '화폐 환상'이 자리 잡고 있다. 미국은 달러 발권력을 이용해 엄청난 부채를 값싸게 조달해왔고, 유럽은 유로화 통화동맹 이후 이전에 결코 값싸게 돈을 빌릴 수 없던 유럽 주변국이 돈을 마구 끌어다 소비를 충당하다가 결국 파국을 맞은 것이다. 라이시는 "근본적인 측면에서 미국과 유럽의 문제에는 상당한 공통점이 있고 그 분석은 매우 타당하다"며 내 지적에 동의했다. 다만 사회민주주의 전통이 있는 유럽은 상대적으로 분배를 중시하기 때문에 유럽의 중산층보다 미국의 중산층이 훨씬 더 힘들다고 강조했다.

실제로 유럽에서 발생한 위기는 포르투갈, 아일랜드, 이탈리아, 그리스, 스페인 등 이른바 PIIGS(피그스. 영어 발음으로 '돼지'와 비슷하게 들리는데 여기에는 이들 국가를 조롱하는 의미가 담겨 있다)로 불리는 유럽의 주변 국

모든 경제위기가 그렇듯
이번에도 버블 생성과 붕괴라는
'화폐 환상'이 자리 잡고 있다.

가에서 발생한 것뿐이다. 독일, 프랑스, 네덜란드, 스웨덴 등 사회민주주의 전통이 깊게 뿌리를 내린 국가에서는 발생하지 않았다. 라이시는 피그스의 거대한 채무와 재정적 불균형은 세금을 올리지 않은 상태에서 정부의 서비스 확대를 주장하는 중산층의 요구를 들어주다가 발생한 것으로 판단했다.

이런 나라에서도 부자에게 물리는 최고소득세율은 40퍼센트가 넘는다. 반면 전체적인 소득과세부담률은 9.7퍼센트(한국 7.1퍼센트)로 OECD 평균(11.3퍼센트)보다 떨어진다. 반면 복지국가의 모델로 불리는 스웨덴 등 북유럽 국가는 이 비율이 20.2퍼센트에 이른다.

그리스는 국민의 요구에 따라 복지정책을 확대하면서 세금을 올리지 않았고 기존의 세금마저 광범위한 지하경제로 인해 누수가 많았다. 라이시는 복지정책 확대는 중산층에게 도움을 주긴 해도 이는 지속가능한 정책이 아니라고 말한다. 실제로 거둬들이는 것보다 더 많이 쓰는 것을 지속할 수는 없다. 결과적으로 세계의 채권자들에게 엄청난 빚을 진 그리스는 고금리를 견디지 못해 디폴트 직전까지 내몰리고 말았다.

라이시 교수가 중산층을 지원하는 것이 항상 옳은 일은 아니라고 토를 다는 이유가 여기에 있다. 그는 그보다는 이들이 경쟁력을 갖추도록 해주는 것이 올바른 처방이라고 본다. 일방적으로 복지의 편에 서 있던 그는 이 대목에서 선뜻 성장 쪽으로 무게 중심을 옮겼다. 지속 가능한 중산층의 복지는 경제성장이 따라야 가능하기 때문이다. 여기에는 물질적 재화뿐 아니라 괜찮은 의료보험과 좋은 교육, 양질의 환경 같은 비물질적 재화도 포함된다.

그리고 이 과정에서 중산층과 빈곤층, 고령 근로자 계층 등이 성장에 따른 몫을 적절히 분배받아야 한다. 중산층과 차상위층, 빈곤층에게 정당한 몫을 지불하려면 상위 부유층에 대한 과세를 늘리고 임금 보조를 확대하며 소득 하위 50퍼센트 계층을 위한 공공서비스를 늘려야 한다.

라이시는 이것이 고도 과학도 아니고 수학적으로 이해하기가 어려운 것도 아니라며 흥분했지만, 실행하기가 쉽지 않다는 것은 인정했다. 부유층에게는 경제적인 힘뿐 아니라 정치적인 파워도 있기 때문이다. 이로 인해 많은 국가에서 공공서비스를 더 많이 제공하면서도 부유층에게 그에 상응하는 대가를 지불하도록 요구하지 못하고 있다.

반드시 부자가 아니어도 세금을 올리려 하면 많은 사람이 그에 저항한다. 인두세를 부과한 영국의 대처 총리처럼 평상시에 세금 인상을 시도한 거의 모든 정권이 선거에서 패배했다. 라이시 교수가 모델로 삼은 2차 세계대전 이후 대번영의 시기도 결국 1930년대의 대공황과

2차 세계대전이라는 극단적인 상황으로 인해 대규모 증세가 거부당하지 않았기에 가능했던 것이다.

2008년의 경제위기가 세계에 큰 쇼크를 안겨준 것은 분명한 사실이다. 하지만 나는 이 쇼크가 중산층을 포함한 고소득층이 대규모 증세를 수용할 만큼 강력한 동기와 정치사회적 환경을 제공하는가에 대해서는 회의적이다. 아마도 이런 동력은 또 다른 쇼크가 오지 않는 한 시간이 갈수록 더욱 약해질 것이다.

〈더 타임스〉 경제평론가이자 《자본주의 4.0》 저자

아나톨 칼레츠키

"자본주의에는 변형이 필요하다. 이것은 각 사회의 경험과 상황, 의지에 따라 달라진다."

새로운 자본주의가 출현한다

틀은 무너지지 않고 버전만 달라질 것

2008년 경제위기 이후 세계 경제는 어디로 흘러가고 있는가? 이 화두에 대해 아나톨 칼레츠키만큼 극적이고 거창한 답을 내놓은 사람은 드물다. 그는 단도직입적으로 새로운 자본주의가 출현한다고 예측했다. 마치 소프트웨어 버전처럼 업그레이드 숫자를 갖다 붙인 그의 책《자본주의 4.0》은 1867년 카를 마르크스가《자본론》을 쓴 이후 자본주의 논쟁에 다시 불을 붙였다. 이와 더불어 '워싱턴 컨센서스(미국식 신자유주의적 자본주의)'가 '베이징 컨센서스(중국식 국가자본주의)'로 대체된다거나 웰페어노믹스(Welfarenomics, 복지와 경제의 융합)의 부상 및 북유럽 복지모델의 재조명 움직임이 일고 있다.

토마 피케티의 불평등 확대 논쟁도 이런 흐름의 연장선상에 있다. 그런데 이번 논쟁은 19세기 마르크스의 예언처럼 도발적이지 못하다.

마르크스는 《공산당 선언》에서 당시의 분위기를 압축하는 유명한 말을 남겼다.

"하나의 유령이 유럽을 떠돌고 있다. 공산주의라는 유령이."

하지만 21세기의 자본주의 논쟁은 자본주의의 멸망을 얘기하지 않는다. 칼레츠키의 책 제목처럼 자본주의의 틀은 무너지지 않고 다만 버전이 달라질 거라는 주장이 대종을 이룬다. 사회주의 혁명은 없고 자본주의 개혁이 있을 뿐이라는 얘기다. 만약 자본주의가 사람이라면 20세기 소설가 마크 트웨인의 유명한 경구를 다시 읊을지도 모른다. 마크 트웨인은 〈뉴욕저널〉에 자신의 부고기사가 잘못 실린 것을 보고 이렇게 응수한 바 있다.

"내가 죽었다는 기사는 매우 과장됐다!"

칼레츠키가 새로운 체제 대신 기존 체제의 버전 업을 주장한 것은 자본주의의 생명력 때문이다. 자유민주주의와 시장경제를 축으로 하는 자본주의는 그동안 인간의 본성에 근거한 가장 효율적인 시스템임을 증명해왔다. 경제학자 프리드리히 하이에크(Friedrich Hayek)는 시장경제를 "만약 인간이 발명했다면 가장 위대한 발명품"이라고 극찬한다.

자본주의는 위기에 처하면 스스로 치유 및 변신하며 그 생명력을 유지해왔다. 칼레츠키는 이를 자본주의 1.0(자유방임주의, 19세기 초~1930년대), 자본주의 2.0(수정자본주의, 1930년대~1970년대), 자본주의 3.0(신자유주의, 1970년대 말~2000년대), 자본주의 4.0(2000년대 말~)으

자본주의에는 변형이 필요하다.
정부와 시장 및 복지 그리고 경제 사이의
조화는 구성을 비롯해 결합 방법,
인센티브, 다이내믹에 이르기까지
그 형태가 다양할 수 있다.

로 구분한다.

자유방임주의 자본주의는 19세기 말 미국에서 '도금시대(Gilded age)'라고 불릴 정도로 대호황을 구가하다 1929년 대공황을 맞는다. 이때 확대된 빈부 격차와 금융 버블 붕괴로 자본주의가 철저한 시장 실패를 경험하자 정부가 재정정책과 통화정책으로 적극 개입한다. 이로써 각종 복지제도로 사회안전망을 갖춘 것이 자본주의 2.0이다.

자본주의 2.0은 전후 대번영의 시기를 열면서 중산층을 키웠지만 두 차례에 걸친 오일쇼크에 따른 경기침체의 파고를 넘지 못했다. 결국 물가상승과 복지 부담 확대 그리고 생산성이 떨어지는 모순 속에서 자본주의 2.0은 종언을 고했다.

이어 영국의 대처 수상과 미국의 레이건 대통령이 정부의 실패를 걷어내고 다시 철저한 시장 효율과 금융 자본 이익을 극대화하면서 자본주의 3.0이 탄생했다. 그러나 이 자본주의 3.0은 2008년 리먼 쇼크를 계기로 전 세계에 경제위기를 불러일으키며 추락하고 말았다.

칼레츠키는 이렇듯 시장과 정부의 실패를 모두 인정하고 경제와 복지를 조합하는 제3의 자본주의를 자본주의 4.0으로 정의한다. 그렇지만 자본주의 4.0이 구체적으로 어떤 형태인지에 대해 칼레츠키는 분명한 답을 내놓지 못했다. 물론 칼레츠키는 자신의 책과 인터뷰에서 이렇게 말했다.

"자본주의에는 변형이 필요하다. 정부와 시장 및 복지 그리고 경제 사이의 조화는 구성을 비롯해 결합 방법, 인센티브, 다이내믹에 이르기까지 다양한 형태가 나올 수 있다. 이것은 각 사회의 경험과 상황, 의지에 따라 달라진다."

특히 그는 자본주의 4.0에서는 소득 분배와 일자리 기회를 나누는 게 무엇보다 중요하다고 강조한다. 소득 분배는 장기적으로 고용 창출과 관련이 있다. 그런데 다시 일자리가 생기고 완전고용 수준으로 복귀할지라도 어떤 일자리는 적은 보수를 받는 반면, 다른 일자리는 높은 보수를 받으면 소득 불평등이 확대된다. 지난 20년간 확대된 소득 불평등이 시장의 힘과 세계화, 기술 진보 등에 따른 자연적인 현상이라 해도 그것을 사회적으로 수용해야 하는 것은 아니다. 이에 따라 미국을 포함한 세계의 모든 정부가 소득 불평등이 더 이상 확대되지 않도록 시장에서의 인센티브를 바꾸는 조치를 취하고 있다.

금융위기 이후 미국은 부시 행정부 시절 감세 정책으로 낮춘 소득세율과 인적 공제를 원상회복하고 자본이득 및 배당소득의 세율을 높

자본주의 4.0에서는 소득 분배와 일자리 기회를 나누는 게 무엇보다 중요하다.

이고 있다. 가령 고소득층의 소득공제 한도를 28퍼센트로 제한하고 석유회사의 조세 특례도 폐지했다. 영국 역시 고소득자의 과세를 강화해 연소득 15만 파운드 이상인 고소득자의 소득세율을 40퍼센트에서 50퍼센트로 높였다. 술과 담배에 붙이는 세금도 2퍼센트 인상하고 부가가치세율도 17.5퍼센트에서 20퍼센트로 올렸다. 프랑스는 이자소득과 배당소득의 원천징수율을 18퍼센트에서 19퍼센트로 높이고 상속증여세율도 올렸다. 재정위기를 겪은 포르투갈과 그리스는 소득세율을 각각 42퍼센트에서 46.5퍼센트로, 40퍼센트에서 45퍼센트로 올리고 부가세율도 각각 2퍼센트포인트와 4퍼센트포인트씩 올렸다. 한국조세재정연구원에 따르면 OECD 회원국 가운데 금융위기 이후 소득세율을 높인 국가가 12개국이고, 부가가치세율을 올린 국가가 17개국에 이른다.

복지안전망 vs. 보편적 복지

칼레츠키는 라이시나 피케티와 달리 세금 확대가 필요하긴 해도 이것이 문제해결의 핵심 열쇠는 아니라고 지적한다. 오히려 시장과 기업을 복지에 끌어들일 새로운 방법이 필요하고 정부의 역할을 일방적으로 확대하는 게 아니라 어떤 분야는 축소할 필요가 있다는 얘기다. 예를 들면 금융규제에서는 당연히 정부의 역할을 확대해야 하지만 경제가 호황, 불황, 거품 형성 및 붕괴를 되풀이하는 사이클을 막는 정부의 거시경제 안정장치는 더 이상 사적 부문에 적용할 수 없다는 게 드러났다.

중국에는 계속 흑자가 쌓이고 미국에는 적자가 누적되는 식의 글로벌 임밸런스(Global Imbalance)도 정부 개입을 강화해야 하는 영역이다. 중국이 위안화를 절하하면서 수출을 조장하는 바람에 미국은 수출이 줄고 수입이 일방적으로 늘었는데, 이것이 글로벌 경제위기의 원인 중 하나였다는 시각이 있다. 이때 중국의 수출을 줄이고 미국의 수출을 늘리려면, 즉 글로벌 경제의 균형을 맞추려면 중국 정부가 개입해 환율을 조정해야 한다.

반면 연금이나 건강보험처럼 현재와 같은 시스템으로는 유지가 불가능한 부분에서는 정부의 역할을 축소해야 한다. 칼레츠키는 경제위기로 드러난 재정 구멍 때문에 연금 위기가 당초보다 10년 이상 앞당겨졌다고 주장한다. 특히 미국과 영국의 연금제도를 개혁하지 않으면 2025년이 아니라 당장 몇 년 내에 위기가 닥칠 수 있다고 경고한다.

한국을 포함한 신흥국은 복지 시스템을 갖출 때 선진국이 복지 시스템을 구축하면서 저지른 심각한 오류를 피해갈 수 있다는 강점이 있다. 이를 의식한 듯 칼레츠키는 한국에 이렇게 조언한다.

"서구에서도 지탱할 수 없어 손질하고 있는 보편적 복지를 신흥국이 따라가서는 안 된다."

보편적 복지가 아니라 복지안전망을 구축하는 형태로 복지 시스템을 짜야 한다는 의미다. 복지안전망은 사회의 소수자가 일하는 동안 발생하는 사고 등에 대비하게 한다. 가령 실업과 치명적인 질병, 가정 파탄 등에 대처할 수 있도록 한다. 반면 보편적 복지는 사고를 당해 고통을 겪느냐에 관계없이 정부가 모든 사회구성원에게 혜택을 제공하는 것이다. 바로 여기에 결정적인 차이가 있다.

서구는 본래 복지안전망을 디자인했지만 1960년대와 1970년대를 지나면서 보편적 복지로 바꿨다. 이 때문에 서구의 복지국가 대부분이 부분적으로 사실상 파산에 이르고 말았다. 한국은 복지안전망을 디자인할 때 일시적으로 곤경을 겪는 사람들, 즉 경제적 불안정으로 실업에 빠지거나 병이 나서 어려움을 겪거나 장애가 있는 사람에게 초점을 맞춰 이들에게 관대한 복지를 제공해야 한다. 스스로를 돌볼 수 있는 사람에게까지 보편적 복지를 제공하느라 국가가 장기적인 비용까지 부담하는 것이 과연 옳은 일일까?

부서진 시대, 스웨덴식 복지 모델이 답일까

칼레츠키와의 인터뷰 중 인상적이었던 것은 스웨덴 복지 모델에 대한 그의 생각이다. 칼레츠키는 스웨덴의 복지 모델 중 특히 교육제도가 잠재적으로 자본주의 4.0의 모델이 될 수 있다고 믿으면서도 그 모델을 다른 사회, 그중에서도 한국 사회에 적용하는 것에는 회의적이었다. 스웨덴을 포함한 북유럽 국가들은 세금이 많고 국민소득 대비 정부 지출 비율이 높다. 이처럼 높은 수준의 정부 지출은 국가 규모가 작고 동질적인 경우에만 제대로 수용 및 작동한다. 또한 스웨덴에서는 상호유대가 강하지만 국가가 크고 사회구성원이 다양한 미국 같은 곳에서는 이 모델이 제대로 작동하지 않는다.

칼레츠키는 한국이 많은 측면에서 북유럽 국가들과 비슷하다고 했다. 문화적, 언어적, 인종적으로 동질적인 사회이기 때문이다. 그러나 아시아의 전체적인 문화를 고려할 때 한국이 스웨덴처럼 높은 수준의 세금과 정부가 강제하는 구조를 받아들이지는 않을 거라고 확언했다. 지금의 전통을 100년 넘게 유지해온 북유럽과 달리 한국에서는 GDP의 50퍼센트가 세금에 이르는 경제로 가지는 않을 거라는 얘기다.

실제로 복지를 강조하는 한국의 진보세력 내에서도 스웨덴 모델에 대한 예찬이 과거에 미치지 못한다. 나 역시 개인적으로 칼레츠키의 의견에 동감하는데 이는 최근 송호근 서울대 교수를 만나면서 더욱 강해졌다. 송 교수는 사회민주주의를 이해하기 위해 안식년을 스웨덴에서 보내며 1년에 한 번 실시하는 주거환경에 관한 조사를 경험했다. 당시 조사에서는 최근 1년간 동거한 사람을 다섯 명까지 적고 각각의 이름 옆에 그의 소득을 적었다고 한다. 전 국민을 상대로 이런 조사를 한 다음 소득액에 차이가 날 경우 다시 세금을 추징한다. 당시 송 교수는 모텔비가 비싸 암암리에 자기 집을 세놓고 돈을 받는 집에 거주했는데, 집주인은 그 임대소득을 세금으로 내지 않으려 하는 소극적인 자유주의 저항자였다고 한다. 이처럼 복지국가 스웨덴에서 살려면 반대급부로 엄청난 세금과 개인적인 자유를 희생하는 대가를 치러야 한다. 과연 한국인이 그런 제도를 기꺼이 따를까?

박근혜 정부 원년인 2013년 현오석 당시 부총리가 중산층의 세 부담을 늘리려다 거센 저항에 부딪힌 것은 한국 사회의 속내를 그대로 보여준다. 기획재정부 관료들은 증세는 없다는 대통령의 공약을 의식하면서 세제 개편을 통해 사실상의 증세를 시도했다. 그러다가 월급쟁이의 유리알 지갑만 겨냥했다는 뭇매를 맞은 끝에 당초 연봉 3,450만 원(각종 소득공제 이후의 소득 기준) 이상 근로자의 세금을 소폭 올리려던 계획은 대상의 연봉 5,500만 원 이상 근로자로 바뀌었다.

복지에 대한 요구가 봇물 터지듯 거세지고 스웨덴식 모델을 찬미하다가 막상 스웨덴의 3분의 1에 불과한 소득세 부담을 올리려 하자 한국 사회의 우파는 물론 좌파까지 달려들어 세제 개편을 시도하는 정부에 뭇매를 놓은 것이다. 다음은 당시의 상황을 바라보며 내가 쓴 칼럼이다.

처음 날아온 복지 세금고지서

말썽 많던 올해 세제 개편에도 수확은 있다. 먼저 세제당국이 불경기에 중산층 월급쟁이의 세금을 건드린 것은 패착이다. 정무 감각은 물론 거시경제 운용 기술도 낙제점이다. 하지만 세금이 올라간다고 발표했을 때 우리 사회가 보여준 반응은 중요한 점을 시사한다.

이번 세제 개편은 지난 대선을 정점으로 경쟁적 복지 공약이 대세가 된 이후 처음 나온 것이다. 보편적 복지에 대한 첫 번째 세금고지서인 셈이다. 반값 등록금(5조 2,000억 원), 노년층에게 월 20만 원씩 지급하는 국민행복기금(17조 원), 0~5세 무상보육(5조 3,000억 원) 등 따뜻한 복지를 시작하려 하는 시점에 차가운 계산서가 먼저 날아든 것이다.

그러자 여당은 물론 복지를 위해 부자 증세를 해야 한다던 야당조차 '세금 폭탄'이라며 극렬하게 반발했다. 처음부터 사실상 부자 증세라고 선언하고 기준을 올려 잡았다면 세제 개편안이 이처럼 거센 역풍을 맞지 않았을지도 모른다.

다시 생각해보면 보편적 복지를 시행해 혜택은 광범위하게 누리는데 그 부담은 부자의 기준을 넘어선 사람들만 지는 건 괜찮은 것인가 싶다. 만약 그렇다면 복지계산서가 내게 날아오지 않는데 달콤한 복지 공약의 꽹과리에 맞춰 어깨춤을 추지 않을 이유가 어디 있겠는가.

문제는 부자들만 부담을 지는 복지국가는 가능하지 않다는 데 있다. 우리나라의 소득 과세가 GDP에서 차지하는 비중은 7.1퍼센트에 불과하다. 복지국가의 모델이라는 스웨덴 등 북유럽 국가는 이 비율이 20.2퍼센트에 이른다. 이 비중을 높이려면 각 계층에 걸쳐 세금을 올리는 게 불가피하다. 부자에게 세금을 많이 물리는 것으로 유명한 스웨덴은 최고소득세율이 56.6퍼센트지만, 최저세율도 무려 29퍼센트에 이른다. 우리나라는 최고소득세율은 38퍼센트지만 최저세율은 6퍼센트고, 그나마 근로자의 36퍼센트는 아예 세금을 내지 않는다.

복지 지출이 많은 상태에서 조세 수입을 늘리지 않으면 결국 나라 전체가 빚더미에 올라앉고 만다. 이런 길을 걷다가 국고가 바닥나 재정위기를 맞은 포르투갈, 이탈리아, 아일랜드, 그리스, 스페인 등 유럽 주변부 5개국은 '피그스(PIIGS: 발음상 '돼지들'로 들림)'로 불리며 조롱받고 있다. 이런 나라에서도 부자에게 물리는 최고소득세율이 40퍼센트를 넘는다. 전체적인 소득 과세 부담률은 9.7퍼센트로 우리나라보다 높지만 OECD 평균(11.3퍼센트)보다 떨어진다. 결국 우리나라가 보편적 복지를 지향하면서 세금을 조금씩 더 내는 것을 거부한다면 남유럽 국가의 몰락을 따라가고 말 것이다.

어느 좌파 경제학자는 "복지는 공짜가 아니라 공동구매"라고 말했다. 보편적 복지를 하려면 모두가 능력에 맞게 세금을 더 내야 한다는 얘기다. 그러나 이번 세제 개편안 파동을 보면 우리 사회 내부적으로 아직 보편적 복지의 혜택과 책임에 대한 합의가 이뤄지지 않았다는 느낌이 든다. 《자본주의 4.0》의 저자 아나톨 칼레츠키는 "스웨덴은 전통적으로 이웃끼리 유대가 강하고 인구 900만 명의 작은 국가여서 사람들이 기꺼이 세금을 더 내려 하지만 과연 그 모델이 한국에도 유효할지는 의문"이라고 말한 바 있다.

보편적 복지를 원한다면 모든 사람이 각자 형편에 맞춰 세금을 조금씩 더 내야 한다. 이것이 싫다면 부유층까지 무상급식과 무상보육 혜택을 받는 현재의 보편적 복지의 틀을 수정해야 한다. 달콤한 복지가 쏟아지기 전에 세금계산서를 먼저 보여주는 바람에 국민은 지금 몽롱한 포퓰리즘 정치에서 깨어나고 있다. 이것이 이번 세제 개편의 최대 성과일 것이다.

—2013년 8월 21일자, 〈조선일보〉

최고의 한 수

첫판 1쇄 펴낸날 2015년 5월 4일
5쇄 펴낸날 2016년 1월 31일

지은이 박종세
발행인 김혜경
편집인 김수진
책임편집 이은정
편집기획 김교석 이다희 백도라지 조한나 윤진아
디자인 김은영 정은화 엄세희
경영지원국 안정숙
마케팅 문창운 노현규
회계 임옥희 양여진 김주연

펴낸곳 (주)도서출판 푸른숲
출판등록 2002년 7월 5일 제 406-2003-032호
주소 경기도 파주시 회동길 57-9번지, 우편번호 413-120
전화 031)955-1400(마케팅부), 031)955-1410(편집부)
팩스 031)955-1406(마케팅부), 031)955-1424(편집부)
www.prunsoop.co.kr

ISBN 979-11-5675-541-8 (03320)

이 도서의 국립중앙도서관 출판시도서목록(CIP)은 e-CIP 홈페이지(http://www.nl.go.kr/ecip)와
국가자료공동목록시스템(http://www.nl.go.kr/kolisnet)에서 이용하실 수 있습니다. (CIP2015010981)